講談社文庫

国を蹴った男

伊東 潤

講談社

目次

賤ヶ岳両軍布陣図（開戦前）

国を蹴った男

牢人大将

一

──こいつは無理だな。

やっとの思いで烏川《からすがわ》を泳ぎ渡った五味与惣兵衛《ごみよそべえ》は、眼前にそびえる急崖《きゆうがい》を見て、ため息を漏らした。

「さてと」

声のする方を見ると、大石に腰掛け、呼吸を整えていた男が立ち上がり、荒縄で編んだ陣羽織《じんばおり》を絞っている。言うまでもなく、その男も濡《ぬ》れ鼠《ねずみ》である。

「行くか」

背に括《くく》り付けていた古兜《ふるかぶと》をかぶり、陣羽織をまとうと、男は野良仕事にでも出かけるように言った。

「行くと言っても、いったい、どこへ行く」

ようやく人心地ついた与惣兵衛が問うと、男は人懐《ひとなつ》っこそうな笑みを浮かべた。

「あそこだ」

男が指差した先には、十間《けん》（約十八メートル）ほどの高さの急崖が、ほぼ直角に切り立っている。見たところ手がかりもない。直下には、背丈ほどの葦《あし》が風に揺れており、足場も悪そうだ。ただし、その辺りだけ少し窪んでおり、これから攻め入ろうとしている砦からは死角になっている。

「まさか、あそこを攀《よ》じると言うのか」

「せっかく皆でここまで来たのだ。崖の一つも攀じずに、帰るわけにはいくまい」

二人の後方には、二百ほどの兵がいる。秋とはいえ早朝ということもあり、皆、震えるようにして灌木《かんぼく》の密生している河畔《かはん》に身を隠していた。

「それでは、しばし兵を休ませてからにせぬか」

前日、後閑《ごかん》城を出た武田《たけだ》家牢人衆は、東に進んで秋間山《あきまさん》の雉《きじ》ヶ尾《お》峠《とうげ》を越え、烏川を渡河《とか》してきた。しかも途次に、蔵人《くろうず》城や礼応寺《れいおうじ》城など、秋間山に散在する敵方の小砦《しょうさい》群を落としてきたので、戦闘による疲労も激しい。

「休みなど取っていては、敵に気づかれる」

「しかし兵の体は乾いておらぬし、渡河したばかりで皆、疲れきっておる。かような体《てい》で敵の城を攻めるのは、さすがに無理というものであろう」

実は与惣兵衛自身、休息を取りたかったのだが、副将として、それを言うのは憚《はばか》られる。

三十路《みそじ》に入ってから、与惣兵衛は体に肉が付いてきており、体力も低下してきているのを自覚していた。

「しかし与惣兵衛、無理を通さねば、功は挙げられぬものだぞ」

黒々とした髭《ひげ》の中に白い歯を見せて笑うと、兵たちに何の下知《げじ》もせず、男は一人、崖に向かって歩き出した。

――大将がこれでは困る。まあ、それが那波藤太郎《なわふじたろう》というものだがな。

藤太郎に代わって与惣兵衛が、自分に続くよう背後に向かって大きく手招きした。

案に相違して、二百もの兵が急崖を攀じるのに半刻《はんとき》もかからなかった。藤太郎が、丈夫な木舞縄《こまいなわ》を何本も用意していたからである。

与惣兵衛が「崖を攀じることになると、どうして分かった」と問うと、藤太郎はにやりとして、「上州《じょうしゅう》は、わしの庭のようなものだからな」と答えた。

越前《えちぜん》の産である与惣兵衛と違い、上州生まれの藤太郎は、この辺りの道や地形に精通している。

崖の上から続く尾根道を慎重に進むと、しばらくして、攻略を命じられている高浜《たかはま》砦が見えてきた。

高浜砦は単郭《たんかく》の小城《こじろ》だが、敵方の要地にあり、それなりの兵力を擁《よう》しているはずである。

「あの砦に、どれだけの兵がおるかは分からぬ。藤太郎、どうする」

二人は藪《やぶ》に身を隠し、二町ほど先に見える高浜砦をうかがった。

「若田原《わかたはら》での〝せせり（陽動）〟により、この砦からも多くの兵が、若田原の後詰《ごづめ》か箕輪《みのわ》城の留守居に出向いておろう」

「ああ、昨日は、たいそうな激戦となったからな」

昨日、高浜砦の一里ほど南の若田原で、信玄《しんげん》率いる武田勢と、上州一揆《いっき》の旗頭《はたがしら》である長野《ながの》勢が衝突した。

二万を数える武田勢に対し、二千余にすぎない長野勢が野戦に応じるのは、無謀と思えたが、南の碓氷川《うすいがわ》と北の烏川に挟まれた丘陵上にある若田原は、箕輪城防衛の生命線であり、長野方としては、どうしても死守せねばならない地である。

上州一揆を率いてきた長野業政《なりまさ》は、かつてこの地で幾度となく武田勢を撃退しており、その成功体験から、長野勢が野戦に応じることを信玄は知っていた。

それゆえ信玄は若田原での戦いを陽動とし、若田原よりも、さらに敵の内懐《うちぶところ》にある烏川左岸の高浜砦奪取を主目的とした。高浜砦を落とせば、若田原を挟撃する態勢が築け、長野勢は若田原を放棄せざるを得なくなるからだ。

高浜砦の攻撃を託されたのが、牢人衆である。

これは、敵方の密な城郭防衛網の奥深くに〝中入り〟することであり、下手をすれば、包囲殲滅《せんめつ》される恐れがある。だからこそ信玄は、命知らずの牢人衆を送り込んだのだ。

武田家の軍制では、こうした危険な仕事ばかりを請け負う牢人部隊が組織化されており、それを率いるのが那波藤太郎である。

しばし高浜砦を見つめていた藤太郎が、あっさりと言った。

「行こう」

「おい、待て」

藤太郎が「やれやれ」という顔をして、与惣兵衛に向き直った。

「高浜砦から若田原や箕輪の城に出張った兵が、そろそろ戻ってくる」

「おそらくな」

「若田原から高浜砦までは一里余。箕輪の城からも一里半ほどだ。ということは、ぐずぐずしておれば、敵の備えが厳《げん》になるだけだ」

「とは申しても、こうした際は何か策を立てるだろう。陣立《じんだて》を決めるとか、二手に分かれるとか、形だけでも、それなりに戦《いくさ》らしくせぬと――」

「そんなことはどうでもよい。戦に大切なのは勢いだ」

そう言うや、全長二間（約三・六メートル）の大身槍《おおみやり》を摑《つか》んだ藤太郎が駆け出した。

「待て」と言いかけた与惣兵衛は、それに続く言葉をのみ込み、背後に向かって采配《さいはい》を振った。

藤太郎が駆け出してしまえば、後に続くしかない。すでに、背丈ほどもあるすすきの海を行く藤太郎の姿は見えず、半町ほど先で、一文字に三つ星の家紋の入った指物《さしもの》が、すすきを左右にかき分けていくだけである。

――世話の焼ける男だ。

与惣兵衛も、重い腰を上げて駆け出した。

これから戦闘が始まるとなると、いかに戦慣れした与惣兵衛でも、失禁するほどの恐怖を感じる。

――かの男以外は皆そうであろう。

やがてすすき原が途切れると、城を目指して一直線に駆け入る藤太郎の背が見えた。敵がこちらに気づくのは、時間の問題である。

「走れ、走れ！」

後に続く者たちに声をかけると、与惣兵衛は全力で走った。

前方を見ると、物見櫓《ものみやぐら》の上にいた敵の動きが激しくなり、かすかに叫び声と半鐘《はんしょう》の音が聞こえてきた。

懸命に駆けていると、矢が降ってきた。兵たちは兜や陣笠《じんがさ》を目深《まぶか》にかぶり、上空から飛来する矢を防ごうとするが、不運な者には、容赦なく矢が刺さる。そうした者に一瞥《いちべつ》でもくれてしまえば情が湧く。それで介抱《かいほう》することにでもなれば、功は挙げられない。武田家中には、傍《かたわ》らを走る親兄弟が斃《たお》れても助けないという、暗黙の掟《おきて》があった。

悲鳴を残して斃れた者を背後に残し、与惣兵衛は遮二無二《しやにむに》走った。

やがて砦が迫ってきた。土塁《どるい》を這《は》い上ろうとしている藤太郎の姿も見える。

与惣兵衛は槍を構えると、獣のような喚《わめ》き声を上げつつ空堀に飛び込んだ。

その後のことは覚えていない。戦では、よくあることである。おそらく土塁を攀じ、藤太郎に続いて砦に討ち入り、敵と戦ったのだろう。

砦を奪取した後、与惣兵衛が獲ったとされる首が、二つも運ばれてきた。しかし、この場は牢人衆だけなので、首実検は行われない。遅れてやってきた武田家直臣《じきしん》の検《けん》使《し》役が、首帳に記すだけである。

半刻ほどの戦いで、牢人衆は敵の領国南端の要衝・高浜砦を制圧した。

これを知らせる使番を信玄の許に走らせ、小半刻も休むと、荒縄の陣羽織を翻《ひるがえ》して藤太郎が立ち上がった。

「さて、行くか」

「行くと言っても、どこに行く」

「白岩《しらいわ》だ」

黒々とした髭の中で白い歯が光る。

「待て。白岩制圧は、先手《さきて》を担う小宮山《こみやま》丹後《たんご》殿の役回りではないか」

「そんなことは分かっておる。しかし与惣兵衛、考えてもみよ」

与惣兵衛の傍らに腰を下ろすと、藤太郎は続けた。

「われらに命じられる仕事は、死と隣り合わせのものばかりだが、決して華々しくはない。功名《こうみよう》を挙げるには、主戦場に赴かねばならぬ」

反論しようとする与惣兵衛を抑え、藤太郎が己《おのれ》に言い聞かせるように言った。

「無理をせねば、功は挙げられぬ」

「とは申しても、この砦はどうする」

「捨てる」

藤太郎が立ち上がった。

「待て、それでは、御屋形様《おやかたさま》（信玄）から罰を受けるぞ」

「われらは、この砦を取れと命じられたが、守れとは命じられておらぬ」

「屁理屈を申すな」

「行くぞ」

有無を言わさず藤太郎が歩き出した。

それを見た与惣兵衛は、慌てて「出陣」の鼓《つづみ》を叩かせた。

二

永禄《えいろく》九年（一五六六）九月、武田信玄は二万の精兵を率い、信州《しんしゅう》から西上州に侵攻した。

上州一揆の領袖《りょうしゅう》・長野業政が永禄四年（一五六一）に六十三歳で没して後、じわじわと調略を進めてきた信玄は、かつて業政が十二人の娘を嫁がせ、血縁関係で固めていた上州一揆の大半を、すでに傘下《さんか》に収めており、機は熟していた。

しかし、一揆の盟主である長野氏とその一党だけは、いかなる懐柔《かいじゅう》の手にも乗ってこない。

十四歳で業政の跡を継いだ業盛《なりもり》は、上泉信綱《かみいずみのぶつな》ら「長野十六槍」と呼ばれる直臣・譜《ふ》代《だい》衆の補佐を得て、徹底抗戦の構えを見せていた。それを背後から支えるのが、越後《えちご》の上杉輝虎《うえすぎてるとら》（後の謙信《けんしん》）である。

これに対し、甲相《こうそう》同盟を結んでいる信玄と北条氏康《ほうじょううじやす》は、上州を東西に分け合おうとしていた。

信玄の陽動策は的中する。

長野勢を若田原に引き付けている間に、藤太郎ら牢人衆は高浜砦を攻略、小宮山隊は白岩に進出し、長野氏本拠の箕輪城と、その西方一里半にある支城の鷹留《たかとめ》城の分断に成功した。

この報に接した長野勢主力は、若田原から引き返し、白岩に向かう。

一方、高浜砦の城将である長野家重臣・鷺坂長信《さぎさかながのぶ》は、箕輪城の留守居を託されていたが、高浜砦が危ういと聞き、同じく留守居の安藤勝道《あんどうかつみち》と共に、高浜砦に戻ろうとしていた。

そこにやってきたのが、高浜砦を出て白岩に向かう途次にある牢人衆である。

双方は白岩山麓《さんろく》で激突した。一進一退の激戦が展開されたが、最後には武田家牢人衆が押し勝ち、安藤勝道の首を挙げた。

『箕輪軍記』によると、この時、由緒ある白岩観音《かんのん》に火が移ったため、藤太郎らは貴重な仏像や経典《きようてん》を運び出していた。そこに長野方の後詰にあたる青柳宗高《あおやぎむねたか》が、二百の兵を率いて攻めてきたため、不意を突かれた牢人衆は撤退を余儀なくされたという。

青柳宗高が一矢《いつし》報いたものの、衰勢を挽回することは叶《かな》わず、長野勢は全軍を箕輪城に集結させ、籠城戦《ろうじょうせん》に転じた。

これに対して小宮山隊は、信玄主力に先駆けて箕輪城の包囲に向かう。

一方、北方の吾妻《あがつま》方面から榛名《はるな》山西麓《さんせいろく》を迂回《うかい》してきた真田《さなだ》幸隆《ゆきたか》隊は、この頃、鷹留城を落城に追い込んでいた。

これにより箕輪城は孤立し、陸続と集まる武田勢により包囲された。

この時、箕輪城に籠《こも》った兵は、わずか千五百であり、上杉輝虎の後詰以外に救われる道は残されていなかった。しかし輝虎は、この年の三月、下総《しもうさ》臼井《うすい》城で北条方相手に死者数千という大敗を喫しており、この時も北条方由良《ゆら》氏の拠《よ》る新田《にった》金山《かなやま》城攻めに掛かりきりとなっていた。


「冷え込んできたな」

「今年、最初の北風だ」

九月二十八日の夜から翌二十九日にかけて、箕輪城包囲陣の西の守りを託された牢人衆は、敵の夜襲を警戒すべく寝ずの番に就いていた。

城の西を流れる白川《しらかわ》を隔てた陣が、牢人衆の持ち場である。

白川は諸所に深瀬があり、どこからでも渡れる川ではない。それゆえ渡河地点を知る長野勢が、不意に襲ってくることも考えられる。とくに西側の包囲陣は、信玄四男の勝頼《かつより》が総大将のため、警戒を厳にするよう信玄から申し付けられていた。

「それにしても藤太郎、われらは、いつも割に合わん仕事ばかりだな」

「そうぼやくな。手柄とは、危地におればおるほど立てられるものだ」

「物は考えようだな」

与惣兵衛が苦笑いを浮かべた。

「それにしても、おぬしが羨《うらや》ましい」

「わしのどこが羨ましいのだ」

「おぬしには、旧領を取り戻すという宛所《あてどころ》がある」

「何だ、そのことか」

今度は、藤太郎が寂しげな笑みを浮かべた。

「越後の痴《し》れ者に那波城を奪われてから何年になる」

武田家に属する兵は、上杉輝虎のことを〝越後の痴れ者〟と呼ぶ。

「あれは永禄三年（一五六〇）のことだから、かれこれ六年も前のことだ」

鎌倉幕府草創期の功臣である大江広元《おおえのひろもと》の子・政広《まさひろ》を祖とする那波氏が、上野《こうずけ》国東部の那波郷に土着したのは鎌倉時代中期である。以来、那波氏は巨大勢力の狭間《はざま》を行き来し、その命脈《めいみゃく》を保ってきた。しかし、永禄三年の上杉輝虎（当時は長尾《ながお》景虎《かげとら》）越山《えつざん》の折は北条方となっていたため、真っ先に攻撃を受ける羽目《はめ》に陥った。

四囲を敵に囲まれ、本拠の那波城が落城間近となった時、父の宗俊《むねとし》は降伏を決意した。しかし二十四歳の嫡男・藤太郎は、これを聞き入れず、単身、城を脱出する。

残された宗俊は、次男の次郎顕宗《あきむね》を伴い、輝虎の前に膝を屈した。命だけは助けられたものの、二人は城も領土も奪われ、越後に連れていかれた。

一方、脱出した藤太郎は、本来であれば相州小田原《そうしゅうおだわら》に向かうところを甲斐《かい》に向かった。傘下国衆が再三にわたって助けを求めても、後詰勢を派遣しなかった北条家に愛想を尽かしたのである。

身一つで転がり込んできた藤太郎を、信玄は快く迎えてくれた。

「那波領を回復してほしい」という願いにも、笑みを浮かべて「分かった」と言ってくれたが、むろん一言、付け加えるのを忘れなかった。

「すべては働き次第」

戦国の世では至極、当然なことである。

「しかし藤太郎、御屋形様と相州（北条氏康）の国分けによると、那波領は、北条方のものとなるのだろう」

「そのようだな」

信玄は、氏康に輝虎を牽制《けんせい》してもらっている隙に西上州を制圧しようとしていた。そのための代償として、利根川《とねがわ》以東の東上州を北条家のものとせねばならなかった。

この共同作戦は功を奏し、北条方由良氏の金山城を包囲攻撃している最中の輝虎は、北条家の後詰勢に背後を脅《おびや》かされ、西上州まで救援に赴《おもむ》けなくなっていた。

「つまり藤太郎、此度《こたび》の戦いで、いかにおぬしが功を挙げようが、甲相間が親密である限り、たとえ御屋形様でも、那波領を取り戻すことは叶わぬというわけだ」

「そんなことは分かっておる。それゆえ、わしも少し考えが変わってきた」

「どう変わった」

「これまでわしは、父祖の地を取り戻すことばかりを考えてきた。しかし、その念願が叶ったところで、同じことの繰り返しではないか」

「つまり、おぬしもその子らも所領を守るために四苦八苦し、悪くすると此度のように所領を奪われ、誰かを頼らざるを得なくなるというのだな」

「まあ、そういうことだ」

それは、与惣兵衛も常々、感じていることである。

「とは申してもな、所領こそ武士の本分であり――」

与惣兵衛が己の考えを述べようとした時、藤太郎が身構えた。

「あれは何だ」

「あれとは」

与惣兵衛も同じ方向に顔を向けたが、かすかな月明かりが川面に反射しているだけである。

「いま、河畔の葦の間に人影が見えた」

「目の錯覚ではないか」

そう言いつつ闇を凝視《ぎょうし》していると、与惣兵衛の目にも、複数の人影が捉えられた。

「待て。あれはお味方に違いない。ということは――」

「抜け駆けか」

二人の口から同じ言葉がついて出た。

「行こう」

藤太郎が、木の根方に立て掛けてあった槍を取った。

「行こうと申しても、おぬし、まさか――」

すでに藤太郎は駆け出していた。

「もし」

鬱蒼《うっそう》と茂る葦の藪をかき分け、ようやく二人は河畔に達した。

葦の間に身を隠しつつ、藤太郎が声をかけた。抜け駆けを図ろうとする者は、気が立っているため、打ち掛かってくる恐れがあるからである。

「誰だ！」

抜け駆け部隊の間に緊張が走る。

「お味方でございます」

「符丁《ふちょう》を申せ」

主将らしき者の冷静な声が聞こえた。

藤太郎が「天地」と言うと、将は「万物」と答えた。

張りつめていた空気が弛緩《しかん》する。

「天地の間に万物あり」とは、川中島《かわなかじま》で散った信玄の弟・信繁《のぶしげ》の残した遺言の一節であり、武田家中だけに通じる符丁である。

「よし、姿を見せい」

藤太郎が葦の間からゆっくりと姿を現すと、その背後に隠れるようにしていた与惣兵衛も、おずおずと後に続いた。

わずかな月明かりの下に見える五十余りの将兵の顔は、どれも殺気立っている。

与惣兵衛は、藤太郎の後を追ってここまで来たことを後悔した。

「そなたらは、いずこの隊の者か」

「はっ、牢人衆に候《そうろう》」

「牢人衆だと。名を名乗れ」

優に五尺八寸（約百七十六センチメートル）はある将らしき男が、悠然と進み出てきた。兜をかぶっているため顔は定かではないが、もみあげから顎《あご》にかけて生やした美《び》髯《ぜん》が、わずかな月光下でも、はっきりと見て取れる。

「牢人衆頭《かしら》・那波藤太郎宗安《むねやす》」

「同じく副将の五味与惣兵衛貞氏《さだうじ》」

抜け駆け部隊の間にざわめきが起こった。此度の西上州侵攻作戦での牢人衆の活躍は、すでに武田家中に知れわたっていたからである。

「して、牢人が何用だ」

将らしき男が凄《すご》みを利かせてきた。

「それがしは名乗りました。それゆえ、まずは貴殿のご尊名をお聞かせいただきたい」

指揮棒らしきものを弄《もてあそ》びつつ、男が藤太郎の胸倉を摑まんばかりに迫る。

「わが名を聞きたいか」

「はい」

「名を聞いていかがいたす」

「抜け駆けは禁じられております。しかし場合によっては——」

夜目にも、藤太郎の歯が白く輝くのが見えた。

「ご一行に加えていただこうかと」

一同は、拍子抜けしたように顔を見合わせた。

「さすが那波藤太郎だ」

一瞬、啞然とした後、将が相好《そうごう》を崩した。

「わが名を教えてやろう」

将の瞳が月明かりに反射し、青白く輝く。

「河窪兵庫助《かわくぼひょうごのすけ》」

——あっ。

与惣兵衛は、とたんにその場から逃げ出したくなった。

河窪兵庫助とは、信玄庶弟《しょてい》の武田信実《のぶざね》のことである。

甲斐国を統一した信虎《のぶとら》の十男として生まれた信実は、この時、三十歳。信玄の弟の中でも、勇猛さは誰にも引けを取らず、父信虎の血を最も受け継いでいると言われる猛将である。

「これは家中のことだ。遠慮してもらおう」

——われらは家中と思われておらぬのだ。

与惣兵衛は、その認識のずれに愕然《がくぜん》とした。

「そこを曲げてお願いしたい」

藤太郎が一歩、前に出る。

「兵庫助様、この城は、見た目では分からぬ様々な工夫が凝《こ》らされております。かつて上州国衆談合の折、それがしは父に連れられ、この城を訪れたことがあります。それゆえ、この城の縄張りに精通しています。それがしを伴っていただければ、抜け駆けは上手《うま》くいくこと間違いなし」

「この城に来たことがあると申すか。確か那波家は、早くから北条方に与《くみ》していたはず。つまり、痴れ者傘下の西上野衆とは疎遠《そえん》なのではないか」

「いえ、それ以前、上州一揆は一味同心しておりました」

「それでは、そなたがいくつの時、この城を訪れたのか」

「八つくらいでありましたか」

周囲からは失笑が漏れたが、信実だけは顔色を変えずに言った。

「分をわきまえろ」

冷水《ひやみず》のような一言が浴びせられた。

「此度の戦における牢人衆の働きは見事であった。しかし、抜け駆けに牢人衆を伴っていたとあっては、武田家中の恥。ここは見なかったことにしろ」

——何だと。

常は温厚な与惣兵衛も、さすがに頭に血が上った。しかし、河窪兵庫助の名を耳にした今となっては、口答えなどできようはずもない。

「そなたらは何も見なかったのだ。よいな」

そう言い残すと、その場に立ち尽くす二人を尻目に、信実は、川に入っていった。

信実らがいなくなると、周囲に静寂が訪れ、何事もなかったかのように虫の声が高まった。

「藤太郎、口惜《くや》しいの」

「ああ」

「われらは家中と見なされておらぬ。どんなに働いても、これでは報われぬ」

「それが牢人衆というものだ」

そう言うと、藤太郎が踵《きびす》を返した。

「どこへ行く」

「御曹司《おんぞうし》（勝頼）の許に決まっておる」

藤太郎の半身は、すでに味方のいる陣に向いていた。

「おい待て。御曹司に抜け駆けを通報しては、兵庫助様に恨まれるぞ。この場は、見て見ぬふりをしよう」

「馬鹿を申すな。ここから渡河して、そのまま城を登れば、敵の罠にはまる。兵庫助様を、むざむざ殺させるわけにはまいらぬ」

「どういうことだ」

与惣兵衛には何のことやら、さっぱり分からない。

「対岸の堀底道を進むと、その先は囮虎口《おとりこぐち》となっておる。そこを無理に押し通れば、切留《きりどめ》（行き止まり）の桝形《ますがた》に入る。城方は、そこに寄手《よせて》を引き入れ、殲滅しようというわけだ」

城には死地と呼ばれる罠が仕掛けられていることがある。その多くは、堀底道を誘導路として先端部を袋小路とし、その上から攻撃できるようになっている。

「そういうことか。それではなぜ、あの時、兵庫助様にそれを教えなかった」

珍しい生き物でも見つけたかのように与惣兵衛を見つめると、藤太郎が言った。

「飯の種をなぜ教える」

さも当然のように、藤太郎が言った。

——それはそうだが。

藤太郎の引き締まった背筋を見つめつつ、与惣兵衛には、藤太郎という男がまた分からなくなった。

藤太郎と与惣兵衛は、その足で西側包囲陣の総大将となっている勝頼の許に駆け込んだ。

二人の話を聞いた勝頼は、「抜け駆けは許さん」と烈火のごとく怒り、すぐに出陣の支度をさせた。この時、すかさず藤太郎が「先手《さきて》をたまわりたい」と願い出たので、勝頼は勢いに任せて、それを許した。

やがて夜が白み始めると、波濤《はとう》のような喊声《かんせい》が対岸で巻き起こった。渡河に成功し、身を潜《ひそ》めていた信実らが城に打ち掛かったのだ。

「命を惜しむな。名を惜しめ！」

信実の攻撃開始を待っていた藤太郎は、突撃の鼓を叩かせると、兵に先んじて川に踏み入った。

藤太郎は渡河地点の当たりをつけており、夜の間に泳ぎの得意な者たちを渡らせ、数本の木舞縄を対岸の大木に結んでいた。

それを伝い、瞬《また》く間に渡河した牢人衆の後を、勝頼率いる諏訪《すわ》衆が続く。

彼らの発する喊声は四囲に満ち、それを聞いた信玄は抜け駆けを察し、致し方なく全軍突入の旗を掲げさせた。

たちまち城の四囲は筒音に覆われた。人の喚き声と馬のいななきが、その合間を縫うように聞こえてくる。

川を渡りきった藤太郎と与惣兵衛が耳を澄ますと、すでに信実らは、罠の仕掛けられた堀底道を進んでいるらしく、武具のぶつかり合う音と凄まじい気合いが、堀の先から聞こえてくる。

「藤太郎、どうする」

「北方に迂回し、敵の背後に出よう」

牢人衆は、白川河原を北に向かって駆け出した。

白川河原を移動することは、上方《じょうほう》の曲輪《くるわ》にいる敵の格好の標的になるはずだが、すでに味方が四囲から突入を開始しているためか、誰も撃ってこない。

大きく北に迂回した牢人衆は、普請《ふしん》半ばの曲輪を見つけ、そこを登って敵勢の背後に出た。あとわずかで、信実らが囮虎口に達しようという矢先である。

「掛かれ！」

木柵《もくさく》や鹿垣《ししがき》を押し倒し、牢人衆が敵の背後を突いた。思いもよらぬ方角からの攻撃に、たちまち敵の腰が引ける。

堀底道を進んできた信実らも状況を察したらしく、堀を這い上って敵に打ち掛かった。前後から攻撃を受けた敵は、次々と陣所を放棄し、本曲輪目指して逃げていく。

瞬く間に囮桝形とその周辺は、武田方により制圧された。

一息ついた与惣兵衛がふと下方を見ると、憤怒をあらわにした信実が、堀底道の中央に仁王《におう》立ちしている。

「藤太郎、兵庫助様を怒らせたぞ」

与惣兵衛が心配げに声をかけても、藤太郎は平然としていた。

「気にするな。命を助けられて怒る方がおかしいのだ」

「しかし、われらは牢人衆ではないか」

牢人衆に救われたという事実に、信実は耐え難い屈辱を感じているに違いない。しかし戦場で、いつまでもそんなことを気にしているわけにはいかない。

「藤太郎、これからどうする」

「申すまでもない。敵大将の首をいただくだけよ」

すでに城内の敵は浮足立っており、組織だった抵抗ができていない。敵将の首を狙うのに、これほどの好機はない。

立ち込める硝煙《しょうえん》の中、出会い頭に現れる敵を突き殺しつつ、二人は一心不乱に上へ上へと進んだ。城内では二人を武田方と識別できず、そのまま擦れ違っていく者までいる。しかし、城内の通路は狭く複雑なため、後に続く者も少なくなってきた。

「おぬしは八歳の時のことを、よく覚えておるな」

息を切らしながら与惣兵衛が問う。

「いや、あの頃とは大分違う」

「どういうことだ」

「あれから二十年余も経っているのだ。縄張りは変わっておる」

「ということは――」

「当てずっぽうで走っておる」

与惣兵衛は、開いた口がふさがらない。

「しかし藤太郎、兵がついてきておらぬぞ」

すでに二人の背後には、数名の兵が付き従っているだけである。

「旗持ちがおれば、後の者はどうでもいい」

背後を見やると、旗持ち役が、歯を食いしばって二人の後を追いかけてきていた。

堀底道を走り、適当なところで土塁を乗り越えると、やがて空堀を隔て、最高所の曲輪が見えてきた。

――本曲輪だ。

出たとこ勝負にもかかわらず、戦慣れした藤太郎の勘は冴えていた。

物陰に身を隠しつつ前方をうかがうと、さすがに本曲輪の防備は厳で、土塁の上に築かれた土塀《どべい》の隙間から、多数の筒先がのぞいている。

「藤太郎、まさか行くなどとは申すなよ」

「無理を通さねば、功は挙げられぬ」

そう言い残すや、藤太郎が空堀に飛び降りた。

——「待て」と言っても無駄だな。

与惣兵衛も後に続いた。幸いにして風がなく、堀底には硝煙が立ち込めている。その乳白色の雲海の中に飛び込むと、鼻がつんとし、目も開けていられぬほどだが、身を隠すにはちょうどよい。

上方からは散発的な筒音も聞こえるが、当てずっぽうで撃っているらしく、至近弾は近くにも飛んでこない。

二十間はある堀底の横断に成功した二人は、逆茂木《さかもぎ》の間に身を隠した。

背後を見ると、すでに味方は城内に満ち、次々と堀に身を躍らせている。本曲輪への一番乗りを狙うなら猶予はない。

「行くぞ」

ほんの少し休んだだけで、藤太郎が逆茂木をかき分けて堀を登り始めた。与惣兵衛もそれに続く。やがて土塁を登りきった二人が、土塀の上から本曲輪の中をのぞくと、すでに守備兵は散り散りになり、思い思いに防戦しているだけである。

——しめた。

本曲輪に飛び込んだ二人は、続いて土塀を乗り越えてきた旗持ちに、「牢」と大書された黄絹《きぎぬ》の大四半《おおしはん》を掲げさせた。

「牢人衆、一番乗り！」

藤太郎の高らかな叫びが、硝煙漂う本曲輪に響きわたった。

三

浅間山《あさまやま》の稜線《りようせん》に、九月二十九日の夕日が沈もうとしていた。

日が西に傾く頃から吹き始めた上州特有の烈風が、箕輪城の本曲輪に張りめぐらされた陣幕を生き物のようにうごめかせ、諏訪梵字《ぼんじ》旗と孫子《そんし》の旗の裾《すそ》を乱舞させる。

微動だにせず拝跪《はいき》する武将たちの背旗が林立する中、ヤクの毛をあしらった諏訪法性《ほつしよう》の兜をかぶり、大鎧《おおよろい》の上に朱色の袈裟《けさ》と純白の絡子《らくす》を掛けた将が、悠然と首座に着いた。

風の音だけが、死者の呻《うめ》き声のように耳元で鳴る。

「大儀《たいぎ》」

「はっ」

その将、すなわち武田信玄の一言で、本曲輪に拝跪する百を超える将領や物頭《ものがしら》が一斉に頭を下げた。

甲冑《かつちゆう》の擦れ合う音が一瞬、風の音を凌駕《りようが》する。

三方《さんぼう》の上に載せられた勝栗《かちぐり》、打鮑《うちあわび》、昆布《こんぶ》を形ばかりに食し、朱盃《しゆはい》に注がれた酒を飲み干すと、信玄が立ち上がった。日輪の前立《まえだて》に夕日が反射し、神々《こうごう》しいばかりの輝きを放っている。

「えいえい」

「応」

左手に弓を持ち、右手に扇子《せんす》をかざし、三度まで勝鬨《かちどき》を上げた信玄は、再び床几《しょうぎ》に腰を下ろした。

長野業盛ら城方諸将の首が、縁《ふち》のない折敷《おしき》の上に載せられて一列に並べられた。続いて検使役が、一番首を獲った武士の名を呼ぶ。

信実配下の若い武士が、大股で信玄の前まで進み出て盃を受けると、続いて二番首、三番首の者たちが同じく盃をもらう。いずれも信実の手の者である。

まさに抜け駆けの功名だった。

この時代、抜け駆け、追い切り（深追い）、せせり動き（挑発行為）などの軍令違反は、合戦前の定め書きで布告しない限り、許されていた。それは、「功名を挙げる機会は親でも奪えない」という鎌倉時代以来の武家社会の伝統が、連綿と受け継がれていたからである。

城主の長野業盛は自害したため、誰も大将首の褒賞《ほうしょう》には与《あずか》れなかったが、討ち取った敵将の首実検が引き続き行われた。

それが終わると、「本曲輪一番乗りは那波藤太郎宗安」という検使役の声が聞こえた。

進み出た藤太郎が作法に従って盃を受けると、信玄が笑みを浮かべた。

「那波藤太郎、いつもながら比類なき働きであった。とくに、わが弟を救ってくれたこと、礼を申す」

「もったいない」

「『無理を通さねば、功は挙げられぬ』か。よき言葉だ」

信玄は藤太郎の口癖を知っていた。

「その言葉に偽りはなかった。それゆえ今日から、そなたは無理之介《むりのすけ》と名乗れ」

「無理之介と——」

「そうだ。気に入らぬか」

「いえ、これほどそれがしに似合う名はありませぬ。向後《こうご》、無理之介と名乗らせていただきます」

藤太郎あらため無理之介が、不敵な笑みを浮かべる。

「むろん、それだけではない」

信玄が一瞬、間を置いた後に言った。

「直臣に取り立て、どこぞに所領を与えよう」

牢人たちにとって、武田家直臣になることは共通した目標である。不安定な地位の無足人《むそくにん》から、安定した収入を得られる給人《きゅうにん》になれば、家も持て、妻《めと》も娶れ、人並みの生活が営める。

背後に控える与惣兵衛だけでなく、ここにいる誰もが、無理之介が感涙《かんるい》に咽《むせ》んで喜ぶ様を想像した。

「所領は西上州がよいか、それとも暖かい駿遠《すんえん》の地を好むか」

駿遠の地とは駿河《するが》・遠江《とおとうみ》両国のことである。

「いえ」

感極まったように顔を伏せていた無理之介が、ようやく顔を上げた。

「わが身分は、このままで構いませぬ。その代わり、わが功を黄金《こがね》に替えていただけませぬか」

その言葉に、周囲がどよめいた。

陣借りに近い牢人衆にとって、正式に家中の一員として召し抱えられ、土地と俸禄《ほうろく》を与えられる以上の栄誉はない。それを無理之介は一時金でいいというのだ。

信玄は大きくうなずくと、すべてを察したかのごとく言った。

「天晴《あっぱ》れな心がけだ」

信玄の声音が、ひときわ大きくなる。

「古来、武士は誰しも土地にしがみつき、そこから上がる糧《かて》を得ることで、安んじた生き方を目指してきた。それを、そなたは要らぬという」

「申し訳ありませぬ」

「何を謝ることがあろうか。黄金をここへ」

弾《はじ》かれたように立ち上がった近習《きんじゅ》たちが、二斗樽《にとだる》に入れられた黄金を運んできた。

武田家では甲州金《こうしゅうきん》を四匁《もんめ》の太鼓判《たいこばん》に鋳造《ちゅうぞう》し、戦場に運び込んでいた。小さな功のあった者に、信玄が手ずから与えるためである。

「これを樽ごと持っていけ」

「おお」

家臣たちの間から感嘆のため息が漏れた。

「ありがたく頂戴いたします」

無理之介は、満面に笑みを浮かべて平伏した。

夜の帳《とばり》はすっかり下り、諸所に掲げられた篝《かがり》が、風に煽《あお》られて舞い狂っていた。

四

武田家の本拠・躑躅《つつじ》ヶ崎《さき》館のある甲斐府中から一里ほど南の蔵田《くらだ》村《むら》には、傾城《けいせい》屋

（遊郭《ゆうかく》）の立ち並ぶ一角がある。

「八日市場《ようか》にないものは、猫の卵に馬の角」という戯れ歌もあるほど賑わっている八日市場に隣接するこの地は、武田家の蔵屋敷が軒を連ねる甲斐経済の中心であり、この一帯の繁華な様は、小田原と並んで東国随一と言われていた。

その遊里に、二斗樽を神輿《みこし》のように担いだ一行が繰り出してきた。

「どけどけ、牢人衆のお通りだい」

若い足軽が勢い込んで木戸をくぐると、ほかの客や町衆は驚いて道を開けた。

二百にも及ぶ男たちは弾むように闊歩《かっぽ》し、それぞれ馴染みの傾城屋に散っていく。

「藤太郎、いや無理之介、本当に今宵一夜で使い切るのか」

「当たり前だ。これは皆で稼いだものだ。皆で使えばよい」

「大した男だ」

那波無理之介と五味与惣兵衛の二人も、馴染みの傾城屋の暖簾《のれん》をくぐった。

二人の後ろから二斗樽が続く。

その時、たまたま玄関口に出てきた大身の武士と、二人は鉢合わせした。

もみあげを顎まで伸ばし、朱と白の縞が交互に入った綾織《あやおり》の小袖《こそで》を粋《いき》に着こなす、その恰幅《かっぷく》のよい武士こそ、誰あろう武田信実だった。

「あっ」と思った時はもう遅かった。信実の鋭い眼差しが二人を捕らえて離さない。

信実の取り巻きたちも、店の奥からぞろぞろ出てきた。

無理之介と与惣兵衛は、脇にどいて一行を通そうとしたが、信実の関心は、すでに無理之介に向いている。

「那波殿、久方ぶりよの」

「これは兵庫助様、その節は――」

「こちらこそ世話になった」

信実の三白眼《さんぱくがん》がつり上がる。

信実はしたたかに酔っており、きれいに剃《そ》り上げられた大月代《おおさかやき》まで赤くしている。

「府中に帰って早々に遊郭とは、さすが那波殿、豪気よの」

己のことを棚に上げ、信実が皮肉な笑みを浮かべた。

「傍輩《ほうばい》たちと少々、息抜きをしようと思うただけにございます」

「これが少々とは驚いた」

信実の瞳に酷薄そうな光がともる。

「兄者からもろうた黄金に飽かせて、牢人の分際で、われらと同じ女を買おうというのだな」

こうした場合は、何を言っても火に油を注ぐだけである。無理之介が口をつぐむと、信実は嵩《かさ》にかかってきた。

「どうだ、図星であろう。この他国者《よそもの》め」

他国者と呼ばれ、無理之介の顔色が変わった。

――こいつはいかん。

「お待ちあれ」

無理之介を背後に押しやるようにして、与惣兵衛が進み出た。

「河窪様、いくら何でも、同じ家中の傍輩に対し、他国者呼ばわりするのは無礼ではありませぬか」

「同じ家中だと」

信実が目を剝《む》く。

「与惣兵衛、よせ」

与惣兵衛の肩を押さえて、無理之介が言った。

「われらは退散いたしますゆえ、この場は、お見逃しいただけませぬか」

「見逃せとな」

信実の目の端が怒りで引きつる。

「あの時、そなたらは、われらを見逃さず、四郎（勝頼）に注進した。それゆえ、われらは大将首と一番乗りを逸《いっ》した」

「あの時、われらが赴かねば――」

無理之介が口ごもった。

「赴かねばどうなった」

「――――」

「どうなったと問うておるのだ！」

信実が太刀の柄《つか》に手を掛けると、双方の配下も身構えた。

すでにほかの傾城屋からも、牢人衆が駆けつけてきており、騒ぎは大きくなりつつある。

「そなたのおかげで、わしは兄者から叱責された」

箕輪合戦が終わった後、信実を呼び出した信玄は、抜け駆けを図ったことよりも、城内の様子も分からずに敵の仕掛けた罠に飛び込んでいったことを指摘し、信実を叱責した。それだけならまだしも、信実の命を救った無理之介を褒め上げたため、信実は無理之介を逆恨みしていた。

「わしは牢人に救われた男だ。もはや武田家中に身の置き所もない」

双方の緊張は頂点に達しつつあった。このままでは刃傷沙汰《にんじょうざた》に発展する。

――この喧嘩、たとえ勝っても切腹だな。

馬鹿馬鹿しいとは思いつつも、売られた喧嘩を買わねば、武士という稼業は成り立たない。

与惣兵衛も覚悟を決め、太刀袋の紐を解いた。

その時である。無理之介が、どうとばかりに土間に突っ伏した。

「兵庫助様、何卒、ご容赦下され」

武士として、土下座して詫びを入れる者を斬るわけにはいかない。信実の面《おもて》には、明らかに戸惑いの色が表れている。

「顔を上げろ！」

「上げませぬ」

無理之介は、額《ひたい》を土間に擦り付けたまま微動だにしない。

「さすが牢人、土下座までするとはな。致し方ない。此度だけは見逃してやる」

ため息をついた信実が框《かまち》に腰を下ろしたのを機に、店の手代がすばやく草鞋《わらじ》を履かせた。

やがて立ち上がった信実は、店の暖簾に手を掛けると言った。

「この恨み、忘れはせぬぞ」

憎悪をあらわにした視線を交わしつつ、双方は袂《たもと》を分かった。張りつめていた緊張が薄れ、どよめきに似たため息が周囲に立ち込める。

その時、茫然《ぼうぜん》として信実一行を見送っていた与惣兵衛の背に声がかかった。

「何をしておる。さあ、行こう」

「行こうと言っても、どこに行く」

「奥に決まっておろう。われらは女を抱きに来たのではないか」

いつの間にか草鞋を脱いだ無理之介は、今様《いまよう》らしきものを口ずさみつつ、奥に消えていった。

この後も、武田家は他国への侵攻をやめず、甲斐、信濃、駿河の三国と上野半国、さらに遠江と飛騨《ひだ》の一部にまで領国を膨張させた。

その先手には、常に牢人衆の姿があった。派手な活躍の場は与えられなかったが、危険極まりない仕事は、すべて牢人衆にお鉢が回ってきた。

そして元亀《げんき》三年（一五七二）、遂に信玄は上洛の兵を興す。怒濤《どとう》の勢いで遠江を席巻《せっけん》した武田勢は、三方ヶ原《みかたがはら》で徳川勢を一蹴《いっしゅう》し、織田信長と決戦すべく岐阜《ぎふ》に向かおうとしていた。

上洛軍の前駆《さきが》けとなり、主力勢の露払《つゆばら》いの役を担う牢人衆の活躍も際立っていた。

信玄が天下を制するのは、まさに目前だった。

五

三河《みかわ》国の野田《のだ》城包囲陣で、その話を耳にした時、与惣兵衛と無理之介の二人は、啞然として顔を見合わせた。

「御屋形様の病が重篤《じゅうとく》と申すか」

二人の鬼気迫る顔を見た使番《つかいばん》は、一歩、二歩と後ずさりつつ、その目的を告げた。

「それゆえ御屋形様は、お二方に、ぜひ申し置きたいことがあると仰せなのです」

「分かった」

二人は緊張した面持ちで、信玄が陣所にしている豪農屋敷に向かった。


「無理之介と与惣兵衛か。よくぞ参った」

農家の居間に横たわる信玄が、ゆっくりと首を回した。

──何たるお姿か。

山のように大きく、空のような威圧感を放っていた信玄は、もうどこにもおらず、そこにいるのは、病みさらばえた一人の老人だった。

「ちこう」

衾《ふすま》に膝が触れるまで二人が膝行《しっこう》すると、信玄が弱々しい眼差しを向けてきた。

「今日まで、よくぞ武田家のために尽くしてくれた」

「もったいない」

二人が、飛び下がるように平伏する。

「それに報いることも、もはやできそうにない」

「何を申されます。天下統一は、目前ではありませぬか」

無理之介の声音には、必死の色が表れていた。

「いかにもな。しかし天は、わしを見放したようだ」

信玄は無念そうに唇を嚙んだが、すでに歯がほとんど抜け落ちており、皺深《しわぶか》い口が、への字に曲がっただけだった。

「そなたらを呼んだのは、永《なが》の別れを言うためだけではない。これまでの功に見合った恩賞を下そうと思うたからだ」

「もったいない」

こんな信玄の姿を見てしまえば、何かをやると言われても、「はい、そうですか」と、喜んでもらうわけにはいかない。

「無理之介、確かおぬしは、父祖の本貫地《ほんがんち》以外の領土を欲していなかったな」

「はっ、はい――」

「そなたの念願が、那波家再興であることは分かっておる。しかしながら、北条家との盟約があるため、われらは東上州に進むことができぬ」

「承知しております」

「それゆえ、わしは相州（北条氏政）と語らい、そなたを北条家に移すことに決めた」

すでに氏康は没し、北条家の家督は、嫡男《ちゃくなん》の氏政が継いでいた。氏政は信玄の女婿《じょせい》である上、いったん手切れした甲相間の同盟を復活させるほどの親武田派である。

「そなたほどの武辺者《ぶへんもの》を手放すのは真に惜しい。しかも北条家に属すということは、先々、われらと敵味方に分かれてしまうことになるやもしれぬ。しかし――」

信玄の声音に感情の色が差した。

「父祖代々の土地を取り戻すために、懸命に働いてきたそなたに報いるには、これしか手はない。いつの日か四郎とそなたは、戦場であい見《まみ》えることになるやもしれぬ。しかし、それこそ武士の誉《ほま》れというものだ」

「御屋形様」

感極まったがごとく、うつむいていた無理之介が顔を上げた。

「ご配慮に深く感謝いたしますが、それは、わが本意とは異なります」

信玄がわずかに首を動かし、驚いたように無理之介を見つめた。

「それがしが北条方に移れば、武田家中から、『しょせん他国者』と後ろ指をさされます。これまで武田家に忠節を尽くしてきたことも雲散霧消《うんさんむしょう》し、残された牢人衆も、いつまでも家中と見なされませぬ。それゆえ、それがしは今のままで構いませぬ」

信玄の瞳が大きく見開かれた。

「そなたは、本当にそれでよいのか」

「それがしなりに考えたのですが、武士たるもの、失うものが大きければ大きいほど、よき働きはできませぬ。それゆえ失うものがない立場でおる方が、よき働きができると思うようになりました」

「失うものがない立場とな」

「はい。人は土地を持てば一家を成します。一家を成せば、それに甘んじ、大過なく過ごせるよう、何事も無難にこなすようになります。さすれば怠惰《たいだ》の心も生まれます。それがしは、それが嫌なのです」

「いかにも人は安住の場を得ると、心が萎《な》える。常に不安に身を置いていれば、死に物狂いの働きもできる」

若い頃のように、信玄の顔つきが鋭気を帯びた。

「仰せの通り。地位も身分もなき方が、武士はよき働きができるものです」

「その心映え、実に見事よのう。これからの武士は皆、そうあらねばならぬ」

傍らで二人のやりとりを聞いていた与惣兵衛にも、ようやく無理之介の本意が分かってきた。

無理之介は、所領を得ることで闘争心が衰えることを恐れ、あえて無足人のままでいようとしていた。功に見合ったものは一時金でもらい、後に残さない。先の分からぬこの時代、その方が利口とも言える。

——かような生き方も、悪くないかもしれぬな。

「与惣兵衛」

歯が抜け落ちてしまった信玄の口から出た言葉は「よさへえ」としか聞こえず、無理之介に肘でつつかれるまで、与惣兵衛は、己が呼ばれたことに気づかなかった。

「そなたはどうする」

その時、与惣兵衛の心中に故郷の風景が浮かんだ。

雪に閉ざされた山里に生まれた与惣兵衛は、十五の時、母の手を振りきり、郷里を後にした。そして、そこに二度と戻らぬ決心をした。腰まで雪に埋もれながら峠道を登りきった時、眼下に見えた故郷の村は、あまりに小さかった。

——わしは、いつの日か功名を挙げ、雪に埋もれることのない地を所領とすることを夢見てきた。しかし、それが何だというのだ。猫の額のような土地をもらい、後生大事に耕すことに、何の生き甲斐があるというのだ。

与惣兵衛も、「どこかに所領を与える」という信玄の言葉を断った。

——牢人は牢人のまま、生涯を終えればよいのだ。

牢人として幾多の戦場を共にすることにより、与惣兵衛も、無理之介と変わらぬ思いを抱くようになっていた。

この数日後、長篠《ながしの》城に移り、しばし療養した信玄は、信長との決戦をあきらめ、甲斐への帰途に就く。しかし、信州駒場《こまんば》まで来たところで力尽きた。

信玄の死後、その名跡《みようせき》を継いだ勝頼は、破竹《はちく》の勢いで美濃や遠江に攻め入り、敵城を席巻した。その攻撃は信玄以上に苛烈であり、信長、謙信、徳川家康らは、勝頼に一目も二目も置くようになった。

武田家の隆盛を見た諸国の牢人たちは、次々と仕官を申し出てきた。勝頼は見境なく彼らを受け入れたが、彼らのうちで、何の伝手《つて》もない者や出自《しゆつじ》の定かならざる者は、すべて牢人衆に編入された。そのため牢人衆は、五百近くにまで膨れ上がる。

五百もの牢人を率いることになった無理之介は、いつしか牢人大将と呼ばれるようになっていた。

しかし勝頼は、自らの親族や与党を要職に就ける傾向があり、牢人衆が大部隊になればなるほど、無理之介の上位に、親族の誰かが就く可能性が高まった。

天正《てんしよう》三年（一五七五）、勝頼は徳川領制圧に向けて出陣することになったが、その直前に告げられた軍編制を知らされた時、無理之介と与惣兵衛は愕然とした。

牢人衆の首座に信実が就いたのだ。

六

夜回りの番に就いていた与惣兵衛が鳶ヶ巣山砦《とびがすやま》に戻ってくると、男が一人、重畳《ちようじよう》と連なる奥三河の山々を眺めていた。

「何をやっておる」

沛然《はいぜん》と降り続いていた雨もやみ、雲間からは青白い半月がのぞいている。

「何だ、与惣兵衛か」

振り向いた無理之介が、いつものように白い歯を見せて笑った。

「無理之介、御屋形様（武田勝頼）が主力勢を率い、設楽ヶ原《したらがはら》方面に向かった」

「ああ、わしも、それを眺めていたところだ」

「となれば、明日は敵との決戦だ。少しでも眠っておいた方がよい」

「そうだな」と答えたものの、無理之介は心ここにあらずといった様子である。

「何か心配事でもあるのか」

「心配事だらけだ」

期せずして二人の顔が笑み崩れた。

天正三年四月、一万八千の軍勢を率いた武田勝頼は、甲斐から三河に向けて出陣した。言うまでもなく、徳川家康に無二の一戦を挑むためである。

武田勢は信州伊奈《いな》から奥三河に入り、いったん飯田《いいだ》街道を西に向かい、足助《あすけ》城を攻略すると、伊奈街道に戻って野田城を落とし、そのまま南西に進んだ。その行く手には吉田城がある。吉田城は徳川家の西三河の本拠であり、この城を落とせば、徳川領を東西に分割できる。

吉田城の支城である二連木《にれんぎ》・牛久保《うしくぼ》両城を落とし、意気揚がる武田勢は、家康の籠る吉田城を包囲、周辺地域で放火や略奪を行い、家康を挑発する。しかし家康は、貝のように城に閉じこもり、いっこうに出てくる気配がない。

致し方なく勝頼は長期戦を覚悟した。

しかし長期戦となれば、退路の安全を確保するのが先決である。勝頼は、背後に長篠城という小城を残してきたことを思い出した。山間《やまあい》の小城とはいえ、三方を切り立った崖に囲まれた長篠城を落とすのは容易でなく、見張りの軍勢二千を残し、置き捨てにしてきたのである。

吉田城を落とすとなると本腰を入れねばならず、長期戦となれば、信濃からの兵站《へいたん》も確保せねばならない。そこで勝頼は、いったん伊奈街道を引き返し、全軍を挙げて長篠城を攻めることにした。

長篠城は、奥三河と呼ばれる三河国北部の山間にあり、この地方に蟠踞《ばんきょ》する国人一揆・山家三方衆《やまがさんぼうしゅう》の一つ、長篠菅沼《すがぬま》氏の居城だった。土豪の小城とはいえ、信州伊奈から吉田城のある豊橋方面に抜けるには、必ず通過せねばならない要地にあり、吉田城を攻めるなら、先に攻略せねばならない城である。

この時、長篠城に入っていたのは、奥平信昌《おくだいらのぶまさ》以下五百の徳川勢にすぎない。武田勢一万八千が全力で攻め掛かれば、落城は必至である。

ところが、勝頼が吉田城包囲を解き、長篠城に向かった頃、信長率いる後詰勢三万が吉田城に来援し、状況が一変した。徳川勢と合わせて三万八千になった連合軍は、勝頼の後を追う。これにより、決戦の気運は一気に高まった。

五月十九日深夜、長篠城から一里弱西の設楽ヶ原に陣を布いた連合軍と雌雄《しゆう》を決すべく、勝頼率いる武田家主力勢一万六千は、長篠城の包囲陣から移動を開始した。

長篠城の抑えを託された信実らは、長篠城の東を流れる大野川《おおのがわ》（宇連川《うれがわ》）を隔てた小丘《しょうきゅう》群に陣取り、長篠城の監視の任を担うことになった。

鳶ヶ巣山の本陣に信実と小宮山信近《こみやまのぶちか》の五百、姥ヶ懐《うばがふところ》砦に三枝昌貞《さえぐさまささだ》ら三百五十、君《きみ》ヶ臥床《ふしど》砦に和田信業《のぶなり》ら三百、久間《ひさま》山《やま》砦に上州先方衆二百、そして中山砦に牢人衆二百四十の、つごう千六百騎弱という布陣である。

この時、牢人衆の約半数は本隊に随伴させられたため、中山砦には、残る半数の牢人衆が詰めることになった。

無理之介と与惣兵衛は中山砦に残り、周辺の警戒に当たっていた。

無理之介が心配そうな顔で続ける。

「与惣兵衛、長篠城の後詰に駆けつけたにもかかわらず、なぜ信長は、西に一里も離れた地に陣を布く」

「おそらく、後詰の構えを見せれば、われらが引くと思っておるからだろう」

「それだけかな」

無理之介がしゃがんで枯枝を手にしたので、与惣兵衛は持っていた提灯《ちょうちん》を傍らに置いた。

「信長は、あの城の後詰に来たはずだ。それを、ああして待ち戦の構えを取っておるということは、われらに『どうぞ長篠城を差し上げます』と言っておるに等しい」

「そうかもしれぬが――」

「つまりだ」

無理之介は、地面に巧みに双方の陣形を描いていった。

その頃になると、わずかに空が白んできた。寅《とら》の下刻（午前五時前）を回っているに違いない。

「御屋形様は、夜明けとともに敵陣に打ち掛かるという話だ。そろそろだぞ」

与惣兵衛には信長の思惑を推し測るよりも、無二の一戦を遂げようとしている勝頼率いる主力勢の動向が気になった。

「それはよいのだが、後詰にやってきた織田勢が、どうしてここまでやってこない。わしには、どうしても合点《がてん》が行かぬ」

無理之介は、双方の陣形をにらんだまま首をかしげている。

「おい、聞こえるか」

与惣兵衛の耳に、遠方でわき上がった喊声が聞こえてきた。

「与惣兵衛、敵は御屋形様を引き付けておるのではないか。やはり敵の狙いは――」

「無理之介、御屋形様が敵陣に打ち掛かったぞ。今夜の首実検では、信長と家康の首が拝めるかもしれぬ」

しかし喊声は次第に大きくなり、近づいてくるような気がする。

「与惣兵衛、これは違うぞ」

「違う、とは――」

「敵の狙いは、やはり長篠城の後詰だ。御屋形様はおびき出されたのだ！」

無理之介が立ち上がると同時に、鳶ヶ巣山山頂で、けたたましく半鐘が鳴らされた。

物見の絶叫も聞こえる。

「あれは、御屋形様たちの喊声ではない」

「何だと！」

「敵の後詰が、ここまでやってきたのだ」

無理之介が鳶ヶ巣山山頂に向かって駆け出した。与惣兵衛もそれに続く。

本曲輪に着くと、すでに信実本陣は混乱を極めていた。兵たちは防戦の支度をすべく、右往左往している。

小姓に手伝わせて甲冑を着けながら、信実は次々に下知を飛ばしていた。

「兵庫助様」

「何用だ！」

信実の怒声を無視して無理之介は言った。

「敵は、こちらに一手を向けてきた模様」

「そんなことは分かっておる」

「われらは虚を突かれ、すぐに迎撃態勢が取れませぬ。兵庫助様は、設楽ヶ原に展開するお味方衆に合流下され」

「馬鹿を申すな。われらは根無し草の牢人とは違う。この場に踏みとどまり、この砦を守る」

さすがに信実の肚《はら》は据わっている。

「分かりました。それでは、われらは中山砦まで下り、敵を防ぎます。その間に、鳶ヶ巣山の構えを固めて下され」

「好きにしろ」

信実は鳶ヶ巣山の手配りで、頭がいっぱいのようである。

無理之介が与惣兵衛に向き直る。

「与惣兵衛、ここにいる牢人衆を集めてくれ」

「おぬしはどうする」

「先に中山砦に向かう」

「分かった」

その時、最も南に位置する久間山砦から黒煙が上がった。敵は長篠城の南方を大きく迂回し、菅沼山を越え、背後の天神山《てんじんやま》から久間山砦に攻め掛かったのだ。

天神山から尾根筋に沿って逆落《さかお》としに掛かられては、急普請の久間山砦では防ぎようもない。

敵が、いかなる道を伝って背後に回ったのかは分からないが、敵地の地理に精通していない武田勢は、虚を突かれた格好になる。

敵の次の目標が、さらに低い丘上にある中山砦となるのは明らかである。無理之介は、そこで敵を押しとどめている間に、信実に迎撃態勢を取らせようとした。

――まさに捨て石だな。

鼓を叩かせ、警戒の任に当たっていた牢人衆を集めた与惣兵衛は、無理之介の後を追って中山砦に向かった。

その頃には、戦場全体を包む喧噪《けんそう》も次第に大きくなってきた。

――今度こそ、御屋形様が敵陣に掛かられたに違いない。

与惣兵衛は、祈るような気持ちで山道を駆け下った。

七

曙光《しょこう》差す中、すでに中山砦では、激しい白兵戦が展開されていた。

その乱戦の中に、二間の大身槍を振り回しつつ、無理之介が飛び込んでいった。

それに続く牢人衆も、鍛え上げてきた武術を駆使し、獅子奮迅の活躍を見せるが、衆寡敵《しゅうかてき》せず、次第に敵に押され、一人また一人と斃《たお》されていく。

「無理之介、どうする」

味方の姿もまばらになり、いよいよ中山砦の陥落《かんらく》は間近である。

「敵は思いのほか多い。この山では防げぬ。鳶ヶ巣山まで引こう」

無理之介たちは、中山砦で半刻ほどしか時を稼げなかったが、すでに鳶ヶ巣山の守りは固められているはずである。

牢人衆は来た道を引き返した。その背後から、喊声を上げつつ敵が追ってくる。

鳶ヶ巣山は椀を伏せたような形をしており、傾斜が急である。そこを半ば攀じるように登り、本曲輪に着いた時、無理之介と与惣兵衛は啞然とした。

鳶ヶ巣山山頂に、味方の姿がないのだ。

陣幕を張りめぐらせた本陣には、信実と数名の近習や小姓が、ぽつんと座していた。

「兵庫助様、いったいこれは――」

「皆、逃げてしもうたわい」

信実が決まり悪そうに言った。

敵の奇襲に慌てた武田家直臣たちは、「この地を死守せよ」という信実の命に従わず、鳶ヶ巣山砦から逃げ散ってしまったというのだ。

「事ここに至らば、致し方ありませぬ」

無理之介が信実の前に拝跪した。

「兵庫助様は、ここから落ちて下され」

「敵に背を見せることなどできるか！」

すでに敵の喊声は山麓まで迫っており、逃れるとしたら今しかない。

「分かりました。それでは共に、ここで戦いましょう」

「そなたら牢人どもは――」

信実が不思議そうな顔をした。

「なぜ逃げぬ」

「われらでござるか」

無理之介が驚いたように確かめる。

「そうだ。見たところ、牢人衆の主立つ者は雁首《がんくび》をそろえておるではないか」

無理之介の背後には、牢人衆の物頭が、さらにその背後には、歴戦の兵《つわもの》たちが拝跪している。

「そなたらは忠義者だな」

苦笑いを浮かべつつ、無理之介が首を左右に振った。

「兵庫助様、われらが逃げぬは、忠義心からではありませぬ。われらは、仕事をせねば飯が食えぬからです。たとえそれが死地であろうと、われらは託された仕事を全うすることで、食い扶持《ぶち》を得ています。いったん逃げてしまえば、われらは仕事を失い、糧を得ることはできませぬ。それが、逃げても飯の食える直臣の方々とは違うのです」

「それが牢人というものなのだな」

「はい。われらは、それを誇りにしております」

「そうか、すまなかった」

戦場の喧噪にかき消されて聞き取りにくかったが、与惣兵衛は信実の謝罪の言葉を聞いた。

「さて、それでは、その仕事とやらを共に済ますか」

信実が床几を蹴って立ち上がる。その顔には、すでに爽快な笑みが浮かんでいた。

「かくなる上は直臣も牢人もない。残る者だけで一丸となって戦い、共に屍《かばね》を晒そうぞ」

「応！」

「逆落としに山麓まで下り、敵の中に斬り込むぞ！」

「承知仕《つかまつ》った！」

残り少なくなった兵たちが突撃隊形を整えている間、無理之介が与惣兵衛の耳元で囁《ささや》いた。

「おぬしは、すぐに御屋形様の許まで走り、鳶ヶ巣山が落ちたことを伝えろ」

「何を言う」

すっかり死ぬ気になっていた与惣兵衛が目を剝く。

「御屋形様が退路を断たれる前に、退《の》き戦に転じるよう伝えるのだ」

「嫌だ。わしもここで皆と戦う。そんなものは使番に命じろ」

与惣兵衛が憤然として言い返すが、無理之介は冷静に事態を見極めていた。

「馬鹿を申すな。使番や足軽では、その足で逃げてしまうわ」

無理之介の言う通りである。

「しかし無理之介、わしは卑怯者になりたくない」

「死地に赴くのだ。誰が後ろ指を指そうか」

確かに、激戦を展開中の設楽ヶ原に逃げる馬鹿はいない。

「致し方ない。おぬしの頼みを聞くのも、これが最後だぞ」

「間違いなく、そうなるであろうな」

無理之介が、黒々とした髭の中に白い歯を見せて笑った。

——この笑みを見るのも、これが最後なのだな。

与惣兵衛は、無理之介と共に戦えたことを誇りに思った。

「無理之介、最後は共に死にたかったが、どうやらそれも叶わぬようだな」

「そんなことはない。長篠という大舞台で、共に死ねるではないか」

「いかさま、な」

二人は天に向かって哄笑《こうしょう》した。

「出陣の鼓を叩け。突撃だ！」

馬上にいる信実が采配を打ち振った。

「これを差していけ」

無理之介が、使番を示す百足《むかで》の絵が描かれた指物を与惣兵衛の背に差した。

「与惣兵衛、さらばだ」

「無理之介、冥途《めいど》で会おう」

二人は互いの肩を叩き合うと、同時に背を向けた。

背後で突撃の喊声が聞こえる中、与惣兵衛は豊川に向かって道なき道を駆け下った。

豊川河畔に着いた与惣兵衛は、躊躇なく川に飛び込んだ。下流に流されながらも、何とか対岸に泳ぎ着いた与惣兵衛は、そのまま走り出した。

いくつもの小川を跳び越え、泥土《でいど》に足を取られながら、与惣兵衛は西へ西へと向かった。ところが、こちらに向かってくる味方の数が、次第に多くなってきた。中には百以上の人数で、整然と退き陣に移っている部隊も見える。

――いったい、どうしたのだ。

さらに進むと、鬼気迫る顔で逃げてくる兵が増えた。中には兜もなくし、髪を振り乱している将の姿も見える。誰も乗っていない馬も数頭、脇を通りすぎていく。

丘一つを越えたところにある設楽ヶ原の空には、絶え間なく筒音が轟き、いまだ激戦が展開されている。しかしこの様を見れば、敗勢が覆い難いのは歴然である。

――裏崩れを起こしておるのか！

二の手を任されていた武田家親類衆が裏崩れを起こし、先手を担っている歴戦の宿老《おとな》たちを置き去りにしてきたのだ。

――無理之介の申した通り、安んじた地位を得ている者ほど、怖気《おじけ》づくのが早いということか。

逃げる味方の背後から迫る敵の姿が見えてきた。遂には、雪崩《なだれ》を打って逃れてくる味方兵を押しのけないと、前に進めなくなった。

「使番だ。どけ！」

「うるさい！」

百足の指物を差していれば、いかなる高位の者でも道を譲るのが、武田家中の仕来《しきた》りである。しかし死の恐怖に駆られた味方に、百足の指物は何の効力もない。

致し方なく与惣兵衛は道を外れて沼地に入ると、近くの丘を目指し、泥土に槍を突き立てて進んだ。丘に登れば、勝頼のいる本陣の位置も分かると思ったのである。

丘の麓《ふもと》に達した与惣兵衛は、斜面を懸命に攀じると、やっとの思いで頂《いただき》に出た。

硝煙の臭いを含んだ風が頰を撫《な》でていく。

嫌な予感は、すでに胸内からわき上がってきていたが、それを打ち消し、ようやく設楽ヶ原が見渡せる側の崖上に達した。

──ああ。

案に相違せず、戦場には、二の手以下の味方の姿はなく、先手を担っていた者たちの屍が、地の色が見えぬほど散乱していた。勝頼の本陣があったらしき場所には、多くの旌旗《せいき》や陣幕が打ち捨てられ、その上を敵兵が歩き回っている。

──われらは負けたのか。

敗戦に落胆しながらも、勝頼の馬標《うまじるし》である白黒一対の大文字旗が見えないことから、与惣兵衛は、すでに勝頼が戦場から離脱したことに気づいた。

──退路を断たれる前に、逃れられればよいのだが。

ほっとして背後を振り向いた与惣兵衛だったが、長篠城方面は死角となり、何も見えない。ただ幾筋もの黒煙が、まっすぐ立ち上っているだけである。

──兵庫助様も無理之介も、最期を遂げたようだな。

膝をついた与惣兵衛が安堵のため息を漏らした時、背後から声がかかった。

「武田方の将と、お見受けいたす」

振り向くと、若い武士が槍を構えていた。

「織田家中の塩瀬久兵衛《しおせきゅうべえ》と申す。御名をたまわりたい」

「五味与惣兵衛」

与惣兵衛は、ゆっくりと立ち上がると裾の泥を払った。

「かの武田家牢人衆の五味殿か」

「いかにも」

「ご雷名《らいめい》は長らく聞き及んでおります。ぜひ、お手合わせ願いたい」

「いや」

与惣兵衛がにやりとした。

「もう疲れたので、戦う気力はない。ここで腹を切るので、討ち取ったことにせい」

「承知いたした」

与惣兵衛は甲斐府中に向かって拝礼すると、ゆっくりと脇差を抜いた。

——無理之介、われらは最後の最後まで牢人だったな。そして牢人として、託された仕事を全うした。これほど誇らしいことはない。

白刃《はくじん》を腹に突き立て、左から右に引き回すと、真紅の腸《はらわた》が競うように溢れ出てきた。それを見つめながら、与惣兵衛が首を前に差し出すと、「御免」という言葉と共に、首筋に強い衝撃が走った。

与惣兵衛の首を掻《か》き切った塩瀬久兵衛は、その場に大穴を掘ると、与惣兵衛の胴を埋めて塚にした。そして死ぬまで、与惣兵衛の見事な最期を語っていたという。

この逸話《いつわ》は、後に戯《ざ》れ歌となり、「設楽原古戦場いろはかるた」の一つに残った。


「律義にも塩瀬が残す五味の首塚《つか》」


同じ頃、信実と無理之介も鳶ヶ巣山で討ち死にを遂げていた。

鳶ヶ巣山砦を駆け下った武田勢は、中腹で徳川勢と衝突、凄まじい白兵戦を展開したが、衆寡敵せず、直臣も牢人もなく次々と討たれていった。

無理之介は水を得た魚のように暴れ回り、「これだけの死に場はない」と喜びつつ、討ち取られたという。

この戦いで、牢人衆のほとんどが討ち死にを遂げたためか、勝頼が牢人を好まなかったためか、以後、武田家の軍編制に牢人衆の名を見ることはない。

武田家が滅ぶのは、この日から七年ほど後のことである。

戦は算術に候

一

その風采《ふうさい》の上がらない男を初めて見た時、三成《みつなり》はうんざりした。

——これが、わしの相役か。

これから共に仕事をすることになるかもしれぬ傍輩《ほうばい》は、色の褪《あ》せた小袖《こそで》に、下地が透けて見えるほど着古した単《ひとえ》仕立ての直垂《ひたたれ》を重ねて、広間の中央にぽつねんと座していた。

上座《かみざ》へ行くため、男の傍《かたわ》らを通り過ぎる時、ちらりと目をやると、袴《はかま》の腰板の縁《ふち》がすり切れている。

小さくため息をつきつつ、三成は座に着いた。

「石田佐吉《いしださきち》に候《そうろう》」

「それがしは長束利兵衛正家《なつかりへえまさいえ》と申します」

男は、肩幅よりあるかと思われる頭蓋《ずがい》をふらつかせながら頭を下げた。

その肩は、話に聞く箱根《はこね》の山のように傾斜が急で、鎧《よろい》を着ても、ずり落ちるのではないかと心配になる。

――撫《な》で肩もここまでくれば立派なものだ。

三成は妙な感心をした。

「江北《ごうほく》のご出身とか」

「いえいえ、甲賀《こうか》の水口《みなくち》で」

「そうでしたか」

秀吉から伝え聞いた男の出身地は間違っていた。

――ということは、またしても上様が、大げさなことを仰《おお》せになられておるのか。

「水口というのは――」

何を思ったか、男が水口の説明を始めようとした。

「存じ上げております」

ぴしゃりと男を制した三成は、さっさと本題に入ろうとした。この多忙な折に、水口の風物でも語られてはたまらない。

「確か、丹羽《にわ》様のご家中におられたとか」

「はい。勘定方《かんじょうがた》におりました」

長束正家と名乗った男が、重そうな頭蓋を上下させた。

「仄聞《そくぶん》によると、算術がお得意とか」

「いや、それほどでもありませぬ」

笑みがこぼれた途端、前歯と歯茎《はぐき》がせり出してきた。

——やはり、さっさと済ませよう。

その面《おもて》から目をそらせつつ、三成が話題を転じた。

「実は、頭を悩ませておることがありましてな」

「ほう」

そのとぼけたような受け答えが癪《しゃく》に障《さわ》ったが、三成は一つ咳払《せきばら》いすると、試すような口調で言った。

「羽柴《はしば》家十万の兵が今、泉州千石堀《せんしゅうせんごくぼり》城を囲んでおるのは、ご存じの通り」

「はあ」

正家が気のない返事をする。

秀吉は、天正十年（一五八二）六月の信長の死を契機として挙兵した紀州雑賀《きしゅうさいか》党と根来《ねごろ》寺に対し、秀吉は天正十三年（一五八五）三月、侵攻作戦を開始した。その緒戦が千石堀城攻めである。

「それがしが頭を悩ませておるのは、この遠征軍をいかに食べさせていくかです」

「ははあ」

聞いているのかいないのか、心ここにあらずといった調子で、正家が相槌《あいづち》を打つ。

この年、二十六歳になったばかりの三成よりも、二歳ほど若いと聞いている正家だが、まるで老いた禅僧のような顔をしている。

――わしの前で何ら物怖《ものお》じせずとは、この男は、よほどの虚《うつ》けか太肝《たいかん》か。

これまで羽柴家に仕官を望んでやってきた者の大半が、三成の権勢を恐れ、同じ座で背筋《せすじ》を強張《こわば》らせていたものだが、この男には、そうしたそぶりが毫《ごう》もない。

「それで、千石堀城を攻めるにあたり、どれほどの兵糧《ひょうろう》と馬糧《ばりょう》が要るか――」

「ああ、そのことで」

正家が気の抜けたように言った。もっと難題を出されるのかと期待していたかのようである。

「ご教示願えますか」

「よろしいので」

「もちろん」

三成が精一杯の愛想笑いを浮かべたとたん、正家の前歯がせり出し、その口が回り始めた。

「家中の定めに従い、一日に白米六合を十万の兵に給する場合、六百石が必要となります。三日もあれば城も落ちるでしょうから、千八百石に上ります。塩はおおよそ一千合、味噌は二千合。駄馬一頭に四斗樽《しとだる》を二つ背負わせた場合、百三十三人の一日の食が足りますので、十万人だと七百五十二頭の駄馬が必要。となると――」

正家は、すらすらと必要物資の量と運搬に必要な馬の数を述べた。その舌は懸河《けんが》のごとく滑らかで、内容にも一切の無駄がない。

三成は息をのんだ。

――上様のお言葉は真《まこと》であったな。

今度ばかりは、秀吉の言葉も大げさではなかった。

「そこまでが陸路の話でござるが、もし船の手配がつくなら海路が利便。海路なら――」

「もう結構でござる」と言いつつ、三成が苦笑いを浮かべた。

「早速、仕事に掛からせていただいてもよろしいか」

「ええ、もちろん――」

文机《ふづくえ》を引き寄せた三成は、矢継ぎ早《ばや》に質問を発した。

長束正家と名乗る奇妙な男との仕事が、その日から始まった。

秀吉から聞いた通り、算術で正家の右に出る者はいなかった。三成でさえ算盤《そろばん》を使わねばならない複雑な計算を、正家はいとも簡単に暗算するので、兵站《へいたん》維持に必要な物資、費用、運搬にかかわる馬の数などが瞬《また》く間に算出できた。

しかも刻々と変わる状況に応じ、その場ですぐに答えを出さねばならない時など、正家ほど重宝な人材はいなかった。

――これほど便利な道具はない。

三成は心中、快哉《かいさい》を叫んだ。

二

面談の後、正家は正式に羽柴家直臣となった。

三成と同格の勘定奉行の地位に就いて最初の仕事が、仕上げ段階に入った大坂城の普請作事《ふしんさくじ》である。

「実に見事なものだな」

扇子《せんす》で庇《ひさし》を作った秀吉は、さもうれしそうに、その巨大な建造物を見上げた。

竣工成ったばかりの大坂城天守は、筋雲《すじぐも》のたなびく蒼穹《そうきゆう》を貫くように、悠然と屹立《きつりつ》していた。

「どんなに見ても飽きぬわ。のう、佐吉」

「はい。これだけの巨大な天守は、この国のどこにもありませぬ」

「この国どころか、唐土《もろこし》にもないわ」

天守をあおぐように扇子を掲げた秀吉は、芝居じみた笑い声を上げた。

――いかにも上様らしい豪奢《ごうしゃ》の限りを尽くした城だ。しかし、これほど浪費されては、先が思いやられる。

上機嫌の秀吉とは対照的に、三成は先々のことを案じていた。

「佐吉よ、金とは、使うべき時を違《たが》えてはならぬ」

「あっ、はい」

三成の心中を見透かしたかのように、秀吉が言った。

「それを過《あやま》たねば、生きた金となる」

作業の手を止めて平伏しようとする石垣職人たちに、「いいから続けろ」とばかりに扇子を振ると、秀吉は足元に散らばった石材の破片を拾い、手の上で弄《もてあそ》んだ。

各地から集められた大石は必要な寸法に割られ、地車《じぐるま》や石持ち棒で、それぞれの現場へと運ばれていく。

その光景を眺めつつ、秀吉が感嘆した。

「これだけの石を、よくぞ集めたものよ」

「本曲輪《ほんぐるわ》の四囲を囲む二曲輪の石垣まで加えると、大石だけでも二万余になります」

「ほほう。たいしたものよの」

「これらの石は、六甲《ろっこう》、生駒《いこま》、小豆島《しょうどしま》などの石切り場から順次、運ばせております」

すでに本曲輪や二曲輪の建造物の仕上げ作業に入っている大坂城だが、付属する曲輪の普請作事は、いまだ続いていた。

「さすが佐吉だ。ここに来て、作事が一段とはかどるようになった。大城造りの段取りも、すでにそなたの手の内に入ったということか」

「段取りが分かっただけでは、これだけの大仕事はできませぬ」

「ああ、そうか」と、秀吉が扇子で手の平を打った。

「やはり、かの男か」

「ご明察」

「これだけの城普請の算術を間違いなく行えるのは、かの男を措《お》いてほかにおるまい」

「はい、上様の目に狂いなし。恐れ入りました」

「そうであろう、そうであろう」

秀吉は、さも満足げに扇子で首の後ろを叩いた。

「すでに伝えた通り、かの男は五郎左《ごろうざ》（丹羽長重《ながしげ》）の家中におった。この城の経始《けいし》の頃、五郎左の普請組の仕事がやけに早いので、わしは何かあるとにらみ、五郎左を問い詰めた。それでようやく五郎左めは、かの男のことを白状しおった。しかも何と、先日亡くなった親父（長秀《ながひで》）に、かの男をわしから隠しておけと言われたというのだ」

「つまり織田《おだ》家中で、兵站や普請を任せれば右に出る者なしと謳《うた》われた丹羽様の秘密は、かの男にあったわけですな」

「そういうことになる。さすが丹羽長秀、死ぬまで飯の種を隠し通すとは、実に天晴《あっぱ》れ！」

秀吉は、天にも届けとばかりに呵々大笑《かかたいしょう》した。

「長束某《なにがし》の算術と、そなたの調儀《ちょうぎ》（計画策定）の才があれば、羽柴家は安泰だ。しかしな、佐吉――」

秀吉の目が戦場《いくさば》にいる時のように鋭くなる。

「道具を使うのは人だ。それを忘れてはならぬ」

「人と――」

「うむ。槍や太刀は、その場に置いてあるだけでは無用の長物だ。しかし一度《ひとたび》、人の手に渡れば恐ろしい武器となる」

「はあ」

三成が気のない返事をした。そんなことは当たり前だからである。

「馬も同じだ。馬は人を背負い、荷を載せることで初めて役に立つ」

密事でもないのに、秀吉は扇子で口元を隠して声を潜《ひそ》めた。

「実は、馬を乗りこなせる者は少ない。馬を乗りこなしているように見えて、その実、馬に乗せられておるのだ」

「はあ」

「すなわち道具は使うもので、使われてはならぬということだ」

「ははあ」

秀吉の言わんとしていることが、ようやく分かってきた。

「佐吉、そなたは物事を理だけで考えすぎる」

三成の耳元に口を寄せてしゃべるため、秀吉の口臭が鼻をつく。

「それゆえ、よき算盤を持ったからといって、算盤にばかり頼ってはならぬ。算盤がいかに正しき答えを弾《はじ》き出しても、それが正しいか否か、疑ってかかる必要がある」

「恐れ入りました」

いかにも肚《はら》に落ちたがごとく三成が頭を下げた。しかし人が信じられぬこの世で、三成が恃《たの》みとするのは理だけであり、それを支える算があれば、怖いものなど何もないはずだった。

三

天正十三年（一五八五）に紀州の根来・雑賀衆、四国の長宗我部元親《ちょうそかべもとちか》、越中《えっちゅう》の佐々《さっさ》成政《なりまさ》を屈服させた秀吉は、翌天正十四年（一五八六）、九州征討《せいとう》を開始する。

この戦いで、石田三成、長束正家、大谷吉継《おおたによしつぐ》、小西隆佐《こにしりゅうさ》が兵糧奉行に任じられた。四人は、三十万人分の兵糧と馬二万頭分の馬糧それぞれ一年分を、豊臣政権支配下の地から調達し、九州まで運ぶという難事業に取り組んだ。

とくに長束正家の厳密な計算による諸侯への公平な負担配分は、こうした場合に必ず出てくる不平や不満を封じ込めた。

諸侯への年貢の供出《きょうしゅつ》計画の策定以外にも、正家は船の運搬能力と豊臣軍の進軍速度を勘案し、九州のどの港に、どれだけの量の兵糧や馬糧を運べばよいかという配送計画を緻密《ちみつ》に計算した。

九州の前線から戻る使者の報告を聞き、時々刻々《じじこっこく》と変わる情勢を勘案しつつ、その都度、計画を変更する正家の手腕は、三成でさえ舌を巻いた。

そして天正十五年（一五八七）、二十万の大軍を率いた秀吉が九州まで出陣することにより、さしもの島津家も屈服する。

この出征は、豊臣家の武威《ぶい》を九州に示したばかりでなく、豊臣家奉行衆の実力を満天下に示す好機となった。

関白宣下《かんぱくせんげ》を受けた秀吉は、朝廷から豊臣姓も賜《たまわ》り、まごう方なき天下人となった。それを祝うかのごとき一大行事が、天正十六年（一五八八）四月に行われた後陽成《ごようぜい》帝《てい》の聚楽第行幸《じゅらくていぎょうこう》である。

この大行事の総奉行職には、秀吉の養子で次代の天下人と目される豊臣秀次《ひでつぐ》が就き、奉行頭には前田玄以《まえだげんい》が就任、それを実務面から三成や正家が支えるという態勢が取られた。

「えー、それゆえ引出物《ひきでもの》についてですが、禁中には金子《きんす》百枚に銀子《ぎんす》五百枚、鷹司《たかつかさ》殿、西園寺《さいおんじ》殿、近衛《このえ》殿には金子五十枚に銀子二百枚、万里小路《までのこうじ》殿には金子三十枚に銀子百枚、同じく中山殿には――」

行幸にかかった経費の報告を行うべく、三成と正家は聚楽第の謁見《えっけん》の間で、総奉行の秀次と相対していた。

「もうよい」

正家の報告を聞いていた秀次は、蠅《はえ》でも追うように手を払うと、脇息《きょうそく》に身をもたせかけた。半身《はんみ》になったので、頬まで伸ばしたもみあげが、やけに目立つ。

「ということで中山殿には――、そうそう、こちらは万里小路殿と同額ですな。その他の武家清華《せいが》と武家諸大夫《しょだいぶ》の分も含めると、当家の散用《さんよう》（出費）は金五千枚、銀三万枚となり――」

「もうよいと言うておるに、聞こえぬか！」

秀次が怒っていることに初めて気づいたのか、正家が手控えから顔を上げた。

なぜ秀次が不機嫌なのか分かりかねたかのように、正家は肩越しに大きな半顔《はんがん》をのぞかせ、背後に控える三成に助けを求めた。

「中納言様《ちゅうなごん》」

やれやれと思いつつ、三成が膝を進める。

秀次は二十歳そこそこであるにもかかわらず、すでに中納言の地位にある。

「中納言様は、此度《こたび》の帝の聚楽第行幸において総奉行職をお勤めになられました。この慶事《けいじ》が、どれほどの散用になったかお聞きいただき、その勘録《かんろく》（報告書）をご承認いただかなければ、われらの仕事は立ち行きませぬ」

三成の鋭い眼光に射すくめられ、秀次がたじろぐ。

「分かっておる。よきにはからえ」

「ということは、これでよろしいのでございますな」

「当家の金蔵《かなぐら》には、金でも銀でもいくらでもあろう。足りなければ、どこぞの金山か銀山から掘り出せばよい。それゆえ引出物にどれだけかかろうが、わしの知ったことではない」

三成は、開いた口がふさがらない。

――関白殿下が隠居した後、われらは、この男を主君に仰がねばならぬのか。

それを思うと、三成は暗澹たる気分になる。

「中納言様、そういうわけにはまいりませぬ。勘録をご吟味《ぎんみ》なさる根気《こんき》くらいは持っていただかぬと、これから先、どのような者が豊臣家の財を私《わたくし》しようとするか分かりませぬぞ」

三成の脳裏《のうり》には、徳川家康の顔が浮かんでいた。

「わしは、算術などの面倒ごとが嫌いなのだ」

三成の舌鋒《ぜっぽう》に辟易《へきえき》したのか、秀次が泣きそうな声を上げる。

「それは心得違いでございます。天下の政道を担う中納言様が、面倒ごとがお嫌いとは――」

「治部少《じぶしょう》殿、しばしお待ちを」

秀次の傍らに座す宿老《おとな》の田中吉政《よしまさ》が膝をにじる。

「この場は、われらに任せていただけませぬか」

吉政が、「察してくれ」と言わんばかりに目配せしてきた。

そこには自らの指導の下《もと》、秀次に勘録を吟味させ、後で印判《いんばん》を捺《お》させるという意が含まれている。

「致し方ない」とばかりに大きなため息をつくと、三成は言った。

「あい分かりました」

吉政は有能な吏僚《りりょう》で、同郷の三成とも親しく行き来していた。その吉政から頼まれれば、三成も引き下がらざるを得ない。

秀次を抱えるようにして、その家中が去った後、そそくさと立ち上がった三成は、あいも変わらず重そうな頭を正面に向けたままの正家に声をかけた。

「長束殿、後は中納言家の年寄どもに任せましょう」

共に執務室に下がるべく声をかけたつもりだったが、正家は、なぜかそのまま座している。

「それではお先に」

その呆《ほう》けたような後ろ姿を見て、三成は馬鹿馬鹿しくなった。

――算術しかできぬ男か。

秀次が痺《しび》れを切らした原因は、正家の詳細すぎる説明にあった。

――相手を見て、もっと簡略に申し聞かせればよいものを。

場の空気が読めず、融通《ゆうずう》の利かない正家という男を、三成は憐《あわ》れんだ。

「石田殿」

謁見の間から半身を広縁に出した三成の背に声がかかった。

「何か」

「人とは不思議なものですな」

正家らしからぬ禅問答のような言葉に、障子を閉めようとした三成の手が止まる。

「それがしは算用で、石田殿は調儀で、また福島殿や加藤殿は槍働きで、関白殿下（秀吉）から禄をいただいております。ところが、かの御仁は何で飯を食ろうておるのか、それがしには、とんと分からぬのです」

福島殿とは正則《まさのり》、加藤殿とは清正《きよまさ》のことである。

「血筋というものでござろう」

三成は童子《どうじ》を諭《さと》すように答えた。

「長束殿もすでにご存じと思うが、中納言様は、関白殿下の甥御《おいご》にしてご養子にあらせられる」

「それは存じております。しかし、それぞれの芸に秀でた者が、知恵の限りを尽くして国政を動かしている中、血筋だけで大禄を食《は》み、重職に就く方がおられると、政務はうまく回りませぬ」

「長束殿、言葉に気をつけられよ」

「失礼いたしました」

正家が軽く頭を下げるのを見た三成は、ぴしゃりと障子を締めると広縁に出た。

──そなたの申す通りだ。

実力主義の豊臣家中では、秀吉の抜擢《ばってき》人事によって、一芸に秀でた者が次々と出頭していた。政治から槍働きまで、秀吉の眼力には、ただならぬものがあり、まさに豊臣家は、国内有数の英知と武勇が集まった感さえある。しかし、その要《かなめ》の位置に無芸無能な者が居座ることで、政治も軍事も滞《とどこお》り、一芸に秀でた者たちは、思うように力を発揮できなくなる。

──それが、わが家中の弱みだ。しかし、血縁者で周囲を固めねば安堵できぬという殿下のお気持ちも分からぬではない。

秀吉は、その出自《しゅつじ》の卑《いや》しさから親類衆や重代相恩《じゅうだいそうおん》の直臣《じきしん》団を持たない。それゆえ自らの地位を安定させるために、能力だけでなく血筋という面からも家中を固めねばならないのだ。

──差し渡し(直径)三尺の梁《はり》を、二尺の大柱《おおばしら》が支えることはできぬ。家中が肥大化すればするほど、その矛盾《むじゅん》は大きくなる。

三成は、この一事が豊臣家の命取りにならないことを祈った。

四

天正十七年（一五八九）十一月、秀吉は関東の大半を支配する小田原北条氏に対し、宣戦布告状を発した。再三にわたる上洛《じょうらく》勧告にも応じず、秀吉の「惣無事令《そうぶじれい》」にも背《そむ》いたからである。

すでに秀吉は関東での決戦を覚悟し、傘下諸大名に大規模な動員をかけていた。しかし関東への大軍の遠征となると、またしても兵站が課題となる。

秀吉は天皇の代理人たる関白であり、陣触れに応じて出陣してきた諸大名の兵も、秀吉直属軍と同じ天下軍である。すなわち足軽雑兵《あしがるぞうひょう》の末端に至るまで、何人《なんぴと》たりとも兵糧の現地調達、すなわち略奪や押し買いは許されない。

それゆえ、雑兵の末端まで飢えることのない厳密な兵站計画を立てる必要があった。言うまでもなく、それを立案できるのは三成と正家を措《お》いてほかにいない。

ところが秀吉は、正家に兵糧奉行を任せ、三成に実戦部隊を率いさせた。家中における三成の発言力を強めるため、三成に武功を挙げさせようという配慮からである。

一方、豊臣家中となって初めて、正家は単独で大仕事を任された。

兵糧予算の黄金二万枚で、伊勢《いせ》、尾張《おわり》、三河《みかわ》、遠江《とおとうみ》、駿河《するが》諸国から二十万石の米を買い集めた正家は、別に黄金一万枚を使い、船や馬などの物流手段と、それに携《たずさ》わる水主《かこ》や軍夫《ぐんぷ》の手配をした。どれだけ動員が大規模になろうが、正家の手腕に遺漏《いろう》はなく、見事なまでの早さで兵站計画は策定されていった。

　これにより、二十二万にも及ぶ軍勢の遠征が可能になった。

　まさに完璧な正家の仕事ぶりだが、むろんその陰で、秀吉が目を光らせていたのは言うまでもない。

――せめて、この雨がやまぬものか。

　翌天正十八年（一五九〇）五月末、秀吉から馬廻衆《うままわりしゅう》を貸し与えられた三成は、上《じょう》州《しゅう》館林《たてばやし》城を降伏開城させた後、武州《ぶしゅう》忍《おし》城を囲んでいた。

　忍城は、別名「忍の浮城」と謳われた関東屈指の沼城《ぬまじろ》である。

　その東南一里弱にある渡柳《わたりやなぎ》（後の丸墓山《まるはかやま》付近）に陣所を構えた三成は、いつまでも降りやまぬ雨を見ていた。

「佐吉」

　振り向くと、副将を務める大谷吉継が立っていた。

「紀之介《きのすけ》、何も申すな」

「いや、申す。すでに討ち死にと手負いは三百に達する。これ以上、力攻めすれば、取り返しのつかぬことになる」

沼沢地《しょうたくち》に囲まれた忍城の攻め口は七つしかない。三成率いる豊臣勢は、それぞれの口に向けて、すでに何度か惣懸りを試みたが、死体の山を築くだけに終わっていた。

いかに兵力差があっても、沼地の細道を行けば、攻勢正面に立つのは一人か二人になり、圧倒的な兵力差を生かしきれないのだ。

「二万三千の兵をもって田舎城一つを落とせぬでは、関白殿下に会わせる顔がない」

それだけならまだしも、忍城主の成田氏長《うじなが》は主力勢を率いて小田原城に入っており、城に残っているのは農兵、老人、女子供ばかり三千七百にすぎないのだ。

「佐吉、功を焦れば死人と手負いが増す。ここは隠忍自重《いんにんじちょう》し、城方に降伏勧告すべきであろう」

吉継の言は尤《もっと》もである。

しかし、碓氷峠《うすい》を越えて上州方面から攻め入った前田利家《としいえ》ら北国勢《ほっこく》が、降伏勧告ばかりを行い、戦わずに城を接収していることに、秀吉がひどく憤《いきどお》っていることを三成は知っていた。

関東に攻め入る前、秀吉は見せしめとして、少なくとも同じ地域で一城は、凄惨《せいさん》な落城を遂げさせることにより、豊臣家の武威《ぶい》を関東に示せという通達を出していた。

一宥一威《いちゆういちい》の法である。

「こんな田舎城一つ、明日にも攻め落とせる」

「それがいかんのだ。城一つと申しても、地勢《ちせい》を熟知した国衆が知恵の限りを絞って造ったものだ。城一つ落とすことがどれだけたいへんか、兵がどれほどの恐怖を味わいながら前に進むか、おぬしに分かるのか」

吉継の言葉が、実戦経験の乏しい三成の最も痛い部分を突いてきた。

たちまち三成が色をなす。

「よいか紀之介、われらは、豊臣家の馬廻衆を率いておるのだぞ。館林ではおぬしの言を入れ、城方の詫び言（降伏）を認めた。館林に続いて忍でもそれを認めては、豊臣家が見くびられる！」

さしたる手勢を持たない三成は、秀吉直属の馬廻衆や直臣団を借り受けていた。それが、関東各地で戦う諸大名を凌ぐほどの功を挙げねばならないという気負いにつながっている。

「そんなことはない。それよりも力攻めを続け、これ以上の犠牲を出せば、殿下に何と申し開きするのだ！」

盾机《たてづくえ》を叩いて二人がにらみ合った時である。

「ここにおられたか」

陣所の入口に濡れ鼠《ねずみ》が立っていた。

二人が茫然とする中、濡れ鼠が菅笠《すげがさ》を外すと、大きな頭が現れた。

「長束殿ではないか」

「こんなところに何用か！」

吉継が雷鳴のような声音で問うたが、元来が鈍感なのか、正家は何ら物怖じせず答えた。

「すでに、それがしの仕事は終わりました。それゆえ殿下は、『小田原でぶらぶらしておるのも退屈だろう』と仰せになり、こちらに向かうよう命じられました」

二人が顔を見合わせた。秀吉が、戦見物だけで正家を送り込んでくるはずがない。

「それで、殿下の策をお持ちしました」

「迷惑だ」

吉継が吐き捨てたが、正家はそれを意に介さず言った。

「殿下は『関東の衆に水攻めを見せよ』と仰せになられています」

その言葉に、三成と吉継は唖然とした。

城は河川の近くに築かれることが多い。河川が堀の役割を果たし、敵の攻撃から城を守ってくれるからである。近くに河川がなければ、堀を掘削《くっさく》して水をため、敵を近づけぬようにするのが、戦国後期の城造りの常道である。

　これにより城方は、数倍する寄手に攻められても、寡兵で城を守ることができた。

　ところが秀吉は、これを逆手に取った。

「水が欲しくばくれてやろう」とばかりに、攻撃対象の城を水浸しにしたのだ。

秀吉が陣頭指揮を執り、水攻めを行った備中高松城と紀州太田城での鮮やかな成功は、秀吉の成功体験に深く刻まれており、それを関東でも行い、関東の人々の度肝を抜きたいという思いが、秀吉にはあった。

　六月七日、近隣の農村から乙名《おとな》（村長）や大百姓を集めた正家は、「夫丸《ぶまる》を出してくれれば、一人につき昼は永楽銭《えいらくせん》六十文と米一升《いっしょう》、夜は永楽銭百文と米一升を給する」と布告した。

　これを聞いた近隣の農村から男女が殺到した。

　この労賃は、北条家の普請役の三倍から四倍に上り、戦によって田畑が荒らされ、食うに困っている農民にとって、まさに干天《かんてん》の慈雨《じう》に等しいものだった。

　夫丸の物頭を集めた正家は、絵図面を羽織掛けにつるすと、城の東から南にかけて不格好な半円を描いた。

　正家は「ここに土堤《どてい》を造り、北の利根川と南の荒川から水を引き込む」と宣すと、

「堤の長さは七里、高さは二間、基底《きてい》幅六間。夫丸は約一万おるので、昼夜二交代で

掛かれば五日ほどで作れるはず」と決め付けた。

むろん「与えられた仕事を早く済ませた組には、それなりの恩賞《おんしょう》を出す」と、付け加えることを忘れなかった。

この日から五日後の十二日、正家の計画通りの土堤が完成した。これが後世、「石《いし》田堤《だづつみ》」と呼ばれる七里に及ぶ長大な土堤である。

引き込み水路の土留《どどめ》を落とすと、怒濤《どとう》のように水が押し寄せ、瞬く間に忍城は沈んでいった。しかし思惑通り行っても、正家は何ら喜ぶこともなく平然としている。

「見事でござった」

三成が珍しく世辞を言うと、正家は淡々と返した。

「算術に間違いはござらぬ」

しかし、この頃から梅雨が終わり、次第に水は引いていった。

これを知った秀吉は、二十日付の書状で「（土堤の）普請大形《おおかた》でき候はば、御使者を遣はされ、手前に見させらるべく候の条」として、絵図面を元に自ら策を練り、水攻めに知恵を貸そうとした。

一方、正家は「天候ばかりはどうにもならぬ」と愚痴るだけである。

梅雨が終わり、川の水量が減ることを考慮して、利根川と荒川からの引き込み水路の幅か深さを大きく取っておけば、こんなことにはならなかった。

——この男は算術に頼りすぎる。様々な状況を考慮し、ときには何かを足したり、引いたりする裁量が必要なのだ。

正家にすべてを任せたことを、三成は悔いた。

三成と正家が、水路の幅を広くする再工事を検討していた矢先の二十五日、小田原から使者が着いた。

忍城主の成田氏長が密かに秀吉に内通し、忍城の開城を命じてきたというのだ。

これにより、「降伏開城」は秀吉のお墨付きを得たことになる。

早速、氏長直筆《じきひつ》の書状を持った使者を城内に送ると、城方は、あっさりと降伏を受諾《じゅだく》した。城方も厳しい籠城戦を強いられ、限界に達していたのだ。

二十七日、忍城は豊臣方の手に渡り、三成は面目《めんぼく》を施すことができた。

忍城を接収した三成は、秀吉の言葉を思い出した。

「道具は使うもので、使われてはならぬということだ」

関東に覇を唱えた北条氏を滅ぼし、東国を平定した後、三成と正家には、さらに本領を発揮する舞台が待っていた。

豊臣家の財源を豊かにすべく、二人は貫高制から石高制への移行を進め、全国で

「太閤検地」を実施、年貢の徴収から諸賦役《ぶやく》まで、石高を基準とする経済上の大変革を成し遂げた。

すなわち二人とその下役たちは、これまでの一反《たん》を三百六十坪から三百坪に変え、これに伴って三千坪を一町とし、さらに検地尺《じゃく》や検地枡《ます》の統一を図った。この基準単位の統一により、慶長《けいちょう》三年（一五九八）までに三成と正家が弾《はじ》き出した全国の石高は、合計千八百六十万石となり、これまでよりも六百万石も増分《ぞうぶん》を打ち出せたのだ。

これにより豊臣家の歳入《さいにゅう》は飛躍的に増大し、その金蔵には、金銀がうずたかく積まれるようになった。

豊かな財源を持つ豊臣家の天下仕置は順調に進んでいた。その行く手には不安などなく、未来永劫《えいごう》、豊臣家の天下は続くものと、誰もが思っていた。

しかし、そんな順風満帆《まんぱん》な豊臣家の天下にも、暗雲が垂れ込め始める。

三成や正家が太閤検地で諸国を飛び回っている最中の文禄《ぶんろく》四年（一五九五）六月、関白秀次に謀反《むほん》の嫌疑《けんぎ》がかけられたのだ。

天正十九年（一五九一）、秀吉唯一《ゆいいつ》の子である鶴松《つるまつ》の死去に伴い、秀次は秀吉の養嗣子となって関白職を譲られており、秀吉の後継者と目されていた。

ところが文禄二年（一五九三）、秀吉に拾《ひろい》（後の秀頼《ひでより》）が生まれると、秀吉との間に隙間風が吹き始める。それは次第に強風と化し、二人の間を引き裂いていく。

この頃、佐竹領常陸国《ひたち》で検地の指導に当たっていた三成は突然、秀吉から呼び戻され、秀次への詰問使《きつもんし》に指名された。

七月、聚楽第を訪れた三成は秀次と面談し、様々に問い質した。

秀次は無実を主張したが、調査を進めるにしたがい、独自に毛利輝元《もうりてるもと》と誼《よしみ》を通じている文書が見つかるなど、怪しげな事実が浮かび上がってきた。

秀吉の承諾を得ずに諸侯と誼を通じるのは、豊臣家中においては禁忌《きんき》である。

さらに、多くの大名に大金を貸していることも明らかとなった。金を貸すこと自体は勝手だが、秀吉の耳に入れずに大金を貸すことは、与党化を図っていることになる。

伏見《ふしみ》に伺候《しこう》した三成が、秀吉にありのままを述べると、八日、秀吉は秀次を伏見に召し出し、対面もせぬまま高野山《こうやさん》に放逐《ほうちく》した。

すでに覚悟を決めていた秀次は、大人しく高野山に上り、切腹を命じられると、文句一つ言わず、それに応じた。享年は二十八だった。

その半月後、京の三条河原で、秀次の妻子も残らず処刑される。その数は三十九人に上った。

〝人たらし〟と呼ばれるほど人使いのうまい秀吉が、養子の一人さえうまく使いこなせず、こうした悲劇的な結末を迎えたことは、三成にとっても衝撃だった。

――太閤殿下と秀次殿が、もっと密に会っておれば防げたはずだ。太閤殿下は秀次殿に関白職を降りてほしければ、はっきりとそう言うべきだったのだ。

この悲劇は、秀吉の肥大化した疑心暗鬼の産物以外の何物でもなかった。

――大事なことは、己の意図や指示を明確にすることだ。

三成は己に言い聞かせた。

五

慶長三年（一五九八）八月、三成は、大坂城奥御殿の寝所に仰臥《ぎょうが》する秀吉の許に伺候した。

「佐吉か」

「はっ」と答えて三成が平伏すると、「ちこう」というかすれた声が聞こえた。

膝をにじる時に生じる衣擦《きぬず》れの音が聞こえたのか、秀吉が顔をやや横に向ける。

――しばらく見ぬ間に、随分と衰えられた。

秀吉の面には、すでに死の影が漂っていた。

朝鮮半島で戦っている渡海《とかい》軍の兵站を支えるべく、三成は正家と共に肥前名護屋《ひぜんなごや》城に常駐《じょうちゅう》していた。そのため、秀吉の顔を見るのは二月《ふたつき》ぶりである。

「唐入《からい》りは進んでおるか」

「あっ、はい」

「もう唐土まで攻め入ったであろうな」

「はっ、はい」

あたかも秀吉の死を待つかのように、朝鮮半島南端に築いた諸城に籠った日本軍は、積極的な攻勢を取らずにいる。

「此度の戦がうまくいったのは、そなたと大蔵《おおくら》のおかげだ」

大蔵とは長束正家のことである。

文禄四年、三成は近江佐和山《おうみさわやま》十九万四千石を拝領《はいりょう》した。同時に正家も近江水口五万石を賜り、さらに慶長二年（一五九七）には十二万石に加増され、官位も従四位下侍従、職位も大蔵大輔に任官していた。

「われらよりも渡海した諸将の働きこそ、称揚すべきものかと――」

「いかにも、命を張って豊臣家のために尽くす者どものことを、わしは忘れておらぬ。しかし、そなたら奉行衆がいてこそ、兵たちも力を発揮できるのだ」

九州征討や小田原合戦で培《つちか》った豊臣家奉行衆の兵站計画策定力は、文禄・慶長の役でもいかんなく発揮された。

文禄の役で十五万余、慶長の役でも十四万余の兵が渡海したが、日本軍は現地での略奪を許されておらず、彼らが飢えることなく力を発揮できるか否かは、兵站計画次第だった。

三成と正家は綿密な兵站計画を策定し、それを実行に移した。その結果、李舜臣《りしゅんしん》の水軍によって海上兵站線が破壊されるまでは、兵の末端に至るまで、十分な食料が供給できた。

「ありがたきお言葉」

三成が言葉を詰まらせた。

豪奢な蒲団《ふとん》からのぞく秀吉の顔はあまりに小さく、壮年の頃の鋭気《えいき》溢れる秀吉を知る三成は、その皺《しわ》が深く刻《きざ》まれた横顔をまともに見ることができない。

「佐吉、先ほど、うとうとしておると右府《うふ》様が参られた。右府様は『猿、そろそろ冥《めい》途《ど》に参って、わしの馬の口を取れ』と仰せになられるのだ。そこでわしは申した。『しばしご猶予《ゆうよ》あれ。海の向こうには、わが赤子《せきし》がいまだ多く残っており、かの者らを里に帰してやらぬことには、この藤吉、死ぬに死ねませぬ』とな」

秀吉の話に意図があると覚った三成は、ゆっくりと顔を上げた。

「右府様は一言、『分かった。それまでは待ってやる』と仰せになられた」

秀吉の言わんとしていることが、次第に明らかになってきた。

「佐吉、体は衰えたとはいえ、この秀吉、いまだ頭は冴《さ》えておる。耳もだ。ここにおると、わしが眠っていると思うて、皆が世間話をする。それによると渡海軍は、半島南端に押し込められておるというではないか」

秀吉はすべてを知っていた。

「仰せの通りで」

恐れ入ったように平伏する三成を尻目に、秀吉は続けた。

「わしも、そろそろ右府様の許に参ることになる。わしが織田家の天下を簒奪《さんだつ》したのは、紛《まぎ》れもない事実。それゆえ、いまだ冴えたこの頭で、右府様への言い訳を考えねばならぬ」

「ということは――」

「もう、終わりにせにゃーよ」

「はっ、いま何と」

秀吉が尾張弁で言ったので、三成は聞き返した。

「後のことは、そなたに任せるで、もう手仕舞《てじま》いにせよ」

「つまり、もう半島から撤兵《てっぺい》しても、よろしいのですね」

瞑目《めいもく》したまま秀吉が、わずかにうなずいた。

これまで、唐土を征服するまで絶対に兵を引かぬと言い張ってきた秀吉が、初めて渡海軍を引き上げてもいいという意思表示をしたのだ。

「ご英断にございます」

三成が額を畳に擦り付ける。

「そなたと大蔵に任せておけば、退《の》き陣の心配は要らぬ。ただ、わしにも面目がある
で、渡海軍には、わしが死ぬまで半島の端にしがみついてもらわにゃならん」

「殿下が死ぬなど、滅相《めっそう》もありませぬ」

そう言いつつも、三成の頭はすでに回転し始めていた。

「誰が何と言おうと死ぬものは死ぬ。それゆえ、今から退き陣の調儀をしておけ」

「はっ」

「ただし――」

秀吉は再び顔を横に向け、三成を見据えた。

「大蔵は、算術のほかに気が回らぬ。大蔵には算術だけやらせ、残ることはすべて、
そなたが差配せい」

「ははっ」

秀吉の言は尤もである。すべてを正家に任せると、忍城攻めの時のように、算術以
外の要素をないがしろにすることが、最近、分かってきた。

とくに今回は、多くの傍輩や家臣を半島で亡くした渡海軍諸将の気は荒れており、
それを考慮に入れず、「誰それの部隊はこの船に乗って」とやれば、怒りを爆発させ

るはずである。

三成の脳がめまぐるしく働き始めた時、秀吉の声が再び聞こえた。

「佐吉、人という道具ほど使いこなすのが難しいものはないぞ」

「それほど難しゅうございますか」

「ああ、難しい。相手を見極め、十分に心配りしているつもりでも抜けが出る。それが人という道具だ」

「そのお言葉、しかと胸に収めました」

三成が再び額を畳に擦り付けた。

八月十八日、信長の馬の口を取るべく、秀吉は慌《あわ》ただしく、この世から去っていった。

秀吉の遺言に従い、簡素な埋葬と供養を済ませるや、三成と正家が策定した帰還計画を元に、渡海軍の引き上げが始まった。

追撃してくる明《みん》・朝鮮両軍との間で激戦が展開されたが、島津勢の奮戦もあり、日本軍は撤退戦をことごとく勝利で飾った。

十一月には、加藤清正、黒田長政《ながまさ》、鍋島直茂《なおしげ》らが、十二月には、小西行長《ゆきなが》、島津義《よし》弘《ひろ》、立花宗茂《むねしげ》らが博多《はかた》に到着し、前後七年に及ぶ戦いは終わりを告げた。

三成は細心の注意を払いつつ、正家の算出した必要船舶数を上回る数の船を送り、帰還兵の収容に努めたため、大きな混乱は起こらなかった。

しかし、半島での諸将の働きを客観的に秀吉に報告し続けた三成に対する恨みが、朝鮮在陣諸将の間には生まれていた。

六

秀吉の死後、豊臣政権は分裂を始めた。それに拍車《はくしや》をかけるように動く男がいた。五大老筆頭の徳川家康である。

豊臣政権を守る立場の家康が、逆に豊臣政権を瓦解《がかい》に導こうとしているのだ。

しかも文禄・慶長の役において、三成が秀吉に讒言《ざんげん》したという、見当違いの恨みを持つ者たちが、三成憎しから家康与党となっていった。

加藤清正、福島正則、細川忠興《ほそかわただおき》、黒田長政ら豊臣家の武辺を代表してきた者たちである。

次第に力を増す家康に対し、三成は前田利家を担いで対抗しようとするが、慶長四年（一五九九）閏《うるう》三月、利家が死去することで、両陣営の均衡が一挙に崩れる。

加藤清正や福島正則ら家康与党の武功派大名七人が三成を襲撃しようとしたのは、

利家の死の直後である。

この一件は家康の仲裁により落着したが、喧嘩両成敗というこの時代の社会通念から、家康の勧めに従い、三成は佐和山に隠居せざるを得なかった。

利家の死から、わずか一週間後のことである。

同月、家康は伏見城に入り、四大老四奉行を無視して政務を執り始めた。それから半年後、「秀頼様の後見」を名目に、今度は大坂城西の丸に移った。

すでに天下の趨勢《すうせい》は家康に傾いており、このままいけば、労せずして天下は家康の手に入るはずである。それを阻止できるのは、三成の頭脳しかない。

豊臣政権を守ろうとする者たちと、家康の天下取りに加担しようとする者たちの間で、激しい調略《ちょうりゃく》戦が始まった。


慶長五年（一六〇〇）三月、三成は佐和山から京に潜行し、ある男に会っていた。

「金吾《きんご》様、まあ一献《いっこん》」

三成の差し出す長い柄《え》の付いた諸口《もろくち》（銚子）から注がれる清酒《すみざけ》を受けた小早川秀秋《こばやかわひであき》は、それを一気に飲み干した。

秀秋は左衛門督《さえもんのかみ》の官職にあり、その唐名《とうみょう》が金吾であるため、豊臣家中では金吾という通称で通っていた。

「金吾様は、亡き太閤殿下の御恩を最も受けたお方です。それをお忘れにならず、一《いっ》朝《ちょう》事あらば、秀頼様の馬前に馳《は》せ参じ――」

「分かっておる」

秀秋は、うんざりした様子で盃を干した。

小早川秀秋は、秀吉の正室・北政所《きたのまんどころ》の兄・木下家定《いえさだ》の五男として天正十年（一五八二）に生まれた。三歳の時に秀吉の養子となり、秀吉の寵愛《ちょうあい》を一身に受けるが、文禄二年（一五九三）に秀頼が誕生することで、小早川隆景《たかかげ》の養子に出された。

慶長二年の隆景の死後、その遺領を継いで筑前名島《ちくぜんなじま》三十五万七千石の太守《たいしゅ》となったが、慶長の役における怠慢が秀吉に伝わり、越前北ノ庄《えちぜんきたのしょう》十五万石への転封《てんぽう》を申し渡される。しかし秀吉の死により、転封は実行されず、筑前名島領主にとどまっていた。

秀秋は秀吉の親類にありがちな、暗愚《あんぐ》ではないが凡庸《ぼんよう》を絵に描いたような男である。

「それでは、内府《ないふ》弾劾《だんがい》の決起に与《くみ》していただけますな」

「まあ、待て」と言うと、秀秋はにやりとした。

「実はな、ちと困ったことがあるのだ。その困ったことに手を貸してくれれば、そなたの言う通りにしてもよいぞ」

「困ったこと――」

三成の胸内に不安がきざす。

「以前、ルソン使節が参った折、太閤殿下から、わしが接待役を仰せつかったことを覚えておろう」

慶長二年七月、ルソンからやってきた使節団が、秀吉に交易を求めた。ルソン使節団と言っても、その代表はルソンに権益を持つスペイン商人であり、布教活動を伴わない交易を主張したが、実際は新手《あらて》の布教手段の一つであり、秀吉の関心もすぐに失せた。

「むろん、覚えておりますが――」

「その折に来た商人《あきゅうど》たちと親しくなってな。そやつらから絵札《えふだ》を教わったのだ」

「絵札と申されるか」

意外な話の展開に、さすがの三成も先が読めなくなった。

絵札とは当時、カルタとも呼ばれたカードゲームのことである。

「その絵札はな、博奕《ばくち》に使うのだ」

――そういうことか。

三成は心中、深くため息をついた。

「金吾様と南蛮商人の行き来が多いとは思うておりましたが、まさか金吾様が博奕を打っておいでとは――」

「まあ、そういうことになる」

豊臣家存亡の危機に際し、眼前の男は、平然と博奕を打っていたのだ。

秀秋は南蛮人との関係強化に励んでいるものとばかり、三成は思っていた。

――政権の要職に無芸無能な者が就くことで、政務は滞る。同様に、無芸無能な者が大禄を食《は》むことで天下は混乱する。

かつて秀次に抱いた危惧が現実となったのだ。

「その絵札が実に面白うてな。わしは、すっかりのめり込んだ」

「つまり負けが、かさんだと申されるか」

「うむ」

「それはいかほどで」

その白くふやけた頬を一撫でした秀秋は、決まり悪そうに答えた。

「黄金にして六千枚かな」

――何と。

三成は絶句した。それだけあれば中規模の石垣城の一つも造れる。

「小早川家の金蔵を空にして返したのだが、それでもまだ五千枚ほど足らぬのだ」

「黄金五千枚と申されるか！」

「わしは取り返そうとしたぞ。しかし商人たちは、これまでの負け分を返さぬと、もう絵札をやらせぬという」

「それなら、これを機におやめになられよ！」

眼前の男を張り倒したい衝動を、三成はかろうじて抑えた。

「いや、それならそれでよいのだが、商人たちは負け分を払えというのだ」

「天下が落ち着くまで、待っていただきなされ」

「それがな、もう半年も待たせたので、商人たちは『これ以上は待てん』と申すのだ」

大きくため息をつくと三成は言った。

「致し方ありませぬ。それでは踏み倒してしまわれよ」

「わしもそう思うた。相手は獣に等しき南蛮人だ。『それなら知らん』と言ってやった。ところがだ、連中は何と申したと思う」

秀秋は、いつしか得意げな口ぶりになっていた。

「すべての南蛮商人に触れを出し、当家に対し、鉄砲、銅弾、焔硝《えんしょう》などの売買を差し止めるというのだ」

「ということは――」

「太閤殿下の御恩に報いたくとも、当家は報いられぬということだ」

三成は愕然《がくぜん》とした。

精強な小早川勢が軍備を整えられず、戦いたくとも戦えぬというのだ。

「という次第だ。しかし、大坂城の金蔵から少し融通してくれれば話は別だ」

「金吾様は、太閤殿下の御恩を何とお考えか」

「御恩も何も、弾や焔硝を買えねば、戦ができぬではないか」

さも当然のごとく秀秋がうそぶいた。そのたるんだ頰には冷笑さえ浮かべている。

「何という恩知らずか」

「何か言うたか」

「いや、何も申しておりませぬ」

秀秋を敵に回すことだけは避けねばならない。この件で秀秋が家康に泣きつけば、いかに吝嗇《りんしょく》な家康でも金を貸すに違いない。

——そうなれば金吾は家康方となる。

「なあ治部少、大坂城の金蔵には、黄金がうなるほどあろう。それで足りなければ、どこぞの金山でも掘ればよい」

「何を仰せか。大坂城の金蔵はもとより、山の黄金にも限りがあるのですぞ」

「とは申しても、われらの代でなくなるわけではあるまい。後のことは知ったことではない」

三成は呆れて二の句が継げない。

——この男は博奕にいくら負けても、小早川勢を人質に取っていれば、わしが金を出すと分かっていたのだ。

幼い頃から秀秋は、そうした知恵だけは回った。いわゆる小才子《こざいし》である。それを大器と勘違いし、天下の覇権を左右するほどの大禄を与えたのが、秀吉の過ちだった。秀次を後継に据えたと同じ轍《てつ》を、秀吉は踏んだのだ。

——あれほど人を見る目があり、人使いの上手い殿下がなぜ——。

——しかし佐吉、ほかに誰がおるというのだ。

秀吉の愚痴が聞こえてくるようである。

確かに弟の秀長《ひでなが》を除けば、秀吉の血縁者は哀れなくらい凡庸だった。そうした者たちで周囲を固め、己の天下を後代に伝えていこうとした秀吉も、また哀れだった。

痺れを切らしたかのような秀秋の咳払いで、三成はわれに返った。

「貸せぬというなら、それでも構わぬ。貸してくれる先は、ほかにもあるからな」

人の足元を見るかのような秀秋の言い草に、さすがの三成も怒り心頭に発した。

——しかし、この場は耐えねばならぬ。

小早川勢は毛利家の西国制覇の原動力であり、文禄・慶長の役では日本軍の主力として、その精強さをいかんなく発揮した。

とくに明軍の参戦により平壌《へいじょう》が陥落し、日本軍が壊滅の危機に瀕《ひん》した折、碧蹄館《へきていかん》の戦いを大勝利に導いたのは小早川勢だった。

明軍の砲列が咆哮《ほうこう》を上げる中、親子兄弟が敵弾に砕《くだ》け散っても、独特の喊声《かんせい》を上げつつ突撃する小早川勢に、明軍は震え上がった。

大砲攻撃に恐れることなく突撃する敵など見たこともない明軍は、瞬く間に逃げ散り、以後、日本軍との衝突を避けるようになった。それが、以後の戦いを日本軍有利に進める要因となる。

その小早川勢の戦いぶりを、今は亡き秀秋の義父・隆景と共に、三成は小丘上の指揮所から見ていた。

啞然とする三成や大谷吉継を横目で見つつ、隆景はさも当然のごとく、「これでよろしいか」と言ったのを、三成は克明《こくめい》に覚えていた。

――この男が虚《うつ》けでも、小早川勢は、喉から手が出るほどほしい。

三成は、「金とは、使うべき時を違えてはならぬ」という秀吉の言葉を思い出していた。

――殿下、今が生きた金を使う時でしょうか。

しばし考えた末、三成は断を下した。

「金吾様――」

三成が、肺腑《はいふ》から搾《しぼ》り出されたような声で問うた。

「黄金五千枚、用立てれば、軍備を整えた上、太閤殿下の御恩に報いられると仰せか」

「申すまでもない」

秀秋の面に下卑《げび》た笑みが広がった。それは、獲物が罠にかかったことを喜ぶ猟師の顔である。

三成は口惜《くや》しさを押し殺しつつ言った。

「それを用立てれば、それがしの定めた期日までに、定めた場所に、小早川勢一万六千を連れてこられまするな」

「もちろんだ」

「それを亡き太閤殿下に誓われるか」

「くどい！」

そう言い捨てると、秀秋は座を払った。

しばし物思いに沈んだ後、立ち上がった三成は長束正家の屋敷に向かった。

突然の来訪に驚いた正家だったが、大坂城の金蔵から「黄金五千枚」を秀秋のために用立てるよう三成が要請すると、一言だけ問うてきた。

「黄金五千枚といえば、たいそうな額。それを今、使うべきと仰せになられるのですね」

——そうだ。この黄金五千枚は生きた金となる。

三成が黙ってうなずくと、それ以上の質問を一切せず、正家は「承《うけたまわ》った」とだけ答えた。

常の金庫番であれば、何のかのと言い募り、理由を問うて出し渋るのが常だが、そうしたことに関心のない正家がその任にあったことに、三成は感謝した。

その場から去ろうとする三成を、正家が呼び止めた。

「血筋だけで大禄を食み、大兵を養っておられる方のお心が、この金で買えるのですな」

「そういうことになる」

三成同様、正家も凡庸者の恐ろしさを身にしみてわかっていた。金で凡庸者を思いのままに操れるなら、それに越したことはないと考えるのは、正家も同じである。

七

立ち込めている朝靄《あさもや》を破るような筒音が轟くと、喊声が湧き上がった。

音のする方角からすると、宇喜多《うきた》勢と福島勢に違いない。

——いよいよ始まったか。

三成は一つ武者震いすると、戦闘準備を命じた。法螺《ほらがい》貝が吹かれ、懸かり太鼓の音が空気を震わせる。常とは違う切迫《せっぱく》したその音色《ねいろ》から、法螺貝吹きも太鼓叩きも、この日が己の運命の岐路となることを知っているのだ。

慶長五年（一六〇〇）九月十五日辰の刻（午前八時頃）、西軍七万八千、東軍七万五千という大軍がひしめく美濃《みの》関ヶ原で、天下分け目の決戦が始まろうとしていた。

東軍は西軍の築いた街道遮断《しゃだん》線を突破すべく、積極果敢な攻撃を仕掛けてきた。

一方の西軍は、敵を手元に引き付けるだけ引き付け、個々に包囲殲滅《せんめつ》するつもりでいる。

遮断線とは中山道《なかせんどう》と北国《ほっこく》街道を断つべく、小早川秀秋が布陣する松尾山《まつおやま》山麓から三成本陣の笹尾山《ささおやま》まで築かれた防塁のことである。

この防塁は一時的な陣だが、防御力は城塞《じょうさい》に比肩《ひけん》するほど強力だった。

つまり西軍は城に拠っているも同じで、東軍に対して、陣形的に圧倒的な優位にあった。

宇喜多勢と福島勢は、三町ほどの間を行きつ戻りつしながら、押しては引いての激戦を繰り広げていた。これを見た東西諸軍も次々と戦端を切った。

戦場では、これまで誰も聞いたことがないほどの鉄砲の炸裂《さくれつ》音と鉦鼓《しょうこ》の音が轟き、馬のいななきと喊声が渦巻いている。

しかし西軍で戦闘に参加しているのは、石田、宇喜多、小西、大谷、平塚（為《ため》広《ひろ》）、戸田（重政《しげまさ》）勢だけで、つごう三万六千ほどである。

これでは、いかに陣形が有利でも、長くは戦えない。

南宮山《なんぐうさん》の毛利勢一万六千、栗原山《くりはらやま》の長宗我部勢六千、松尾山の小早川勢一万六千、島津勢四千などは、いつまで経っても戦いに参加する気配がない。

南宮山には、毛利勢の背を押すために安国寺恵瓊《あんこくじえけい》勢を、栗原山には、長宗我部勢の尻を叩くために長束勢を配しているにもかかわらず、いっこうに動きがないのだ。

一刻以上もの間、東軍の半数の兵力で西軍は踏ん張っていたが、残る西軍の戦闘参加がなければ敗勢に陥る。

三成は、彼らが決定的な場面で山を駆け下ってくるものと思っていた。さもなければ、ここまで出張ってくる意味はない。

戦っている西軍諸将も、毛利らの参戦を信じて奮戦していた。これにより、東軍は西軍の堅固な遮断線を破れず、徐々に攻勢は弱まりつつあった。

東軍の攻勢が限界点を迎えたのだ。

野戦でも城攻めでも、寄手はひたすら攻勢を取り続けられない。必ず攻勢限界点が訪れる。そこで防御側が逆襲に転じることで、寄手は一気に崩れ立つ。

長篠合戦で見られるように、それまでの攻撃が苛烈《かれつ》であればあるほど、その崩壊は凄まじい。しかし、この攻勢限界点を見極められず、防御側が逆襲を掛けねば、寄手は再び勢いを盛り返すのだ。

「今だ、佐吉！」という秀吉の声が、耳元で聞こえた気がした。

秀吉の傍らで幾度となく見てきた勝機というものが、遂に訪れたのだ。

開戦から一刻半が過ぎようとする午《うま》の上刻（午前十一時過ぎ）、三成は合図の狼煙《のろし》を上げさせた。これにより、残る西軍が東軍の側背《そくはい》を突き、間違いなく戦は大勝利で終わるはずだった。

――太閤殿下、ご覧《ろう》じろ！

しかし、松尾山は静まり返ったままである。

「どうなっておるのだ。もっと狼煙を上げろ！」

小者たちは懸命に枯れ柴などを焚き、さかんに狼煙を上げている。風も弱いので煙はまっすぐに中天まで達し、付近のどの山からでも見えるはずである。

しかし松尾山はもとより、南宮山と栗原山も沈黙したまま動きはない。

――南宮山と栗原山が戦に参加せずとも、松尾山から小早川勢が駆け下るだけで、今なら勝てる。そうか、南宮山と栗原山は松尾山の攻撃を待っておるのだ。

「使番《つかいばん》！」

「はっ」

母衣《ほろ》を翻《ひるがえ》し、馬廻衆の一人が三成の前に拝跪《はいき》した。

「すぐに松尾山へ行き、金吾めに約束を果たすよう伝えよ」

「承った！」と言うや使番は馬に飛び乗り、松尾山目指して駆け去った。

じりじりと時間が流れる。

依然として東軍の足並みは乱れており、勝機はいまだある。秀吉が「ほれ、何をしておる」とばかりに、道を開けてくれている気さえした。

しかし、依然として松尾山に動きはない。

その時、土煙を蹴立て、先ほどの使番が戻ってきた。

「いかがであった！」

陣所から飛び出した三成は、自ら使番の馬の口を押さえた。

「はっ、金吾様に約束を守られよとお伝えしたところ、金吾様は『約束を守らぬはどっちだ。この期《ご》に及んで値切りおって』と仰せになられ――」

「何、値切るとはどういうことだ！」

三成は啞然とした。

「金吾様は、『もらった分は、伏見城攻めと伊勢攻めで治部少に返した。残り半分は内府に融通してもらったゆえ、内府に馳走《ちそう》する』と仰せになられるのです」

「何だと！」

確かに秀秋は、西軍として伏見城攻めで主力を成し、伊勢攻めにも西軍として兵を出している。

三成の頭は混乱した。

正家が、三成の承諾を得ずに黄金五千枚を値切ったというのか。

──そんなはずはない。

三成は、すぐにでも松尾山に飛んでいき、事の真偽を確かめたかった。しかし、三成も事情が分からぬでは、たとえ松尾山に行っても、秀秋の誤解を解くことはできない。

そのためには、まず栗原山の長束正家から事情を聞く必要があった。しかし栗原山は遠すぎる。実質的な主将の三成が栗原山まで行って帰ってくるのは、事実上、不可能である。

──太閤殿下なら、いかがなされるか。

「佐吉、ここが切所《せっしょ》だ」

秀吉の声が耳の奥で聞こえる。

「すべては金吾次第ではないか。金吾が動かなければ、そなたがここを動かずとも負ける」

――太閤殿下、仰せの通りにございます。

「使番、すぐに栗原山に行き、大蔵大輔殿に伝えよ」

「はっ、何と」

「松尾山の麓《ふもと》で落ち合い、共に金吾の許に赴き、誤解を解こうとな」

馬に飛び乗るや、使番は疾風と化して栗原山に向かった。

八

その男は慣れぬ乗馬に四苦八苦しながら、ようやくやってきた。

「大蔵殿、遅かったではないか！」

「治部少殿、申し訳ない。なかなか馬が言うことを聞かぬでな」

正家が顔をしかめつつ尻に手をやった。馬に乗り慣れていない者の常で、もう尻の皮が剝《む》けたのだ。

正家が馬から下りた拍子に、大きな頭に載せられていた兜《かぶと》がずれ、正家の顔半分を覆った。

「いったい、どうなっておる！」

正家の兜を直してやりつつ、三成が声を荒らげた。

「それが、いくら使いを出しても、毛利も長宗我部も動かぬ」

「そうではなく、金吾のことだ」

「あっ」

今更、気づいたかのごとく、正家が頭上を見上げた。

「まさか松尾山まで、いまだ動いておらぬか」

三成が、もどかしげに事情を説明した。

「何ということだ」

正家が口惜しげに唇を噛む。

「まさか黄金五千枚、金吾に渡しておらぬとは申すまいな」

「そんなことはない。耳をそろえて黄金五千枚相当、金吾に引き渡しておる。それがし自ら、大坂の金吾屋敷に運び込んだので確かだ」

「待たれよ。今、何と言った」

「黄金五千枚相当、間違いなく金吾に引き渡したと申した」

「その相当というのは、いかなる意味か」

「いや、さすがに金蔵の黄金も寂しくなってきた。これから大戦《おおいくさ》ともなれば、南蛮商人から武器弾薬も買わねばならぬ。それゆえ金吾には、金ではなく銀で渡した」

「あっ」

三成は、毛穴という毛穴から同時に冷汗が噴きだすのを感じた。

「それは真か」

「黄金五千枚相当の銀を渡せば、同じことではないか」

「ああ」

三成が天を仰いだ。

——道具が余計なことを考えおったわ。

「お待ちあれ。銀の価値は金の五が一（五分の一）、つまり銀を二万五千枚、耳をそろえて渡せば何の文句も出ぬはず」

「それが違うのだ」

「こんな容易な算術を、それがしが間違うと仰せか」

正家の口端《くちは》に引きつった笑みが浮かぶ。

「うむ、間違っておる」

三成は深呼吸すると言った。

「国内での銀と金の交換比率は五が一。しかし南蛮国では——」

「十が一でござろう。それゆえ南蛮商人は金をほしがり、その差益でもうけておる」

三成がその場に片膝をついた。

「その通りだ」

三成は笑い出したかった。

「治部少殿、まさか金吾は、南蛮商人への支払いのために黄金五千枚を用立てろと申したのか。それをお伝えいただかなければ、いかにそれがしとて――」

正家の声が遠ざかり、秀吉の声が聞こえてきた。

「算盤がいかに正しき答えを弾き出しても、それが正しいか否か、疑ってかかる必要がある」

――わしには、道具を使いこなすことなどできなかったのだ。

三成は、絶望の淵《ふち》にゆっくりと落ちていくのを感じた。

その時、小早川勢の喊声が頭上から聞こえてきた。

それがどちらに突撃する声か、三成は確かめるまでもなかった。

短慮なり名左衛門

一

直江津《なおえつ》の宿《やど》の二階から盂蘭盆《うらぼん》の喧噪《けんそう》を見下ろしつつ、名左衛門《みょうざえもん》は苦い酒を飲んでいた。

——わしほどの男が、これほどの仕打ちを受けるとはな。

名左衛門の心中とは裏腹に、眼下では様々な意匠《いしょう》を凝《こ》らした神輿《みこし》や山車《だし》が、色とりどりの旗幟《きし》に囲まれて湊《みなと》の方に向かっていた。

太鼓の音は幾重にもなって夜空に轟《とどろ》き、人々は日々の憂さを晴らすかのように歓声を上げ、祭りにのめり込んでいく。神輿の担ぎ手の掛け声は互いの熱情を煽《あお》り合い、止めどない興奮を生む。

——戦《いくさ》と何ら変わらぬ。

死への恐怖があるからこそ、人は勇猛になれる。戦にかかわらぬ民とて、明日の命は保障されていない。だからこそ、その不安を打ち消すために祭りに狂奔《きょうほん》するのだ。

その熱気と距離を置いた名左衛門は、醒めた目で眼下の光景を見つめていた。

毛利名左衛門秀広《ひでひろ》は天文《てんぶん》十二年（一五四三）、越後の最有力国衆の一つ、毛利北条《きたじょう》一族の庶家《しょけ》に生まれた。

十代から毛利北条家の当主・高広《たかひろ》の馬前を駆け、その勇名を越後国内に鳴り響かせた名左衛門は、二十半ばを過ぎた頃からは、外交交渉にもその才を発揮し、毛利北条家になくてはならない人材になっていた。

――わしを何だと思っておるのだ。

名左衛門は盃を重ねたが、飲めば飲むほど、酒の味は苦くなるばかりである。

明朝、越中《えっちゅう》に向かう廻船《かいせん》が出るので、早く寝《しん》に就かねばならないのだが、上杉家執《しっ》政《せい》の直江信綱《なおえのぶつな》と、外交顧問の山崎秀仙《やまざきしゅうせん》の仕打ちを思うと、怒りで心中が沸騰し、睡魔はなかなかやってこない。

実はこの日、論功行賞《ろんこうこうしょう》の不満から、名左衛門は二人を相手に直談判《じかだんぱん》に及んだが、「後日、詮議《せんぎ》いたす」の一点張りで、名左衛門の要求は軽く退けられた。「後日、詮議いたす」とは「詮議しない」というに等しい。

――越後平定から、すでに一年が過ぎようとしておるのに、何の恩賞にも与《あずか》れぬとはな。

それではとばかりに、当主の上杉景勝《かげかつ》への面談を要求したが、二人は「分をわきまえろ」と言い放ち、その面目《めんぼく》までも失わせた。

——不識庵《ふしきあん》様御在世《ございせ》の頃はよかった。

いつしか名左衛門は、謙信《けんしん》との出会いに思いを馳せていた。

——あれは確か、越相《えっそう》同盟締結の折であったな。

永禄《えいろく》十二年（一五六九）六月、長らく敵対関係にあった越後の上杉謙信と相模《さがみ》の北条氏康《うじやす》は、武田信玄の圧力に抗すべく同盟を結んだ。

越相同盟である。

その折、北条傘下《さんか》に入っていた毛利北条高広が、上杉家中に復帰することになった。

ちなみに毛利北条氏は「きたじょう」という読みで分かる通り、小田原北条氏との関係は一切ない。

本来、大江氏系毛利氏の本宗家である北条氏の本領は、越後国刈羽《かりわ》郡柏崎《かしわざき》にあったが、謙信から関東奉行を拝命し、本拠を上野《こうずけ》国厩橋《まやばし》に移していた。

しかし毛利北条一族だけで、上杉、武田、北条という三大勢力の角逐《かくちく》の場である上野国厩橋領を守るのは容易でなく、とくに、三国《みくに》峠が雪で閉ざされる冬には、越後勢の来援が期待できず、結局、高広は北条方の圧力に屈し、上杉方から離反して北条傘下に転じてしまった。

これに激怒した謙信は「天魔の所業」と言って高広を罵《のの》り、必ず討ち果たすという書状まで送りつけた。

しかし越相同盟締結により、氏康は謙信に上野国全土を譲ることになり、高広は上杉方に帰参せざるを得なくなる。

氏康の願いを聞き入れた謙信は高広を許したが、それはあくまで表面上のことである。謙信は癇癪《かんしゃく》持ちであり、離反した時の怒りを思い出せば、何を仕出かすか分からない。

氏康に助けを請うても、氏康自身が謙信の機嫌を損ねないようにしている今、何かしてくれるとも思えない。しかし、春日山《かすがやま》城まで御礼言上《ごんじょう》の使者を送らねば、謙信の疑心暗鬼《ぎしんあんき》は募《つの》るばかりである。

熟慮《じゅくりょ》の末、高広は名左衛門に白羽《しらは》の矢を立てた。

この時、名左衛門は二十七歳。才気に溢れるだけでなく、武勇にも秀でている名左衛門なら、必ずや謙信の心を摑《つか》むと高広は思った。

越後に初雪が降る頃、毛利北条一族の輿望《よぼう》を担った名左衛門は単身、三国峠を越えて春日山城に向かった。

「そなたが、安芸《あき》入道（高広）の外甥《がいせい》にあたる名左衛門秀広か」

その戦場錆《さび》の利いた声音が、寒々とした大広間に響いた瞬間、名左衛門の背中は、焼串を刺されたように強張《こわば》った。

「はっ、いかにも」

護摩《ごま》堂での祈禱《きとう》を終えたばかりの謙信は、焦げた護摩木の臭いを漂わせつつ座していた。その姿は、まさに毘沙門天《びしゃもんてん》の生まれ変わりと言っても過言ではない迫力に満ちている。

「そなたの話はよく聞く。戦場《いくさば》では、ひた押しに押すそうな」

「押す時は押し、引く時は引きまする」

「ははは、いかにも退《の》き戦は大事。その年で、それが分かっておるとは、たいしたものだ」

笑みを浮かべつつ謙信は、値踏みするように名左衛門の全身を見回していた。

――これが名にし負う上杉輝虎《てるとら》か。

名左衛門も上目づかいに、その姿を垣間《かいま》見た。

この頃、輝虎と名乗っていた謙信は、武将として脂の乗り切った四十歳である。剃《てい》髪《はつ》はしておらず、小柄で撫で肩なその体型だけ見れば、どこかの家中の吏僚《りりよう》のようだが、その体全体から発している雲気《うんき》は、まさに聖将と呼ぶにふさわしいものである。

気圧《けお》されまいとすればするほど、謙信の雲気は室内に満ち、四囲から迫ってくる。それにより、相対する者は皆、己の小ささを思い知らされるのだ。

——一族の命運が懸かっておるのだ。負けてはならぬ。

謙信の呪縛《じゅばく》を振り払うように鼻で大きく息を吸うと、名左衛門は平伏していた頭を心持ち上げた。

「此度《こたび》の一件、お詫びの申し上げようもありませぬ」

腹に白刃《はくじん》を押し当てるような覚悟で、名左衛門が最初の言葉を切り出した。

「わしに——」

謙信の声音が怒りを帯びる。

「詫びると申すか」

「はっ」

「よくぞ申した！」

警策《けいさく》で打たれたような衝撃が背に走った。

「かつてわしは、関東を旧に復するため懸命に働いた。そして関東回復の旗頭として、安芸入道を厩橋に置き、すべての差配を任せた」

「仰せの通りにございます」

「安芸入道ほど武略に優れ、性根《しょうね》の据わった男はおらぬと思うたからだ。ところがどうだ——」

謙信の声音に悲しみの色が溢れる。

「人というものは信じられぬ。しかし、人を疑えばきりがないのもまた事実」

高広にも事情があった。しかし、この場でそれを並べても逆効果である。

——この場は、行動あるのみ。

一礼した名左衛門は、懐《ふところ》に手を入れて扇子《せんす》を取り出すと、それを引きちぎり、骨の一本を取り出した。

それは細い鎧通《よろいどお》しだった。

背後に控える小姓《こしよう》が色めき立ったが、謙信は片手を上げて、それを押しとどめた。

「わが赤心《せきしん》、ご覧《ろう》じろう！」

左手を眼前の畳に広げた名左衛門は、己の手の甲に鎧通しを突き刺した。

「うっ」

鮮血が飛び散り、青畳に点々とした跡を付ける。

謙信は微動だにせず、名左衛門の左手から流れる血を見ていた。

——信じられぬものを信じてもらうためには、命を懸けるしかない。

これが名左衛門の至った結論だった。

たとえこの場は赦免《しやめん》されても、口先だけの謝罪では、いつか謙信の心に疑心が生じる。それを防ぐには、己の命を懸けるほどの気概を見せねばならない。

しかし、謙信に会う前には佩刀《はいとう》を取り上げられる。それゆえ名左衛門は扇子を改造し、骨の一本に鎧通しを仕込んできた。

中庭に設《しつら》えられた筧《かけい》から流れ落ちる水音だけが、障子越しに聞こえる中、小半刻《こはんとき》ほど沈黙は続いた。

血は青畳に広がり、大きな染みを作っている。

多量の出血からか、名左衛門の頭がぼんやりしてきた。このままでは死に至る。しかし、それでもいいとさえ名左衛門は思っていた。

「もうよい」

朦朧《もうろう》とする意識の下で、名左衛門は謙信の声を聞いた。

「はっ、いま何と――」

「もうよい、と申した」

謙信が己に言い聞かせるように言った。

「わしは毛利北条家を廃絶《はいぜつ》にし、安芸入道一族を打ち首にするつもりでいた。しかし、そなたの赤心に免じ、此度ばかりは安芸入道を信じることにする」

「それは真で」

「わしの言葉に、嘘偽りはない」

名左衛門は、血でにじんだ青畳に額を擦り付けた。

「名左衛門とやら、一つだけ覚えておくがよい。この世で最も大切なものは義だ。義だけが国を治め、人を統《す》べることができる」

「ははっ」

「人を信ずるべきか、信じぬべきかは誰にも分からぬ。しかし赤心を示した者を信じねば、この世で誰も信じられぬ」

「あ、ありがたきお言葉」

「そなたは赤心を示した。それゆえわしも、そなたの赤心に応えることにする」

謙信の面影《おもかげ》が記憶の彼方《かなた》に消えていった。

二

いくら飲んでも酔えないと知りつつ、名左衛門は再び盃を干した。

――どの道、この騒ぎではろくに眠れぬ。朝まで起きているか。

そう思った時である。

「毛利様、客人が参られております」

店の主人らしき声が障子越しに聞こえた。

「客人だと。誰だ」

「樋口《ひぐち》様と、お名乗りでございますが」

――ああ、あの小姓上がりの奏者《そうしゃ》か。

名左衛門は、今日の詮議に列席していた眉目秀麗《びもくしゅうれい》な若者を思い出した。

――小僧め、詮議では黙《もく》しておったくせに。今更、何用だ。

これまで口もきいたことのない若者が、己に何の用があるのか、名左衛門には見当もつかない。しかし奏者といえば、当主の景勝に近い立場にあり、粗略《そりゃく》にはできない。

「お入りいただけ」

そう主人に命じると、名左衛門は酒盆を横に片付け、威儀を正した。

「失礼いたします」

口辺《こうへん》にわずかな笑みをたたえつつ、若者が入ってきた。

二十歳《はたち》を少し過ぎたばかりのはずだが、その落ち着いた挙措《きょそ》は三十代にも見える。

樋口与六兼続《よろくかねつぐ》は、上田《うえだ》長尾政景《ながおまさかげ》の家臣・樋口兼豊《かねとよ》の長男として永禄三年（一五六〇）、越後国坂戸《さかど》城下で生まれた。幼少の頃から、その優秀さは周囲に知れわたり、五歳の時、十歳の景勝の小姓とされた。

謙信の養子となった景勝と共に、春日山城に移った兼続は、やがて景勝の小姓から奏者となり、この頃、めきめきと頭角《とうかく》を現していた。

型通りの挨拶を終えると、早速、兼続が切り出した。

「本日の詮議は、真にお気の毒でございました」

——それを申しに参ったか。

内心、舌打ちしつつも、名左衛門は丁重《ていちょう》に頭を下げた。

「ご同情いただき、痛み入る」

「毛利様のお申し出は理に適っており、それを叶えられぬは、われら帷幕《いばく》にある者たちの落ち度でございます」

兼続の言葉は、孤立無援と思っていた名左衛門にとって意外なものだった。

「と申されると、樋口殿は、それがしの申し出を尤《もっと》もと思われるか」

「言うまでもなきこと」

「それを本心から仰せか」

名左衛門が兼続に視線を据えると、兼続も強い眼差《まなざ》しを返してきた。

「此度の戦を全く不利な態勢から勝利に導けたのは、ひとえに毛利様のおかげでございます。その功に報いるべく、今は亡き禅忠《ぜんちゅう》（河田《かわだ》長親《ながちか》）様が毛利様に加増を行ったのは、当然のこと」

名左衛門にしてみれば、それこそ声高に叫びたいことである。

天正《てんしょう》六年（一五七八）三月、上杉謙信が不慮《ふりょ》の虫気《むしけ》（脳卒中《のうそっちゅう》）で倒れ、そのまま意識が戻らず死去した。

謙信に子はなく、後継者を決めずに死んだため、その家督をめぐり、北条家から養子入りしていた三郎景虎《さぶろうかげとら》と、上田長尾家から養子入りしていた喜平次《きへいじ》景勝の間で、跡目争いが勃発《ぼっぱつ》した。御館《おたて》の乱である。

乱が始まった当初は、圧倒的に景虎が有利だった。景虎は氏康の子であり、北条家との紐帯《ちゅうたい》を重視するなら、景虎を跡目に据えるのが、妥当な判断だからである。

謙信股肱《ここう》の重臣たちは、こぞって景虎を支持し、景虎の兄である氏政《うじまさ》の外交手腕によって、武田勝頼《かつより》、蘆名盛氏《あしなもりうじ》、伊達輝宗《だててるむね》ら近隣諸大名も支援に乗り出した。

万に一つも景勝に勝ち目はなかった。

それでも景勝はあきらめない。

いくつかの小競り合いで勝利を積み重ねた景勝は、直江信綱や山崎秀仙らと策をめぐらし、調略《ちょうりゃく》の手を諸方面に伸ばして景虎陣営の切り崩しを図った。

その頃、名左衛門は越中にいた。

主の北条高広の娘が河田長親に嫁ぐ際、その付家老《つけがろう》として随行《ずいこう》し、そのまま長親の与力《よりき》になっていたからである。

むろんそこには、織田家の圧力が日に日に増す越中戦線を、長親と共に支えてほしいという謙信の願いがあった。

長親は近江《おうみ》出身の外様《とざま》家臣でありながら、謙信の信頼が厚く、能登《のと》を守る鯵坂長実《あじさかながざね》と共に、上杉家北陸衆を率いて織田家の侵攻を防いでいた。

名左衛門は長親をよく補佐し、ときには最前線まで出張って指揮を執るほどの活躍を示した。

上杉家北陸衆が織田家の侵攻を防げたのには、ある理由があった。

謙信はその最晩年、周囲に関東制圧を匂わせつつ、織田信長と雌雄《しゆう》を決すべく、北陸方面から京に乱入する計画を立てていた。そのため北陸方面には、重点的に鉄砲を配備しており、それらの装備と多くの鉄砲足軽が、そのまま長親の手元に残っていたのだ。しかし上洛作戦を開始する直前に謙信は死去し、御館の乱が勃発した。

強力な鉄砲隊を擁《よう》する河田長親を味方にすべく、両陣営より越中松倉《まつくら》城に使者が派遣されてきた。

双方の話を聞いた名左衛門は考えた。

――まだ旗幟を鮮明にすべきではない。

名左衛門は、ここぞという時には死を懸けて勝負できる胆力《たんりょく》を持っていたが、何事もじっくり考える癖があった。

碁を打たせれば、腕組みしてうなったきり、なかなか次の手を打とうとせず、相手が痺《しび》れを切らした頃になって、ようやく盤上に石を置くので、付いたあだ名は「長考《ちょうこう》の名左衛門」だった。

越後勢一の火力を擁する河田勢が景虎方に付けば、勝敗は容易に決せられる。しかしそれでは、多少の恩賞に与れるだけである。

――景虎が勝てば、政権の中枢《ちゅうすう》には、そのまま旧勢力が居座るだけだ。しかも戦後、北条家の力を背景に、景虎が河田家に干渉《かんしょう》してこないとも限らぬ。

織田・北条両家の力が強大になり、場合によっては、越中を織田家に明け渡す代わりに、越後を北条家のものとする密約が結ばれぬとも限らない。

長親と名左衛門にとって、それは脅威《きょうい》以外の何物でもなかった。

――ここは劣勢にある景勝に味方し、河田勢の力で勝たせるか。

そうは思ってみたものの、外部勢力が進駐してくれれば、いかに強力な火力を擁する河田勢とて敵《かな》う術《すべ》はない。その点だけが、景勝に与《くみ》することを躊躇《ちゅうちょ》させていた。

長親と語らった名左衛門は、まずは自ら春日山城に入り、景勝に味方すると見せかけ、情報を収集することにした。

その間、長親には中立を守らせ、戦局が圧倒的に景勝有利になった時点で参戦してもらうのだ。むろん戦局が景虎に傾けば、見捨てられることも覚悟の上である。つまり景虎が勝った場合、景勝に味方したことは名左衛門の独断専行とし、長親に罪はなしとするのである。

むごい仕打ちとはいえ、それが戦国の常法《じょうほう》であり、名左衛門は死罪となっても、その子らは長親によって取り立てられる。

――事を短慮から決してはならぬ。

それが、戦乱の中から名左衛門が学んだ最も大事なことだった。

春日山城に入った名左衛門は、景勝に勝利の目があると感じた。新発田《しばた》重家《しげいえ》や五十公野《いじみの》信宗《のぶむね》といった越後最北部の揚北《あがきた》郡を本領とする景勝支持派の士気が、異様に高いのである。

彼らは、かつて景勝の出身母体である上田長尾氏に与して謙信に反旗を翻し、討伐されたことがあり、爾来《じらい》、隠忍《いんにん》を強いられてきたからである。

景勝方の士気の高さは、五月十七日の大勝利で証明された。春日山の城際まで迫った景虎方を景勝方が撃退したこの戦いで、名左衛門は景勝方の勝利を確信した。

しかし事は、そう容易には運ばない。

直接戦闘では勝てないと覚った景虎は、兄の氏政に支援を要請した。

ところが、佐竹義重《さたけよししげ》と対陣している最中の氏政は自ら赴《おもむ》けず、同盟国である甲斐《かい》の武田勝頼に越後侵攻を依頼した。

これに応えた勝頼は越後に兵を進めてきた。

名左衛門の危惧《きぐ》が的中したのだ。

さすがの春日山城でも、二万の武田勢を防ぐのは至難の業である。

春日山城内では、何とか懐柔《かいじゅう》して帰国させようということになったが、勝頼は、調略が通じる相手ではない。

というのも勝頼は、氏政の妹を正室に迎えているため、氏政の義弟にあたる上、織田・徳川連合軍と熾烈《しれつ》な争いを繰り広げている最中であり、北条家との同盟が生命線となっていたからである。

春日山城は憂色に包まれた。しかし名左衛門には、秘策があった。

三

烈風が砂塵《さじん》を巻き上げ、林立する濃紺の旌旗《せいき》を激しく舞わせている。旗の中央には、花菱《はなびし》紋が鮮やかに染め抜かれ、この軍勢が何者であるかを声高に主張していた。

その中を、あえて悠然《ゆうぜん》と名左衛門は進んだ。背後に従うのは副使と数人の供侍、そして重そうに荷車を押す夫丸《ぶまる》たちだけである。

海津《かいづ》城の大手門に至り、入城を請うと、重々しい軋《きし》み音を立てて門が開き、案内役が待っていた。その先導に従い、名左衛門たちは城内を進んだ。

——これが武田勢か。

間近に見る武田勢は、兵の末端に至るまで、しわぶき一つたてずに整列していた。それを見れば、強兵か否かは一目瞭然である。

主殿の前で荷を降ろし、それらを対面の間まで運ばせた名左衛門は、両手をつき、やや頭を下げて、勝頼の入室を待った。

やがて、長廊《ちょうろう》を軋《きし》ませつつやってきた勝頼と幕僚が座に着く。

時候の挨拶と互いの紹介が済むや、勝頼が甲高《かんだか》い声で言った。

「大儀《たいぎ》」

大月代《おおさかやき》を銀杏髷《いちょうまげ》に結い、やや下膨《しもぶく》れの顔に切れ長の目をした勝頼は、名左衛門らの背後に積まれた十にも及ぶ漆《うるしぬ》塗りの木箱を、いかにも満足げに眺めていた。

その萌黄《もえぎ》色の肩衣《かたぎぬ》にも、その下に着ている褐色《かちん》の絹《きぬ》小袖《こそで》にも、誇らしげに花菱紋が染め抜かれている。

名左衛門は、長年にわたり敵対してきた武田家の当主と相対していることを、あらためて実感した。

「先般、お約束しました黄金一万両、しかとお持ちいたしました」

「どうやら本当に持ってきたようだな」

「はっ、間違いなく」

「しかし、これほどの知恵をよくぞ絞ったものだな。さすがに喜平次殿は、不識庵様の衣鉢《いはつ》を継ごうというだけのことはある」

勝頼が冷ややかな笑みを浮かべた。

——何を笑う。この黄金が喉から手が出るほどほしいのは、そなたではないか。

そうした心中の思いを一切、表に出さず、名左衛門は畏《かしこ》まっていた。

武田家は軍費に窮《きゅう》していた。

信玄の時代に金山を掘り尽くしてしまい、さらに駿河から今川家を追い出したにもかかわらず、交易の知識に乏しいため、思うように海から利潤が上げられないのだ。

今回、勝頼が氏政の要請に応じたのも、いち早く春日山城を攻略し、上杉家の財宝を掠《かす》め取りたいという一心からだった。

しかし、財宝の方からやってくるとなると話は別である。

兵を動かせば、たとえ勝てたとしても、その損耗《そんもう》度により戦後の発言力が弱まる。

やっとの思いで春日山城を制しても、すべてが終わった後に北条勢に進駐されては、その要求をすべてのまねばならなくなる。

だいいち勝頼は、東遠江《ひがしとおとうみ》をめぐって徳川家康と戦いを続けており、一兵たりとも損じたくないという事情もある。

氏政が、勝頼に景勝勢を掃討《そうとう》させてから越後入りするのは間違いない。そうなれば勝頼は、体《てい》よく利用されるだけである。

一方の景勝は、いち早く春日山城を占拠したこともあって、亡き謙信が青苧《あおそ》貿易で蓄えた三万両（約七億円）の資金を手にしていた。この三分の一にあたる一万両を勝頼に献上しようというのが、名左衛門の提案だった。

「黄金一万両の見返りとして、和睦《わぼく》を取り持つだけで本当によいのか」

「はっ、甲州御屋形《こうしゅうおやかた》様の御徳《おんとく》により、越後を静謐《せいひつ》にお導きいただければ、それだけで十分にございます」

「悪くない話だな」

黄金の見返りは、勝頼に和睦の仲立ちをしてほしいというものである。

露骨に「圭幣《けいへい》（賄賂《わいろ》）を渡すから味方してほしい」では、さすがの勝頼も、おいそれと首を縦に振るわけにはいかない。そこで勝頼の顔も立つように、「和睦の労を取ってほしい」ということにしたのである。

この時代、和睦の仲介者に礼金を払うのは、常識でもある。

「何卒《なにとぞ》、お取り計らいのほど、よろしくお願い申し上げます」

名左衛門が深く平伏した。

「しかしわしは、義兄上《あにうえ》から『三郎を後詰してくれ』と頼まれ、ここまで来た。それを『和睦の労を取りました』では、ちと話が違う」

――この男は、何が言いたいのだ。

名左衛門の胸内《むなうち》に不安が生じた。

「と申されますと」

「義兄上が怒らぬか、案じておるのだ」

「それは、ご心配に及びませぬ。そもそも越後の内訌《ないこう》は――」

名左衛門は、越後の内訌に氏政がかかわること自体、筋違いであり、それに加担することはないと弁じ立てた。

「それは、こちらも重々承知しておる。それゆえ、弾正《だんじょう》少弼《しょうひつ》（景勝）殿と合戦に及ぶのはどうかと思うていたところだ」

「仰せの通りにございます」

「しかし、この大金を手にし、かつ義兄上の機嫌を損ねぬよういたすのは、さほど難しきことではないぞ」

勝頼が、その怜悧《れいり》な口端《くちは》を歪《ゆが》めた。

——此奴《こやつ》、わしを恫喝《どうかつ》するつもりか。

「それは、いかなる謂《い》い（意味）でござるか」

半ば平伏していた名左衛門が、ゆっくりと頭を起こした。

「ここでそなたを殺し、一万両を奪った上、春日山を攻めて喜平次を討ち取っても、どこからも文句は出ぬ」

「ほほう」

その可能性も半ば考慮してきたとはいえ、あからさまにそれを言う勝頼に、名左衛門は憤《いきどお》りを覚えた。

——武田家の当主たる者が、武士にあるまじき言葉をほざきおって。

ここが勝負所であると、名左衛門の直感が訴えてきた。

名左衛門は大きく息を吸うと、思い切るように言った。

「それが、かの法性院様《ほっしょういん》（信玄）の衣鉢を継がれた方のお言葉か」

「何——」

勝頼が目を剝《む》き、幕僚もどよめく。

「法性院様は義を重んじ、義によって国を治めてきたと聞いております。その名跡《みょうせき》を継がれたお方が、法性院様の重んじてきた義を踏みにじってもよろしいのか」

名左衛門は思い切って踏み込んだ。

——どうせ失うのは、この命一つだ。

それも思えば、恐れるものなど何もない。

交渉事に慣れた名左衛門は、相手と対等の関係を築くには、相手になめられないようにすることが、何よりも大切だと肝《きも》に銘じていた。

重い沈黙が海津城対面の間を支配した。

甲高い笑い声と共に、それを破ったのは勝頼の方である。

「よくぞ申した。先ほどのわが言葉は戯《ざ》れ言だ。忘れてくれ」

その場の空気が一瞬にして和《やわ》らいだ。

死を懸けた勝負に、名左衛門は勝ったのだ。

「いえ、言葉が過ぎたのは、それがしの方でございます。何卒、ご容赦下され」

相手が譲歩《じょうほ》してきたら、こちらも譲歩するのは交渉事の基本である。

「つまり、これで話はついたということだな」

「いかにも」

「盃を持て」

勝頼の命に応じ、小姓たちが酒宴の支度を整えた。

「しかし毛利殿、貴殿ほどの器用者（才覚者）なら、この仕事が、いかに危いか分かっていたはずだ」

　盃を重ねるうちに、打ち解けてきた勝頼が問うた。

「むろん一万両を取られ、殺されることもあろうと思うておりました」

「正直だな」

　しばし呵々大笑《かかたいしよう》すると、勝頼の瞳が厳しい色を帯びた。

「それでは、なぜ使者となった」

「それがしは、甲州御屋形様の義を信じております」

「義を信じてか――。わが父に聞かせてやりたい言葉だな」

　勝頼の父である信玄は、義など毛ほども信じず、利で人を釣り、人をだまして広大な領国を築き上げた。それを承知の上で、名左衛門が信玄の義を持ち出したことを、勝頼も十分に分かっている。

　勝頼のうまい皮肉に、名左衛門も相好《そうごう》を崩した。

「そなたは大した男よ」

　勝頼は名左衛門らを手厚くねぎらうと、無事に送り返した。

　その後、春日山城近辺まで進駐した勝頼は、約束通り、双方に使者を送って和睦を取り持とうとした。しかし、和睦の勧めに応じない景虎に業を煮やし、遂に手切れとなった。

後に、この行為は氏政の怒りを買い、結果的に勝頼は、一万両の黄金に見合わない苦境に陥ることになる。

しかし勝頼と北条家の手切れは、景勝にとって、この上ない僥倖《ぎょうこう》だった。しかも景勝は、勝頼と攻守同盟を締結することに成功したので、戦力的にも景虎方を凌ぐほどになった。

さらに景勝方は、越後に侵入してきた蘆名・伊達両勢の撃退にも成功する。

そうなれば戦の鍵を握るのは、河田勢と鯵坂勢から成る北陸衆の参陣である。

景勝の要請を受けた名左衛門は早速、越中に戻り、長親率いる越中衆と鯵坂長実率いる能登衆、合わせて一万余を先導して春日山に入った。

城内には、歓呼の声が渦巻き、景勝方の士気は頂点に達した。

名左衛門は、北陸衆を最も高く売りつけることに成功したのだ。

景勝も、それは十分に承知しており、「気を持たせおって。さすが長考の名左衛門だ」と言って、苦笑いを浮かべた。

天正七年（一五七九）三月、景勝勢は御館城に攻め寄せ、これを落城に追い込み、信越《しんえつ》国境にほど近い鮫《さめ》ヶ尾《お》城まで逃れた景虎を自害に追い込んだ。

これにより景勝は、誰憚《はばか》ることなく謙信の名跡を継ぎ、さらに、景虎の死後まで抵抗を続けた敵対勢力を滅ぼし、天正八年六月、越後統一を成し遂げた。

景勝の見事な逆転劇だった。

言うまでもなくこの勝利は、勝頼を味方に引き入れた上、長親ら北陸衆を参戦させた名左衛門の功に帰するところが大きかった。

四

すでに夜半を回っているはずだが、祇園祭の喧噪は激しくなるばかりである。

——明日が分からないからこそ、人は今この時に全力を尽くすのだ。

あの時、名左衛門は、全力を尽くして景勝の勝利に加担した。しかし直江信綱と山崎秀仙は、それを顧《かえり》みることなく、名左衛門を足蹴《あしげ》にしたのだ。

景勝政権の執政を務める直江信綱は、上野国の国衆・惣社《そうじゃ》長尾氏出身だが、武田信玄に本領を追われたため、謙信の許に身を寄せた。天正元年（一五七三）、謙信の執政だった直江大和守景綱《やまとのかみかげつな》に見込まれ、直江家に養子として迎え入れられた信綱は、天正五年（一五七七）に景綱が病死した後、その名跡を継ぎ、御館の乱では景勝を支え続けた。

この功によって信綱は、景綱の就いていた執政の座をも引き継ぐことになった。

山崎専柳斎《せんりゅうさい》秀仙は常陸《ひたち》国出身の儒者で、かつて常陸佐竹家で書生（右筆《ゆうひつ》）をしていた。「四書五経《ししょごきょう》」から「武経七書《ぶけいしちしょ》」に精通した俊才だったが、主の佐竹義重を見限り、謙信の許に身を寄せた。謙信は博学の秀仙を重用し、使者によく使った。御館の乱でも終始、景勝の傍らにあった秀仙は、今では、外交全般を取り仕切るまでになっていた。


しかし二人に足蹴にされたのは、名左衛門だけではない。

御館の乱における論功行賞は、越後平定から一年以上経っても進まず、景勝に与した者たちから不平不満が出始めていた。

この六月には、加増されないことに業を煮やした新発田重家が、新潟津を占拠し、勝手に入港税を取り立てているという知らせが届いた。

あからさまに反旗を翻しているわけではないが、景勝政権を否定するに等しい行為である。こうした動きに与同《よどう》はしていないものの、不満があるのは名左衛門も同じである。

この少し前、長親は、せめて名左衛門だけにでも恩賞を下していただけないかと、丁重な書状を景勝に送ったが、景勝からは何の返事もなかった。その書状が景勝の許《もと》に届いたかどうかさえ、定かではない。

これを見かねた長親は、謙信から預け置かれた越中の所領の一部を、自らの裁量で名左衛門に分け与えた。

ところが、その直後の天正九年（一五八一）三月、長親が越中松倉城内で謎の死を遂げる。いまだ三十代の若さだった。

長親の名跡を継いだ岩鶴《いわつる》丸は、わずか八歳であり、突然、河田家中の将来が、名左衛門の双肩《そうけん》に掛かってきた。

そんな矢先、新たに長親から宛行《あておこな》われた所領から、名左衛門の代官が追い出されるという事件が起こる。

景勝から派遣された代官は「この所領は上杉家に収公された」と言い張り、「力ずくで奪い返そうとすれば、反逆と見なす」とまで言い放った。

これを聞いた名左衛門は急ぎ春日山に入り、直談判に及んだというわけである。

「それにしても、御館の乱における毛利様の手際は、実に見事でありましたな」

盃を重ねつつ、兼続は次々と美辞麗句《びじれいく》を並べ、名左衛門の功をたたえた。それは、甘い雅楽《ががく》のように名左衛門の耳に響く。

「にもかかわらず、毛利様の功を認めず、かような仕打ちをするとは、上様帷幕の一人として、お詫びの申し上げようもありませぬ」

「そう思うていただけるか」

名左衛門はうれしかった。

自らの功を認めてくれた長親は、すでにこの世になく、肝心の景勝の真意は定かでない。そうした中、景勝側近の一人が、これほどまでに名左衛門の功を認めてくれたのだ。

「ただし――」

兼続の顔が曇る。

「ご存じの通り、それがしは上様のお側近くに侍《はべ》るとはいえ、小姓から奏者になって間もない身。御政道に口を挟める立場にありませぬ」

――さもありなん。それで黙っていたのだな。

いかに景勝のお気に入りとはいえ、御館の乱の勝利に大いに貢献した直江信綱と山崎秀仙を前にして、兼続が何も言えないのは当然である。

「樋口殿」

名左衛門が威儀を正した。

「それがしの功を、こうして樋口殿にお分かりいただけただけでも、望外の喜びでござる。これで思い残すことなく、越中に戻れまする」

名左衛門は、これで兼続との対話を終わらせようと思った。何の力もない兼続に何を言っても、愚痴にしかならないからである。

しかも越中松倉城には、長親の未亡人と岩鶴丸がおり、名左衛門が戻らないのを、心細く思っているに違いない。

「それで毛利様は、よろしいのですか」

「樋口殿が何もできぬとあらば、致し方なきことでござろう」

「いかにも、それはそうですが――」

――この男、肚《はら》に一物《いちもつ》抱えてきたな。

名左衛門の直感が、それを教えた。

「毛利様、作物《なりもの》の不作を天候のせいにしては、農民は餓死するだけではありませぬか」

「と申されると」

「行く手をふさぐ岩を取りのけねば、進めぬ道もございます」

「つまり――」

二人の目が合った。

「まあ、堅い話はこのくらいにして、今夜は飲みましょう」

その白面《はくめん》に溢れんばかりの笑みを浮かべ、兼続が名左衛門の盃を満たした。

――此奴、何を考えておる。

兼続の注いだ酒をあおりつつ、名左衛門は兼続の真意を探ろうとした。しかし兼続は、「盂蘭盆を見に来たことを忘れていました」と言うや、そそくさと帰っていった。

去り行くその痩せぎすな背中を見つめつつ、名左衛門は、ようやく眠気が襲ってきたことに気づいた。

五

葦原《あしはら》をかき分け、こちらに向かってくる織田勢の足音が聞こえる。

小矢部《おやべ》川河畔の湿地に身を伏せた名左衛門は、暗がりに目を凝らし、先頭を駆けてくる敵との距離を測った。

――今だ。

「放て！」

名左衛門の命と同時に、ひれ伏していた足軽たちが起き上がり、鉄砲を撃った。

天地も揺るがすかと思うほどの轟音《ごうおん》が鳴りやむと、撃たれた者が倒れる水音と、痛みにあえぐ声が交錯《こうさく》する。

空を見上げると、硝煙《しょうえん》が月明かりに照らされて青白く光っている。

名左衛門が「引け、引け！」と怒鳴ると、泥土《でいど》から身を起こした足軽たちは、次々と河畔に向かって駆け出した。

その後を、名左衛門も続く。

――船掛場《ふなかけば》まで一町か。吉江《よしえ》殿が筒列を布いていてくれると助かるのだが。

先に行かせた吉江宗誾《そうぎん》が、すでに船で逃げていれば、名左衛門とその手勢は、敵に囲まれて苦境に陥る。

逆に陣形を崩さず、名左衛門らを援護してくれるなら、助かる見込みも出てくる。

殿軍《しんがり》とは、それだけ困難な仕事なのだ。

逃げる名左衛門の背後から、敵の筒音が近づいてきた。

「振り向かずに走れ！」

配下の者どもを叱咤《しった》しつつ、名左衛門は船掛場に向かってひた走った。

暗闇の中で、頻繁に悲鳴が聞こえる。敵の弾が逃げる味方に当たっているのだ。

己に当たらぬことを祈りながら、名左衛門は駆けた。

突然、視界が開けると、そこで葦原が終わり、河川敷が広がっていた。

敵の怒号《どごう》や喊声《かんせい》は間近に迫っている。

肩越しに振り向くと、いくつかの篝火《かがりび》が葦原の間で瞬《またたき》き、やがて、はっきりと見えてきた。敵も河川敷に出たのだ。

「いたぞ！」

敵の声が聞こえると、次の瞬間、激しい筒音が響いた。

本能的にその場に伏せた名左衛門は、すぐに立ち上がると、再び駆け出した。

背後から、弾に当たった者のうめき声が聞こえてくる。その中には、「連れてってくれ」という悲痛な声も混じっている。

ようやく船掛場が見えてきた。

しかしそこには、暗がりだけが広がり、筒列どころか兵の一人もいない。

──宗闇め、先に逃げたか。

案の定、船掛場に残された船はなかった。

すでに敵は背後に迫っており、その人数も次第に増えるはずである。遮蔽物《しゃへいぶつ》とてない河畔にいては、全滅を免れ得ない。

──少しでも陣となり得る場所に移らねば。

薄明の中、黒い影となっている小丘《しょうきゅう》が右手に見えた。

「わしに続け！」

軍配を振りつつ名左衛門は駆けた。

その背後から、配下の兵たちと共に敵の銃弾が迫ってくる。

──もう少しだ。

小丘の麓《ふもと》に達した名左衛門が、その頂《いただき》を見上げた時である。

突然、無数の木盾《きだて》が現れ、その隙間から鉄砲の種火の明滅《めいめつ》が見えた。

──しまった！

敵はすでに小丘を占拠し、河畔に追い込まれた名左衛門らが来るのを待ち伏せていたのだ。

名左衛門が死を覚悟した、その時である。

雷鳴《らいめい》のような斉射音《せいしゃおん》が轟くと、追いかけてくる織田勢に銃弾が降り注がれた。

――味方か！

その時、雲間から朝日が差し、小丘の上を照らした。そこには「毘《び》」の旌旗が翩翻《へんぽん》とはためいていた。

誰の部隊かは分からないが、殿軍を引き受けた名左衛門の部隊を救うため、河畔に踏みとどまっていてくれたのだ。

――不識庵様の義は滅んでおらぬ。

耳をつんざくばかりの筒音を聞きつつ、名左衛門は、上杉家の義に守られていることを実感した。

「ご無事でありましたか」

小丘の上で傷の手当てを受けていた名左衛門の背後から、さわやかな若者の声が聞こえた。

「これは――、樋口殿ではないか」

景勝の奏者を務める兼続が、なぜ越中の戦場にいるのか、名左衛門には皆目、分からない。

「使者を仰せつかり松倉城まで参ったのですが、木舟《きぶね》城に孤立した吉江様を救出すべく、毛利様が出陣したと聞き、矢も盾もたまらず駆けつけてまいりました」

「ああ、それでここにいらしたのか」

「吉江様は『この地にとどまり、毛利殿を助ける』と言い張りましたが、深手《ふかで》を負っており、いち早く後陣に送らねばなりませぬ。そこで差し出がましいことながら、それがしが軍配を執らせていただきました」

「そういうことでしたか。真にかたじけない」

ようやく名左衛門にも、兼続がいる理由が分かった。

「さあ、敵の新手《あらて》が寄せてくる前に松倉城まで引きましょう」

「いかにも」

兼続は科《しな》を作るように小首をかしげると、名左衛門の耳元で囁《ささや》いた。

「毛利様のご活躍は、必ずや上様のお耳に入れまする」

「そうしていただけるか」

この一件が景勝の耳に入れば、必ずや御館の乱の恩賞が下されるに違いない。名左衛門の気持ちが浮き立つ。

「して、先ほど上様の使者で参られたと仰せになられたが、どのような用件で」

「それは後ほど」

そう言うと、兼続は名左衛門を促し、小丘の裏手に隠してあった舟に向かった。

七月六日、名左衛門は、越中国最西端の上杉方拠点・木舟城に孤立した吉江宗誾の救出に成功したものの、木舟城を放棄せざるを得なかった。

すでに七月初頭、織田勢の攻撃により能登七尾《ななお》城は陥落《かんらく》し、能登を治めていた鯵坂長実は降伏していた。信長は、時を同じくして越中に向けて本格的な侵攻作戦を開始したのだ。

これにより、越中における上杉方の勢力圏は、庄川《しょうがわ》以東にまで縮小し、越中国の三分の一が失われた。このままいけば、越中全土を失うのは時間の問題である。

六

ようやく松倉城に帰り着いた名左衛門は、一息つくと兼続の許に赴いた。

兼続は戦場にいる時とは裏腹な、やけに沈んだ顔をしている。

「樋口殿、危ういところを助太刀いただき恩に着る」

「何ほどのこともありませぬ。上杉家の義を体現する毛利様を、こんなところで死なせるわけにはいきませぬからな」

兼続が笑みを浮かべた。

「不識庵様の義は、末永くわれらの心に生き続けておるのですな」

「ああ、はい」

しかし兼続は、依然として気まずそうな表情を浮かべている。

「いかがなされましたか。よろしければ上様のお言葉を、お聞かせいただきたいのですが」

「そうでしたな」

意を決したように兼続が言った。

「実は、今から申し上げることは上様ではなく、直江様と山崎様が決めたことです」

——あっ。

二人が名左衛門に申し渡すことといえば、御館の乱における恩賞の沙汰《さた》以外にない。

「ようやく恩賞の沙汰を、お聞かせいただけるのですな」

——これまでの苦労も、これで報われた。

満面に笑みを浮かべた名左衛門が威儀を正す。

「実は、お二人は『われらが、謀反人三郎景虎の成敗に掛かりきりになっている最中《さなか》に、織田勢を寄せつけなかった河田家中の働きは、真に天晴《あっぱ》れ』と前置きし、『その苦労もここまでとする』とのこと」

「えっ」

眼前の青年が何を言わんとしているのか、名左衛門には皆目、分からない。

「つまり、鉄砲と鉄砲足軽を残して河田家は越中から撤収し、本領のある古志《こし》に向かえという命にございます」

河田長親は近江出身の外様家臣だが、謙信在世の頃、長尾家の親類の一つである古志長尾氏の名跡を継いでいたため、わずかながら古志郡に所領があった。

「お待ち下され。それは、どういうことですか」

「禅忠様に預け置かれた越中奉行の任は、その死により失効しましたので、河田家の皆様には、国元に引き揚げていただきたいのです」

「それは、われらから越中一国を没収《ぼっしゅう》するということか」

「没収とは聞こえが悪い。元々、禅忠様は、起中に奉行として差し置かれただけではありませぬか」

「とは申しても――」

河田家中は一丸となり、上杉家の西の藩屏《はんぺい》として織田家の侵攻を防いできた。そのために多くの犠牲も強いられた。それもこれも、河田家が越中の主として、謙信と上杉家中に認められんがためである。かつて謙信からも、越中の領有は長親の「働き次第」と申し渡されていた。

「来月には、新たな奉行が赴任しますので、それと入れ替わる形で、松倉城を明け渡していただきます」

あまりの仕打ちに唖然としていた名左衛門に、ようやく怒りの感情が沸き上がってきた。

「おのれ、どこまで人を愚弄《ぐろう》いたすか！」

「お待ち下され。それがしは使者ゆえ、執政から申し付けられた命を伝えるまで」

──直江め。

直江信綱の訳知り顔を思い出し、名左衛門は怒りに打ち震えた。

「それだけならまだしも、直江様は、毛利様が信長に内通したのではないかという疑念を抱いております」

「何だと！」

「その証左として、上様が能登の鯵坂様の後詰に赴くよう命じたにもかかわらず、毛利様は赴かなかったと──」

「待たれよ。能登には前田利家《まえだとしいえ》勢が、越中には佐々成政《さっさなりまさ》勢が、同時に侵攻してきたのだぞ。この有様で、能登に後詰できようか！」

兼続の胸倉を摑まんばかりに迫る名左衛門だが、兼続は首を左右に振るだけである。

「春日山城中におれば、そのような事情まで分かりませぬ」

「何ということだ」

名左衛門は、河田家と共に暗く深い穴に落ちつつあることを覚った。

「ここからは使者としてではなく、一個の人として申し上げさせていただきます」

そう前置きすると、兼続は続けた。

「此度の申し渡しは、全くもって理不尽極まりないもの。ここまで上杉家に忠節を尽くしてきた河田家中と毛利様を、石もて追うような仕打ちでござる」

「そなたも、そう思われるか」

「お気持ち、十分に察します」と言いつつ、兼続が続けた。

「このままでは、直江様と山崎様は上杉家の政治を壟断《ろうだん》し、二人して権力を独占するに違いありません」

「何たることか」

謙信の越後が、何の武功もない者たちの手に落ちるのだ。しかも、論功行賞の不満をぶちまけていた名左衛門が、濡れ衣を着せられて粛清されるのは確実である。

「かの二人は、御館の乱で味方した者たちに恩賞を下さず、彼らが痺れを切らして反旗を翻すのを待っておるのです。現に、信長に籠絡《ろうらく》された新発田や五十公野が、揚北で反乱を起こしました」

「そんなことをすれば、上杉家が滅んでしまうではないか」

この存亡の危機に、上杉家の力を弱めようとするなど考えられないことである。

「そうとは限りませぬ。すでに二人は上様を見限り、信長に通じているとも――」

「何だと――」

悲しげに面《おもて》を歪ませると、兼続は懐から取り出したものを名左衛門に渡した。

それは、佐々成政から信綱に宛てた内応《ないおう》を促す親書だった。

「これは、不審げな商人から軒猿《のきざる》が奪ったものですが――」

軒猿とは上杉家の忍《しのび》のことである。

「待たれよ。これだけでは、二人が信長に通じておるとは申せぬ」

「いかにも。しかし二人が恩賞の沙汰を下さず、上杉家中を分裂させようとしている事実を思えば、それを否定できませぬ」

確かに状況証拠だけ見れば、兼続の言い分は尤もである。

「それであればなおさら、樋口殿の裁量で、それがしを上様にお目通りさせていただけぬか」

「二人がおる限り、それは叶《かな》いませぬ」

兼続は、伏し目がちに首を左右に振った。

「しかしそれ以外に、わが本意を伝え、二人を除く手はない」

「よろしいか」

兼続が威儀を正す。

「それがしとて、毛利様と河田家中に同情いたしております。しかし執政に異議を唱えることは、上様のお仕置（政道）に異議を唱えると同じ。上様が認めるはずがありませぬ」

「では、どうすればよいのだ！」

左の拳を畳に叩きつけ、名左衛門が怒鳴った。青筋の立った拳には、謙信の前で鎧通しを刺し貫いた時の生々しい傷跡が残っている。

「事ここに至らば、いよいよ最後の手を打たねばなりませぬ」

「最後の手――」

「直江と山崎を除きます」

「何と」

予想もしなかった言葉に、名左衛門は冷水を浴びせられたような衝撃を感じた。

「それ以外に手はありませぬ」

「しかし、そんな大それたことが、できようはずがない」

「毛利様は、上杉家が滅びてもよいと仰せか。かの不識庵様が作り上げた義の国が、信長ごとき餓狼《がろう》に踏みにじられてもよいと仰せか」

「いや、そういうわけではないが――」

「毛利様、われらは新たな体制で、信長に抗していかねばなりませぬ」

兼続の手が名左衛門の肩に掛かった。

「毛利様とそれがしが、かの二人に成り代われば――」

「あっ」

「信長の圧力を弾き返し、不識庵様から受け継いだ義を貫けるのではありませぬか」

あまりに鮮やかな弁舌と論理の前に、さすがの名左衛門にも言葉はない。

「しかし二人を殺せば、上様はお怒りになられるのではないか」

「いいえ。実は、この件のご内意を、それがしは受けておるのです」

兼続の言葉に名左衛門は驚いたが、すぐに冷静さを取り戻すと言った。

「戯れ言もほどほどになされよ。それならば上様は、早々に二人を除けばよいだけではないか」

「何を仰せか。御館の乱で常に帷幕にあり、上様が苦境に立った折も、共に知恵をめぐらせた二人を失脚させるには、それなりの名分が必要。さもなくば、上様は功のあった者に罰で報いると、周囲から思われます。上様に忠節を尽くしても甲斐がないとなれば、離反する者が続出するのは、間違いありませぬ」

「いかさま、な」

名左衛門は、それでも決断がつかない。

すべてが兼続の思惑通りに運んでも、下手人が罰せられるのは必定だからである。

——おそらく腕の立つわしに、汚れ役は回ってくるのであろう。

兼続と組むための条件が、実行役であることは問うまでもない。

「しかし樋口殿、いかにご内意を得ているとはいえ、上様とて、下手人を許すわけにはいかぬはず」

「ふふふ」

兼続が不敵な笑みを漏らした。

「それは、容易なことではありませぬか」

「容易と、申されるか」

「二人の意見が対立し、互いに斬り合った末、双方共に相果てたとすればよいだけのこと」

名左衛門は、唖然として二の句が継げなかった。

七

九月九日、春日山城内は、常と変わらぬ静けさに満ちていた。

黒金門《くろがねもん》から山頂の櫓《やぐら》群を望みつつ、名左衛門は最後の決断を下した。

――かの若者を信じて、わしはここまで来た。それが、正しいのか間違っておるのかは分からぬ。しかし不識庵様も仰せになられたように、人を信ずるべきか、信じぬべきかは誰にも分からぬのだ。

石畳の道を登りつつ、名左衛門は、かつて謙信が住んでいた春日山城の実城《みじょう》（本《ほん》曲輪《ぐるわ》）を見上げた。そこには、謙信在世の頃と変わらず、多くの櫓が蒼天《そうてん》を刺すように屹立《きつりつ》していた。

「ご評定《ひょうじょう》の最中に、真に申し訳ありませぬが――」

「かような時に何用だ」

障子を隔てた広縁から声をかけた同朋頭《どうぼうがしら》に、秀仙が険《けん》のある言葉を返した。

「毛利名左衛門様が参られております」

「またか」

「困ったものだな」

二人の会話が障子越しに聞こえる。

「次の間で待たせておけ」

「はい」と答えつつ、同朋頭は名左衛門を促したが、名左衛門は、その場に拝跪《はいき》したままである。

「毛利様――」

次の瞬間、同朋頭を押しのけるようにして前に出た名左衛門が、障子をがらりと開けた。

「無礼ではないか！」

「毛利殿、いかにわれらとて――」

そこまで言ったところで、信綱の口が開いたままになった。

名左衛門が白刃を抜いたからである。

「まさか、そなた――」

二人が談合する槿《むくげ》の間に躊躇なく踏み込んだ名左衛門は、手前にいた秀仙に一太刀浴びせた。

「ひいっ」

這《は》って逃れようとした秀仙の肩口から背にかけて着物が破れ、血しぶきが上がる。

誰の目にも明らかに分かる致命傷である。

畳をかいて逃れようとする秀仙を跳び越え、続いて信綱に斬り掛かると、脇差を鞘《さや》ごと抜いた信綱は、間一髪で名左衛門の一撃を受けた。

「血迷うたか！」

「血迷うてなどおらぬ！」

片膝立ちのまま、信綱が勢いをつけて後ろ足を蹴ったので、それに押された名左衛門は、秀仙の半死の体につまずき、図らずも転倒した。

「誰ぞ出会え。乱心者だ。出会え、出会え！」

信綱が広縁から外に逃れようとするのを、立ち上がった名左衛門が追いすがる。

「待て」

「何をする！」

信綱の襟《えり》を摑もうとすると、信綱が、振り向き様に持っていた脇差を一閃《いっせん》した。

知らぬ間に抜かれていた信綱の脇差に、名左衛門は目の下三寸を切られた。

「あっ！」

頬から出血した名左衛門は焦った。顔が傷つけられてしまえば、後で人に何かあったかと勘繰られる。

「おのれ、佞臣《ねいしん》！」

逆上した名左衛門は、信綱の背に太刀を振り下ろしたが、刃先がうまく当たらず、浅手《あさで》を負わせただけだった。

信綱はめったやたらと脇差を振り回し、名左衛門を近づけさせない。

「誰ぞ、誰ぞおらぬか！」

地の底で助けを求めるような声を上げつつ、信綱が、床の間に置いてある太刀に手を伸ばそうとした時である。

「御免！」

背後からすっと現れた影が、信綱の肩口に太刀を振り下ろした。

「ぐわっ！」

動脈を切られたらしく、信綱の首から鮮血が噴き出す。

一瞬、動きを止めた信綱は、怒りの籠った眼差しを背後に向けると、驚いた顔をして、その場にくずおれた。

「これは登坂《のぼりさか》殿、あいすまぬ」

信綱を斬ったのは、城内警固番に当たっていた登坂広重《ひろしげ》だった。その背後の広縁には、先ほどの同朋頭が倒れている。広重が始末したに違いない。

「思わぬ手傷を負い、気が動転してしまい、見苦しいところをお見せした。助太刀、痛み入る」

名左衛門が苦笑いを浮かべたが、広重は微笑《ほほえ》みもせず、名左衛門の肩越しに背後を見ている。

「いかがなされた」

振り向くと、広重と同じ城内警固番の岩井《いわい》信能《のぶよし》の姿が、視線の端に捉えられた。万が一、名左衛門が討ち漏らした際に備え、兼続が二人を付けてくれたのだ。

「お二人とも、かたじけ――」

そこまで言いかけた時、背中に衝撃が走った。

「あっ」

思わず畳に突っ伏すと、続いて襲ってきた激痛が、名左衛門の体から力を奪った。

「まさか、おぬしら」

転がりながら二人の攻撃を避けようとしたが、すべてを受け太刀するわけにいかず、激痛が続けざまに襲ってきた。

「うう」

分厚い血の染みが、体の下に生き物のように広がっていく。

ようやく二人の攻撃が収まった。致命傷を与えたと確信したのだ。

「いったい何で――」と言いつつ両手をついて顔を上げると、二人の間に兼続の顔がのぞいた。

「此奴、謀《たばか》ったか！」

「はい。謀りました」

兼続は会心の笑みを浮かべている。

「毛利様のおかげで、それがしの思惑通りに事は運びました」

「何だと――」

「実は、直江様と山崎様は早急に恩賞の沙汰を下さぬと、国衆の離反が相次ぐと警鐘《けいしょう》を鳴らしておりました。しかし越後を平定した今こそ、上様の権力を強め、小うるさい国衆どもをひれ伏させる絶好の機会はありません。それがしは上様を説き伏せ、敵方から収公した所領を上田長尾衆に分け与えたのです」

御館の乱で景虎方から奪った所領には、景勝と兼続の出身母体である上田長尾衆が入り、すでに統治を始めていた。家中には暫定《ざんてい》措置と伝えられたが、実際は、その家臣にまで知行割りを行い、半永続的な統治が開始されていた。

「そなたが、それをやらせていたのか」

「いかにも。直江様は執政という立場から、奏者にすぎぬそれがしに振り回されているとも言えず、己の意思として恩賞の沙汰を止めていると、周囲に漏らしておりました。しかし実は、上様を説いたそれがしに従わざるを得なかったのです。山崎様とて同様。新発田らが反旗を翻した際には、二人は慌てふためき『早く恩賞の沙汰を下すべし』と上様に詰め寄りました。それがしは騒ぐ二人を抑え、新発田らの訴えを黙殺しました。しかし――」

兼続がにやりとした。

「かようにうるさいなら、二人を除いてしまえばよいと気づいたのです」

「つまりそれを、どこぞの馬鹿にやらせると――」

「ご明察」

「ということは、小矢部川でわしを助けたのは――」

「あそこで、名左衛門様に死んでもらっては、それがしが困りますからな」

兼続らの哄笑が槿の間に響く。

「何ということだ。そなたは不識庵様の義を踏みにじったのだぞ」

義という言葉を聞いたとたん、兼続の顔に怒りの色が差した。

「上杉家中では、何かと言うと義を持ち出しますが、義で国が保てる時代は終わりました。信長こそ、そのよき手本ではありませぬか。大義名分などなくとも、信長は粛《しゅく》々《しゅく》と他国に侵攻します。かの男は、すべての権力を己一身に集め、家臣の言など聞きませせぬ。むろん義など笑い飛ばしておりましょう。この時代を勝ち抜くにはそれしかないと、信長は知っているからです。それがしも、それを覚りました」

「そなたは上杉家を、織田家同然の餓狼の群れに貶《おとし》めるというのか」

「何と言われようが構いませぬ。これからは上様とそれがしが、すべてを決めるのです」

「此奴！」

咳き込んだ拍子に名左衛門は血の塊《かたまり》を吐いた。

「毛利様は心安らかに成仏《じょうぶつ》なされよ」

「誰ぞ――、誰ぞおらぬか」

せめて真実だけでも告げようと、広縁に逃れ出ようとした名左衛門の背を兼続が踏みつけた。

「ここには人を近づけぬようにしておりますので、いくら呼んでも誰も来ませぬ」

「そなたという男は――」

「毛利様には、ここで死んでもらわねばなりませぬ」

「ああ、わしは何と短慮だったか」

謙信の言葉が脳裏に浮かんだ。

「人というものは信じられぬ。しかし、人を疑えばきりがないのもまた事実」

――不識庵様、あなた様は人を信じ、人に裏切られ通しの生涯でありましたな。それでも人を信じよと仰せになられた。その言葉を信じたそれがしが間違っておりました。

「ぐっ！」

背中に激痛が走った。急所に刃が刺し込まれたのだ。

――越後の義は不識庵様と共に滅んだ。もはや、わしの居場所はない。

薄れ行く意識の中で、「乱心者だ。出会え、出会え！」という兼続の声が聞こえた。

八

片膝立ちで広縁に拝跪《はいき》する兼続の頭上から、景勝の声が聞こえた。

「名左衛門が凶行に及んだのは、この間だな」

「はっ、槿の間にございます」

「そうか」

すでに血糊《ちのり》はぬぐい去られ、畳も替えられた槿の間に入った景勝は、ぐるりと室内を見回すと言った。

「かの者は、実に愚かなことをしたものだな」

「真に――」

何事か考えるようなそぶりを見せつつ、景勝が槿の間から広縁に出た。

「与六、ちなみにその時、警固に当たっていたのは誰だ」

「岩井信能と登坂広重でございます」

「そうか。二人が、かの乱心者を斬ったのだな」

「いかにも」

岩井と登坂が兼続と親しいことは、景勝も知っている。

景勝は何かに気づいたかもしれない。しかし何も言わずに、その場から去ろうとした。

その背に向かって兼続が言った。

「上様、直江様と山崎様を失ったことは、当家にとって、たいへんな損失。しかし、それでも上様は前に進まねばなりませぬ。僭越《せんえつ》とは思いますが、この与六、至らぬまでも、お二人に成り代わり上様を支えていきとうございます」

その言葉を黙って聞いていた景勝が、一言、問うてきた。

「そなたを信じろと申すのだな」

「いかにも」

恫喝するような一瞥《いちべつ》を投げると、兼続は深く平伏した。

「そうだな」

それだけ呟《つぶや》くと、景勝はゆっくりと背を向け、槿の間から去っていった。

この事件の後、織田家の攻勢はいっそう強まり、上杉家は窮地に追い込まれる。

しかし、天正十年（一五八二）六月二日の本能寺の変により、上杉家はその命脈《めいみゃく》を保つことができた。

越後上杉家の執政の座に就任した兼続は、景勝の命により信綱の未亡人を娶《めと》り、直江家を相続した。

その下には、上田長尾衆と信綱の率いていた与板《よいた》衆が付き、兼続は上杉家の政治を壟断した。

家臣団中最高の五万三千石を有した兼続は、遂には「直江執政」と呼ばれる独裁体制を築くことになる。

兼続と縁の薄い国衆は、いかに御館の乱で功があっても、次々と討伐または粛清されていった。

信綱の遺児は高野山に放逐《ほうちく》され、信綱の出身母体である惣社長尾家は断絶させられた。

山崎家がどうなったのかは定かでないが、その後、上杉家の重臣に山崎の姓を名乗る者はいない。

反旗を翻した新発田重家と五十公野信宗は、相当の抵抗を示したものの、最終的には攻め滅ぼされた。

岩鶴丸の夭折《ようせつ》を機に河田家も家格を下げられ、その家臣団も四散させられた。

そのほか、御館の乱で景勝に味方した者のほとんどが、それぞれ不明瞭な理由で、失脚ないしは、身代《しんだい》の大幅な削減を強いられていった。

これらのことに、兼続がどれだけ関与していたかは定かでない。

毒蛾の舞

一

「何だと、もう一度、言ってみろ」

あまりに意外な来訪者の名に、佐久間盛政《さくまもりまさ》は、打粉《うちこ》をかけていた二尺三寸五分の備前長船《びぜんおさふね》を落としそうになった。

「前田様の御内室《ごないしつ》が参られております」

「又左《またざ》の室とな」

――つまり、まつ殿のことではないか。

盛政は動揺を覚られまいと、険《けわ》しい声音で取次役に問うた。

「して、何用だ」

「それは直々に申し上げたいとのこと」

「分かった。小書院《こじょいん》に通しておけ」

波立つ心を抑え、接客用の肩衣半袴《かたぎぬはんばかま》に着替えた盛政は、大股で長廊《ちょうろう》を渡り、加賀尾《かがお》山城《やま》小書院の障子を開けた。

——わしは、かつてのわしではない。何を気後れすることがあろうか。

盛政は柴田勝家《しばたかついえ》の筆頭家臣として、加賀国の石川・河北《かほく》二郡十三万石を領する大名となっていた。しかし、にこやかな笑みをたたえ、軽く会釈するまつの顔を見たとたん、盛政の気負いは打ち砕かれた。

「お久しゅうございます」

辻が花染の豪奢《ごうしゃ》な片身替わりを着たまつが、ゆっくりと頭を下げた。

盛政は、心地よい陶酔の中で気が萎《な》えていくのを感じた。

——やはりわしは、この女人に懸想《けそう》しておるのだ。

「こちらこそ、お久しゅうござった」

心の動揺を覚られまいと、盛政は咳払いしつつ座に着いた。

「相変わらず凛々《りり》しいお姿。これで、わが方の勝ちは間違いなし」

「戦《いくさ》は、終わってみねば分かりませぬ」

「何を仰せで。玄蕃《げんば》様さえおられれば、わが方は勝ったも同じ」

以前に比べ、その頬の肉はやや落ち、口端《くちは》の皺も多くなった気がするが、まつの﨟《ろう》長《た》けた美しさは、二十代の頃とは比べ物にならないほど深みを増していた。

すでに八人も子を成し、三十も半ばを過ぎているはずだが、その美貌は子を産むほどに洗練され、盛政の心を摑《つか》んで離さない。

「それにしても、よくぞわが城においでいただけた」

「北庄《きたのしょう》からの帰途に寄らせていただきました」

羽柴秀吉《はしばひでよし》との決戦を前にして、越前《えちぜん》北庄城にとどめ置かれていた柴田勝家寄騎《よりき》諸将の妻子は、「皆の心を一《いつ》にして戦うべし」という勝家の配慮により、それぞれの主の許に帰された。

まつも北庄城から能登小丸山《のとこまるやま》城へ帰れることになり、その帰途、経路上にある加賀尾山城に立ち寄ったというわけである。

「とは申しましても」

うつむき加減に顎《あご》を引いたまつが、上目遣いに悪戯《いたずら》っぽい眼差しを向けてきた。

「玄蕃様にお会いできるなら、能登からでも馳せ参じます」

——ああ。

それが嘘と分かっていても、盛政の胸内に、じんとする痺《しび》れが広がる。

まつの夫である前田又左衛門利家《またざえもんとしいえ》の本拠・小丸山城から盛政の尾山城までは、十八里余あり、降雪の激しいこの季節、その行き来は容易でない。しかし、それが偽りだとしても、盛政はうれしかった。

「ということは、それがしに、よほどのご用がおありということですな」

盛政から視線を外さず、まつが首肯《しゆこう》した。その黒い瞳は、獲物を摑んで離さない猛《もう》禽《きん》類のものである。

「実は、又左のことで、お願いがございます」

「ほほう」

盛政は少し落胆した。

「此度《こたび》の戦《いくさ》が、われらの盛衰《せいすい》を決するであろうことは、又左もわたしも承知いたしております。それゆえ柴田様のために粉骨砕身《ふんこつさいしん》し、秀吉を討とうと、又左ともども心に誓っております」

――嘘を申せ。

この夫婦は、かつて秀吉夫婦の隣に住み、味噌や塩の貸し借りから畑仕事の手伝いまでしていたことを、盛政は知っていた。

そこまで話した時、まつが、何事かを訴えるがごとく視線を盛政の背後に移した。

その意を察した盛政が首をやや背後に傾けると、二人の小姓《こしよう》が座を払った。

これで小書院にいるのは、盛政とまつだけになった。

「これでよろしいな」

「ご配慮、あいすみませぬ」

口辺《こうへん》に笑みを湛《たた》えたまつが、小首をかしげて辞儀をした。それもまた、相手の心を掴む技巧の一つに違いない。しかし、すでに盛政の胸内で舞い始めた毒蛾は、その鱗《りん》粉《ぷん》を撒《ま》き散らしており、盛政は、その心地よい毒の中に浸《ひた》るほかなかった。

「それで、願いの筋というのはいかなることで」

まつが、その肉置《ししお》きのよい膝をにじる。上段の間がない青畳の上で、二人の距離は二間ばかりとなった。

「又左を男にしていただきたいのです」

「男に——、と申されるか」

「はい。ご存じの通り又左は、表向き武《ぶ》辺者《へんもの》を気取りながらも凡庸《ぼんよう》極まりない男。此度のような大戦《おおいくさ》で、功を挙げられるか、はなはだ心許ないのです」

利家が将としての才覚に乏しいことは、盛政も気づいていた。しかし、妻室にそこまで言われては、利家も立つ瀬がない。

——不幸な男と、そして女か。

盛政は、図らずも身に余る大身《たいしん》となってしまった利家の不幸と、益体《やくたい》もない男と一緒になってしまった、まつの不幸を思った。

「此度の戦において、もしも玄蕃様の裁量の内で、又左に花を持たせることができるなら、これほどありがたきことはありませぬ」

まつが、またしても膝をにじって盛政に近づいた。その距離は一間余に縮まり、まつの甘い息遣いが、盛政の耳にもはっきりと聞こえてきた。

まつ独特の舌足らずな声音と、湿り気のある唇の摩擦音が、盛政の頭の芯を痺れさせる。

「つまり此度の戦で、又左殿に功を取らせてほしいと仰せか」

「はい」

黒髪が一筋、まつの眉《まゆ》にかかっていた。その一筋の黒髪が、どれほどの効果を生み出しているか、まつは知っているに違いない。それゆえまつは、決してそれを振り払おうとしない。

まつから視線を外し、あえてぞんざいに盛政は言った。

「それがしにできることは限られております。軍配は親父殿が握っており、それがしは、それに従うほかありませぬ」

盛政ら柴田家の寄騎たちは、寄親の勝家のことを、親しみを込めて親父殿と呼ぶ。

「何を仰せになられますか。玄蕃様は柴田様を上回る器量をお持ちだと、皆も噂し合っております。柴田様も全幅の信頼を置いているではありませぬか」

盛政は、柴田勝家率いる織田家北陸方面軍の先手《さきて》を担い、巧妙な作戦と無類の攻撃力で、幾度となく敵を粉砕《ふんさい》してきた。

「玄蕃様、此度の敵は秀吉です。先手衆が臨機応変《りんきおうへん》な動きを示さぬ限り、勝つことは容易でありませぬ」

「仰せの通り。しかし戦は、どのように動くか分かりませぬ。わしが又左殿に花を持たせようとしても、うまくいくか分かりませぬ」

「それは分かっております。それでも、何がしかの機会があれば――」

まつの膝が盛政の膝に当たったので、盛政は思わず身を引いた。

「お願いです。又左を男にしてやって下さい」

小袖《こそで》の袖口から白い腕が伸びると、盛政の手を取った。

もはや蛾の毒は全身に回り、寸分の身動きもできない。

「必ずや」

まつが盛政の手を強く握った。

「分かりました。しかし――」

半ば陶然《とうぜん》とした意識の中で、わずかに残る盛政の武士の本能が頭をもたげた。

「その見返りに、何をいただけまするか」

まつの顔に笑みが広がり、その口端から真珠のような八重歯がこぼれた。それこそは、獲物を完全に手中にした肉食獣のものである。

「玄蕃様のお望みのままに」

「真《まこと》か」

た。

「はい」

盛政の手を放すと、笑みを浮かべたまま、まつはゆっくりと膝をにじり、離れていった。

二

天正《てんしょう》十年（一五八二）六月二日、織田信長が本能寺で横死《おうし》することで、天下の覇権は再び混沌とする。

とくに織田家中の動揺は激しく、関東奉行の滝川一益《かずます》は北条家に大敗を喫し、甲斐《かい》国を託されていた河尻秀隆《かわじりひでたか》は一揆《いっき》に包囲されて自害した。

常は冷静な丹羽《にわ》長秀《ながひで》でさえ疑心暗鬼《ぎしんあんき》に囚われ、信長三男の信孝《のぶたか》と共に、何の罪もない明智《あけち》光秀《みつひで》の女婿《じょせい》・織田（津田）信澄《のぶずみ》を攻め殺すという有様である。

唯一、秀吉だけが中国戦線からの撤退に成功していた。

この時、北陸戦線を受け持つ柴田勝家は、越後の上杉景勝《うえすぎかげかつ》と戦っていた。

上杉方の魚津《うおつ》城を囲んでいた勝家率いる織田家北陸方面軍は、信長横死の翌三日、魚津城を攻め落とした。ところがその夜、勝利の祝宴に沸く勝家らの許に、本能寺の一報が届く。

四日、勝家は本拠の越前北庄城に戻るや、光秀討伐の兵を挙げた。しかし、勝家らが北国街道《ほっこく》を使って琵琶湖《びわこ》北端に達した十六日、秀吉によって光秀が討ち取られたと知らされた。

致し方なく勝家は、そのまま南下して清洲《きよす》城に入り、今後の方策を練るべく織田家重臣を招集する。

清洲会議である。

謀叛人《むほんにん》の光秀を討った秀吉と、織田家筆頭家老の勝家を中心にして開かれたこの会議では、信長の蔵入地《くらいりち》（直轄領）や光秀旧領などの国分けと、後継者の決定が行われた。

この会議において、勝家の推した信孝は後継者になれなかったが、光秀討伐に何ら貢献していない勝家は秀吉に次ぐ恩賞を得ることができた。

それには理由《わけ》があった。

勝家が北陸戦線を留守にした隙に、上杉景勝は反撃に転じた。

森長可《もりながよし》が留守にした信州川中島四郡を掠《かす》め取った景勝は、北陸戦線に温井《ぬくい》や三宅《みやけ》ら畠山《はたけやま》残党と、石動山天平寺衆徒《せきどうさんてんぴょうじしゅと》四千三百を派遣し、織田領への侵攻を開始した。

これにより、能登小丸山城を拠点としていた前田利家が窮地《きゅうち》に陥る。勝家が清洲に着いた六月十九日、利家は、加賀尾山城にいる佐久間盛政に救援を求めた。

鬼玄蕃の異名を持つ佐久間盛政は、この時、二十九歳。二年前に加賀国の石川・河北二郡十三万石を下賜《かし》されたほど、信長の信頼も厚かった。

寄親の勝家に指示を仰いでいる暇はなく、盛政は独断で救援に赴くことにした。

二千五百の兵を率いて能登に急行した盛政は、二十五日、上杉方二千が籠《こも》る荒山城を攻略すると、石動山に籠る残党を攻め上げた。

石動山は、海抜五百六十五メートルにある北陸最大の真言密教《しんごんみっきょう》道場で、その堂塔は三百六十を数え、衆徒三千を擁している。

ところが盛政は、この城郭寺院を鎧袖《がいしゅう》一触《いっしょく》で攻め落とし、一千六十もの首を獲った。

信長の死という織田家存亡の危機に際し、各地で瓦解《がかい》を始めた織田軍団とは対照的に、盛政は敵を圧倒した。

これにより、寄親である勝家の地位は盤石《ばんじゃく》となる。

清洲会議において、勝家が秀吉に比肩《ひけん》する発言力を持ち得たのは、過去の実績や織田家重代の家老職だったことよりも、北陸方面軍四万が健在だったからである。

しかし秀吉は、清洲会議での取り決めを守るつもりなど、さらさらない。

秀吉は、自らの家臣ではない織田家諸将に知行《ちぎょう》を宛て行い、朝廷へ官位奏請《かんいそうせい》までした。さらに十月十五日には、京都大徳寺《だいとくじ》で信長の葬儀を大々的に執り行い、自らが信長の後継者であることを実質的に宣言した。

十一月、それでも歩み寄りを示そうと、勝家は前田利家らを秀吉の許に派遣し、懐《かい》柔《じゅう》を試みる。身動きの取れない冬の間に、これ以上の既成事実を積み上げられてはたまらないからである。

秀吉は表面上、勝家の申し出を受け入れ、共に織田家を守り立てていくことに合意する。

ところが、その舌の根も乾かぬ翌十二月、清洲会議で勝家に移譲した近江長浜《おうみながはま》城を囲むと、勝家が城主に据えていた養子の柴田勝豊《かつとよ》を調略《ちょうらく》し、戦わずして長浜城を手に入れた。これにより秀吉と勝家の軍事衝突は不可避となる。

天正十一年（一五八三）二月、秀吉との決戦を控え、集結場所である北庄城に向かうべく、盛政は北国街道を南下していた。右手には、冬の日本海がその荒々しい波濤《はとう》を陸岸に叩きつけ、左手には白山《はくさん》まで重畳《ちょうじょう》と連なる北陸の連山が、白一色となった姿態を横たえている。

――今年の冬は厳しかった。

雪とは縁遠い尾張《おわり》の御器所《ごきそ》出身の盛政にとり、北国の冬は過酷だった。しかも積雪は、例年になく多いという。

――が、それも今、終わろうとしている。

二月も末となり、北陸にも、ようやく春らしい兆しが表れてきた。雪の降る日が少なくなり、日照時間が増えると、雪が溶けて河川の水量が増す。柴田勢にとり、待ちに待った季節の到来である。

一月《ひとつき》ほど前の突然の来訪以来、盛政の脳裏から、まつの姿が消えなかった。秀吉との決戦を前に、気を引き締めねばならないとは思いつつも、どうしても脳裏から去らないのだ。

――あれは、御屋形《おやかた》様が桶狭間《おけはざま》で今川殿を討ち取る半年ほど前のことだった。

永禄《えいろく》三年（一五六〇）、盛政が七歳の時、清洲城下の鎮守《ちんじゅ》の森で、盛政と弟二人が遊んでいると、突然、血刀《ちがたな》を提《さ》げた男が走り込んできた。

それを見た盛政は、弟らを急《せ》き立てて近くの藪《やぶ》に飛び込んだ。

息も絶え絶えの男は、手水場《ちょうずば》の柄杓《ひしゃく》で水を三杯ほどあおると、刀に付いた血を洗い流した。

そこに、打飼袋《うちかいぶくろ》を抱えた女が走り込んできた。

男と女は興奮して何か喚《わめ》き合っていた。どうやら男は人を殺《あや》め、逃げてきたようだった。そのうち女が、男の胸を叩いて泣き出すと、その手首を押さえる男ともみ合いになった。血刀は曲がって鞘《さや》に収まらないらしく、手水場に立て掛けたままである。

次第に喚き合いともみ合いは激しくなり、男が女を斬るのではないかと、盛政は心配になった。しかし不思議なことに、男が女を強く抱き締めると、女はすすり泣くだけになり、やがて抵抗もやんだ。男は右手で血刀を握り、左手で女の手首を摑むと、社《やしろ》の裏手に連れて行こうとした。女は何かを察したらしく、再び激しく抗《あらが》った。

――女を斬るのだ。

咄嗟《とっさ》にそう思った盛政は、この場から決して動かぬよう弟二人に言い含めると、男と女の後を追った。

やがて、女を引きずるようにして人気《ひとけ》ない社の裏手に連れ込んだ男は、左右を見回すと、血刀を捨てて女をひしと、かき抱いた。その樫《かし》の根のように筋張った男の腕の中で、苦しげな声を上げつつ、女は手足をもがかせていた。

――絞め殺すのだ。

盛政がそう確信した時、男はやにわに女を押し倒すと、女の上に馬乗りになった。すでに覚悟を決めたのか、女は抵抗をやめ、息を喘《あえ》がせている。しかし、次の瞬間に起きたことは、盛政の想像を超えていた。

女の着物の襟《えり》を摑んだ男は、それを左右に押し広げると、そこから飛び出した白い乳房に食らいついたのだ。

——食うのか。

盛政の背筋に悪寒《おかん》が走った。同時に恐ろしさがこみ上げ、一歩も動けなくなった。

しかし男は、ここで不思議な行動に出た。ひとしきり乳房を弄《もてあそ》んだ後、上半身裸になった男は、褌《ふんどし》の隙間から出した一物《いちもつ》を女の股間に当てたのだ。

女の喘ぎはいっそう激しくなり、その白い太ももは男を離すまいと、男の尻に絡み付いた。袖から出たその白く細い腕も、男の背を摑んで離さず、二人は激しく腰を動かした。

ようやくそれが何の行為であるか、盛政にも察しがついた。盛政には、その知識がほとんどなかったが、かつて雑人《ぞうにん》の子が、父母のこうした行為を見たと、自慢げに話していたのを思い出したからである。

やがて女の太ももが激しく痙攣《けいれん》すると、二人は声を上げて動きを止めた。しばしの間、男は肩で息をしていたが、先にわれに返った女に促されて体を離した。

腐ったいちじくのような色をした一物を褌の間にしまった男は、女が持ってきた打飼袋を袈裟《けさ》に掛けると、血刀を拾い、無理やり鞘に収めた。

女は、男の背を押すようにして送り出そうとした。しかし男は、女の腕を再び取ると、顔を近づけ、その口を吸った。それは先ほどまでの獣のような営みとは違う、人間らしい温かみのあるものだった。

しばし女と指を絡ませていた男は、少しずつ離れていき、やがて思い切るように、藪の中に飛び込んだ。女は男の名を呼びつつ、その場にくずおれた。

――男は又左という名か。

女はひとしきり泣くと、気を取り直したように身づくろいし、立ち上がった。

それを見てわれに返った盛政が、その場から離れようとあとずさった時である。背後にある切り株に気づかず転倒した。

慌《あわ》てて立ち上がろうとする盛政の首筋に、何か冷たいものが触れた。振り向くと、女の白い腕が盛政の襟首を摑んでいた。

「見たのですね」

本能的に首を左右に振った盛政を、女は信じなかった。

「このことは、決して口外《こうがい》してはなりませぬ」

女は十代半ばにも達していないはずだが、その瞳は、話に聞く山姥《やまんば》のように恐ろしかった。

「われらのしたことを見るのは構わぬのです。あれは、男と女にとって自然の営みだからです。しかし、かの男がここから逃げたことは、見なかったことにして下さい」

女の声音が急に優しくなり、襟首を摑んでいた手が盛政の頭に置かれた。盛政が呆《あっ》気《け》に取られていると、女はしゃがみ、盛政の頭を撫でた。

「分かりましたね」

女が盛政の耳元でささやいた。その舌足らずな声と、唇の擦過音《さっかおん》が耳の中で反響し、盛政の脳髄を痺れさせた。

毒蛾が鱗粉を撒いたのだ。


その後に聞いた噂話により、顚末《てんまつ》が明らかになった。

男の名は前田又左衛門利家といい、信長が新たに編制した赤母衣衆《あかほろ》の筆頭だった。信長の覚えもめでたく、異例の出頭《しゅっとう》（出世）を遂げていた矢先、利家は、信長の異母弟《いぼてい》で同朋頭《どうぼうがしら》の拾阿弥《じゅうあみ》と諍《いさか》いを起こし、斬り捨ててしまったという。

信長の親族を斬れば死罪は免れ得ない。それゆえ利家は出奔《しゅっぽん》した。それは「卑怯こそ恥辱《ちじょく》」と周囲から教えられてきた盛政にとって、理解し難い行為だった。

――しかもかの男は、あれだけの女を置いて逃げたのだ。

盛政は子供心に、利家だけは許せぬと思った。

その後、利家は知己《ちき》を頼って陣借りし、桶狭間合戦で功を挙げ、信長から赦免《しゃめん》された。

やがて元の地位に戻った利家は、すっかり過去を忘れたかのごとく、肩で風を切るようにして清洲城下を歩いていた。

その姿を、盛政は複雑な心境で見つめていた。

三

雪も溶け始めた三月三日、盛政に率いられた柴田勢の先手衆が北庄城を出陣した。先手衆一万余を構成するのは、長弟の佐久間安政《やすまさ》、次弟の柴田勝政《かつまさ》(勝家養子)、不《ふ》破《わ》勝光《かつみつ》、金森長近《かなもりながちか》、原長頼《はらながより》、徳山秀現《とくやまひであき》らである。

九日には、勝家と前田利家を中心とした主力勢一万余も北庄を発向した。

勝家の作戦構想は明快である。

琵琶湖北方《ちょうそかべ》まで兵を進め、秀吉に圧迫を加え、その間に三河《みかわ》の徳川《とくがわ》、中国の毛利《もうり》、四国の長宗我部らの畿内進出を促し、秀吉勢を東奔西走《とうほんせいそう》させる。これにより、琵琶湖北端部にあたる賤《しず》ヶ岳《たけ》周辺の敵勢が手薄になったところで、秀吉方の防衛線を突破し、長浜・佐和山《さわやま》・安土《あづち》諸城を攻め落とし、琵琶湖東岸を制圧する。

さらに、同盟している美濃《みの》の織田信孝、北伊勢《きたいせ》の滝川一益と連携し、秀吉に決戦を挑むというのである。

勝家が策源地に定めたのは、内中尾山《うちなかおやま》である。勝家はここに本陣を置き、周囲の山々に寄騎諸将を布陣させ、秀吉の築いた陣城群に圧力をかけるつもりでいた。先着した盛政勢が、内中尾山の周囲に虎落《もがり》や鹿垣《ししがき》をめぐらしているところに、後続する勝家らが到着した。

すでに策を思い描いていた盛政は早速、勝家の許に向かった。

「親父殿、敵は、われらと指呼《しこ》の間《かん》にある天神山《てんじんやま》に陣所を築き、北国街道を扼《やく》しております。まずはこの砦を抜き、味方の士気を高めましょう」

盛政は積極策を主張した。敵方の天神山砦は低地にあり、内中尾山から尾根伝いに進めば、高所から攻撃を加えられる。すなわち盛政にとって、赤子の手をひねるも同然の城である。

「そなたは、そう申すと思った」

白い物の交じった顎鬚《あごひげ》をしごきつつ、勝家は首を左右に振った。

「いかにも、そなたの策は、味方の士気を高めるには、もってこいだ。しかし、わしの宛所《あてどころ》は別にある」

盛政は内心、舌打ちした。勝家は、いかなる場合でも短兵急《たんぺいきゅう》な策を好まず、相手の出方を見てから動くことを好む。

「玄蕃よ、わしの宛所は、かの猿を斃《たお》し、織田家の天下を取り戻すことにある」

勝家は己の信念を曲げない。

「それは分かっておりますが――」

「まずは聞け」

勝家の大きな手が、盛政の反論を封じた。

「わしは、これまで一度として私利私欲から事を起こしたことはない。常に織田家大事を思い、すべての事を成してきた。むろん此度とて同じだ。しかし――」

勝家の双眸《そうぼう》が不動明王《ふどうみょうおう》のごとく光る。

「猿めは違う。猿は織田家の天下を簒奪《さんだつ》すべく、様々に策謀をめぐらしておる」

――だから何だと言うのだ。

盛政は、勝家の筋目論を聞くのに辟易《へきえき》していた。

「正義はわれらにある。それゆえ、われらは泰然《たいぜん》と構え、浅ましく動き回る猿に対し、手を打てばよい」

「それでは後手に回ります」

「後手に回ろうが、正義の旗を掲げておる限り、天はわれらに味方する」

盛政は、幾度となく繰り返されてきた同様の論議にうんざりしていた。どのような状況下でも、勝家は正義の在り処《ありか》を重視し、慎重に事を運ぶのを常とする。

盛政は肩を落とし、勝家の陣所を後にした。

――親父殿は秀吉と我慢比べをするつもりなのだ。

勝家は、堪《こら》え性《しょう》のない秀吉が動き回ることを想定し、その綻《ほころ》びが見えた時、軍を動かすつもりに違いない。

――しかし猿が、綻《ほころ》びを見せなかったらどうする。

その時こそ、勝家とその一党がじり貧になり、戦わずして敗れるはずである。

この後、盛政は勝家の命に従い、内中尾山の南一里にある行市山《ぎょういちやま》に八千の兵と共に移った。行市山は周辺の山々の中でも突出して高く、四囲の状況が手に取るように分かる。

盛政は、西から東へと行市山から続く尾根沿いの山塊《さんかい》に、配下の諸将を配置した。別所山《べっしょやま》には前田利家二千、中谷山《なかたにやま》には原長頼七百、橡谷山《とつたにやま》には金森長近と徳山秀現千四百、そして、尾根東端の低地部・林谷山《はやしだにやま》には、不破勝光七百という布陣である。

一方、北伊勢で滝川一益と対陣中に「勝家来たる」の報に接した秀吉は、北伊勢戦線を蒲生氏郷《がもううじさと》に、美濃戦線を織田信雄《のぶかつ》に任せ、北上していた。

十七日、木之本《きのもと》に着陣した秀吉は、柴田勢の布陣を知ると、即座に天神山砦を破却し、前線を下げるよう命じた。盛政の予想通り、秀吉は緒戦でつまずくことを嫌い、惜しげもなく天神山砦を捨てたのだ。これにより前線は、余呉《よご》湖周辺に移った。

ちなみに余呉湖とは、琵琶湖の北東隅にある小さな湖である。その余呉湖と琵琶湖の間を隔てているのが賤ヶ岳である。

秀吉は、あらためて余呉湖北岸に連なる神明山《しんめいやま》、堂木山《どうぎやま》等の山塊群を第一線陣地にした。ここには、秀吉側に寝返った柴田勝豊の家臣である山路将監正国《やまじしょうげんまさくに》ら長浜衆を置き、それを秀吉股肱《ここう》の木村重茲《きむらしげこれ》に監督させた。兵数は二千である。

さらに、北国街道を隔てて東側にある東野山《とうのやま》には、堀秀政《ほりひでまさ》五千を配した。

続いて第二線陣地として、余呉湖南岸から東岸にかけて、腕を屈曲させるように連なる山塊群にも兵を配した。こちらは西方から、賤ヶ岳に桑山重晴《くわやましげはる》一千、大岩山《おおいわやま》に中《なか》川清秀《がわきよひで》一千、岩崎山《いわさきやま》に高山右近《たかやまうこん》一千という布陣である。また、北国街道を挟んだ東方の田上山《たがみやま》には、羽柴秀長《ひでなが》一万五千を置き、さらに、その南方の木之本に、秀吉の本陣が設けられた。

双方は互いに堅固な陣所を築き、にらみ合いを続けることになる。

四

こうした膠着《こうちゃく》状態を打開すべく、四月五日、盛政は勝家に進言し、東野山の堀勢に探りの筒合わせ（鉄砲戦）を仕掛けてみた。しかし堀勢は、応戦するものの逆襲には転じないため、秀吉の方針が、「敵の挑発に乗らず、陣所を固める」ことにあると判明した。

十二日夜、ようやく策を練り終わった盛政は、勝家の陣所に押し掛け、膝詰談判をした。

盛政の策は、敵が挑発に乗らないのなら、こちらから仕掛け、一気に余呉湖周辺の秀吉方陣所を制圧しようというものである。

「親父殿、行市山を押さえているわれらは、尾根伝いに自在に動けます。これを生かさぬ手はない。敵とて、われらが先手（第一線）の陣所を攻略する前に、二の手（第二線）の陣所に押し寄せるとは思っておらぬはず。敵の虚を突く。これこそ戦に勝つ極意《ごくい》ではありませぬか」

指揮棒で絵図面を叩きつつ、盛政が得意げに持論を展開した。しかし勝家は、その皺深い首を左右に振った。

「中入りは駄目だ」

中入りとは、敵を背後に残しつつ敵陣深くに攻め入ることである。この戦法は、背後に残した敵が自壊《じかい》しない限り、中入りした部隊が挟撃《きょうげき》される。

「駄目と申すは、いかなる理由《わけ》か」

盛政は、神明山と堂木山の長浜衆は去就《きょしゅう》に迷っており、中入りすれば寝返るか自落すると主張した。

「いかにも、そなたの策は申し分ない。しかしそなたは、時というものを考慮に入れておらぬ」

「時と仰せか」

「そうだ。大岩山と岩崎山の縄張り次第で、この戦は長引く」

両砦の縄張りについては、柴田方には何の情報も入っていない。それが盛政の策の唯一の弱みである。

つまり、おおよその敵の数や配置は摑めても、その縄張り次第で、敵はいかようにも戦え、後詰を待つことができる。両砦攻略に手間取れば、半里の距離にある田上山から羽柴秀長勢が押し寄せるか、一里の距離にある木之本から秀吉が後詰に入り、形勢は逆転する。

「しかし、大岩山と岩崎山は敵の二の手。いかに陣城好きの秀吉とて、さしたる縄を引いているとは思えませぬ」

秀吉は陣城戦を得意とし、自然地形を巧みに生かした縄張りを自ら引く。

「玄蕃、憶測で戦はできぬ」

「とは申しても、戦に確かなことなどありませぬ」

「よいか。わが兵をあたら無謀な戦に引きずり込み、無駄に命を捨てさせるわけにはいかぬ。ましてや、わしがここで潰《つい》えれば、織田家はどうなる。三男の三七《さんしち》殿（信孝）も共倒れし、織田家を差配するのは、次男の茶筅殿《ちゃせん》（信雄）となる。さすれば右府《う》様《ふ》（信長）の血脈が絶たれるのは、火を見るより明らかではないか」

清洲会議で決まった信長の後継者は、信長と共に死んだ長男信忠《のぶただ》の嫡男《ちゃくなん》・三法師《さんほうし》である。しかし三法師は三歳にすぎず、その傅役《もりやく》となるはずの信雄が、秀吉の傀儡《かいらい》とされるのは目に見えている。信雄は暗愚《あんぐ》を絵に描いたような男で、秀吉に自在に操られ、最後は捨てられるのが落ちである。

勝家の話にも一理あり、大岩山や岩崎山の縄張りが分からない限り、盛政に反論の余地はない。

――やはり親父殿の堅塁《けんるい》は落とせぬか。しかしこのままでは、われらは外交的に追い込まれ、やがて膨張《ぼうちょう》した秀吉が北陸に押し寄せる。

秀吉の力が強まれば、かつて信長に討伐された朝倉義景《あさくらよしかげ》と同様の状況に追い込まれると、盛政は思っていた。

しかも長期戦を遂行するにも、味方の兵糧《ひょうろう》は尽き始めており、先に陣を払うのは柴田方のはずである。

琵琶湖水運を使い、どこからでも自在に兵糧を運び込める秀吉方に対し、越前敦賀《つるが》から険しい峠道を越えて兵糧を運ばざるを得ない勝家方に、持久戦での勝ち目はない。

——もはや、これまでか。

盛政が、がっくりと肩を落とした時である。突然、砦の大手口辺りが騒がしくなると、陣所内に、使番が駆け込んできた。

「申し上げます。山路将監様が参られました」

すべては、それで変わった。

五

柴田勝豊の下に家老として付けられていた山路将監が、勝家との旧誼《きゅうぎ》を重んじ、内中尾山に馳せ参じたのは十二日の夜のことだった。その折、将監は手土産《てみやげ》を持ってきた。

秀吉方陣城群の縄張り図である。

これにより、大岩山・岩崎山両砦の縄張りも明らかになった。とくに大岩山は半造《はんぞう》作《さ》であり、攻略するのに、さほどの手間が掛からないと分かった。

さらに将監によると、敵の第一線陣地である神明山と堂木山に籠る長浜衆は、将監と意を通じており、こちらに動きがあれば、寝返る手はずになっているという。

——これで勝った。

将監の情報により、中入りは成功を約束されたも同じである。

しかし、これだけの情報を手にした盛政に欲が出た。

――陣を進めるだけでは、膠着状態を長引かせるだけのことだ。時が秀吉の味方である限り、秀吉は「取られたものは仕方がない」とばかりに、陣を下げるだけだ。それでは何も変わらぬ。

連日の雨が盛政に考える時間を与えた。これだけ雨が降れば、こちらも動けない代わりに、大岩山の普請作事《ふしんさくじ》も進まないはずである。

そんな最中の十五日、戦線に動きがあった。伊勢長島《ながしま》城に逼塞《ひっそく》していた滝川一益が長良川《ながらがわ》をさかのぼり、織田信雄の支城である美濃今尾《いまお》城に奇襲を掛けたのだ。

これに呼応して、岐阜城の信孝も反撃を開始した。

押され気味の状況を打破すべく、一益と信孝が攻勢に転じたのだ。

一方、秀吉は十七日、豪雨の中、二万の兵を率いて木之本を出陣した。

目指すは美濃大垣《おおがき》城である。

秀吉は、揖斐《いび》川を挟んで岐阜城まで三里半ほど西にある大垣城に入り、織田信雄を急き立てて岐阜城を攻めさせ、目途が立ち次第、北伊勢へと転じるつもりでいた。

「秀吉出陣」の一報は勝家方にも伝わった。これで敵の後備《うしろぞなえ》はなくなり、兵力も四万五千から二万五千に減った。

兵力的には、これで遜色なくなった。

この一報を受けた盛政は、勝機を感じ取り、早速、勝家に中入りの遂行を訴えた。天候も回復に向かいつつあり、勝家も遂に断を下す。

しかしこの時、勝家は盛政に釘を刺した。

「大岩山と岩崎山の敵を一掃し、その構えを破却した後、その場にとどまらず、すみやかに兵を返せ」

むろん盛政はこれに反駁《はんばく》した。せっかく奪った敵の陣城を放棄してしまえば、状況は元に戻るだけである。

しかし、勝家は頑として聞かない。

「敵が猿である限り、事は慎重に運ばねばならぬ。まずは緒戦で勝利し、味方の士気を高め、決戦は他日を期すべきだ。流れを摑めば、嫌でも勝機はやってくる」

そこまで言うと、勝家は腕を組んで瞑目《めいもく》した。これ以上、何を言われても絶対に譲らないという意思表示である。

「分かりました」と言いつつ座を払った盛政の耳に、「分かってはいまい」という声が聞こえた。

「そなたは、わしなど足元にも及ばぬ軍略家だ。わしの言に従うはずがない」

「何を仰せです」

否定する盛政を鼻で笑いつつ、勝家が続けた。

「そなたの頭には、別の策が浮かんでいるはずだ」

「いえ、それがしは――」

「おそらく、そなたの策は物の見事に当たるだろう。しかしな――」

篝火《かがりび》に照らされた勝家の半顔《はんがん》が歪む。

「ただ一つだけ、わしは不安に思うことがある。それゆえわしは、その不安が取り除かれぬ限り、猿と決戦したくはないのだ」

「不安と申されると」

一瞬、躊躇した後、勝家が答えた。

「又左よ」

――あっ。

それは盛政も同様だった。

「猿と親しい又左がおる限り、万全の策でも常に不安がつきまとう」

「しかし、親父殿とそれがしに幾度となく窮地を救われた恩を、又左が忘れましょうか」

「玄蕃よ」

勝家が悲しげな顔をした。

「人とは真に浅ましき生き物だ。どれだけ多くの武士が、死を前にして醜態《しゅうたい》を晒してきたか、わしは、それを嫌というほど見てきた。又左のように覚悟なき者は、死を前にすれば恩義などというものを忘れ、生き物としての本能に従うのだ」

「生き物としての本能と――」

盛政の脳裏に、躍動を続ける利家の毛深い尻が浮かんだ。

「又左は勝つと思うた方につく」

勝家が「必ず兵を返せ」と念押しするのに首肯しつつ、盛政は別のことを考えていた。

――まつ殿によれば、又左は男になりたいのだ。親父殿の考えは杞憂《きゆう》にすぎぬ。

二十日、子《ね》の下刻《げこく》(午前一時前)、盛政率いる八千の部隊が行市山を出発した。これに従うのは次弟勝政率いる三千である。さらに前田利家隊二千も作戦に参加する。

盛政勢は行市山の留守居に二千五百ほど残し、五千五百となるが、同行する諸部隊を合わせると八千になる。

一方、勝家は七千の兵を率い、ひそかに内中尾山を下り、柳《やな》ヶ瀬《せ》を経て狐塚《きつねづか》に進出した。

盛政が途次に茂山《しげやま》を見下ろすと、一つだけともされた前田利家隊の松明《たいまつ》が、尾根筋を下っていくのが見えた。前田隊は茂山に居座り、眼下の神明山と堂木山を牽制するのだ。

——又左よ、男になれ。

利家のことを思った時、盛政の脳裏に、七歳の時に見た、まつの妖しい裸身が浮かんだ。その白い太ももは、今でも激しく揺れ動き、人としての営みを続けていた。

——おぬしにとり、まつ殿は犯すべき女の一人にすぎなかった。おぬしは、まつ殿の価値に気づかず、ただ飯を食らうように犯し続けたのだ。

すでに雨はやみ、雲間に星が瞬《またた》いていた。左手の余呉湖は、暗く深い闇の中に沈んでいるが、右手に見える琵琶湖には、青白い月光がたゆたっている。

——又左よ、まつ殿の望み通り、おぬしを男にしてやろう。そのためにどのような修羅場に出くわそうが、臆するでないぞ。

盛政の脳裏には、嫉妬《しっと》とも憐憫《れんびん》ともつかない奇妙な感情が渦巻いていた。

行市山から賤ヶ岳まで続く尾根筋から余呉湖へ下るには、権現坂《ごんげんざか》と飯浦坂《はんのうらざか》という二つの坂しかない。

尾根筋を進み、権現坂で余呉湖畔に下り、川並《かわなみ》の集落に出た盛政らは、余呉湖西岸を進んだ。本来であれば、東岸を進む方が大岩山には近いが、そちらの経路は道が開けているため、敵に覚られる公算が高く、あえて西岸を進んだのである。

あとわずかで、飯浦坂下に差し掛かろうとする時、隊列の後方からやってくる者がいた。

盛政次弟の三左衛門《さんざえもん》勝政である。

「どうした」

「兄者は、何か隠しておるのではないか」

勝政の勘の鋭さには、盛政でさえ舌を巻くことがある。

「兄者の顔を見ていると、どうも何か隠しておるような気がする」

「そんなことはない」

「兄者は鎮守の森の一件を覚えておるか」

予想もしていなかった勝政の言葉に、盛政はどきりとした。

「わしはわずか四つだったが、今でも、あの時のことを、よく覚えている」

戸惑う盛政に構わず、勝政が続けた。

「あの時、久六《きゅうろく》兄いが、何を見たのか兄者にしつこく問い質したが、兄者は頑《がん》として何も言わなかった」

久六とは、盛政の長弟・安政のことである。この戦では、盛政勢の二の手を任されている。

「今の兄者は、あの時と同じ顔をしておる」

「だから何だというのだ」

「あの時のことはもうよい。長じて後、兄者の見たものが何だったか、わしにも察しがついた。しかし此度は違う」

勝政が盛政の瞳をのぞき込んだ。

「兄者は、親父殿にもわしらにも話していない秘策を蔵しておろう」

――さすがだ。

盛政が苦笑いを浮かべた。

策の全貌を知れば、間違いなく勝政は、思いとどまるよう説得する。勝政は勝家の養子であり、盛政以上に勝家に忠実であらねばならないからである。それゆえ盛政は、ぎりぎりになってから、勝政に役割だけを告げるつもりでいた。

「おぬしには敵《かな》わんな」

「では、話してくれるな」

盛政は右手を挙げて全軍を止めると、小休止を命じた。すでに空は白みかけており、隊列の後方まで見通せるようになっていた。

勝政と共に馬を下りた盛政は、湖畔の草地に腰を下ろし、味噌玉をほおばりつつ話を始めた。

「わしは、此度の戦で秀吉の首を獲るつもりだ」

「えっ」

勝政の顔色が変わる。

「親父殿は決戦を避けるつもりだが、この機を逃せば、二度と再び、われらが秀吉に挑むことはできぬ」

「とは申しても、親父殿の命は――」

「まあ聞け」

盛政が勝政の反論を封じた。

「秀吉はきっと戻ってくる」

「いかにも、備中高松《びっちゅうたかまつ》から摂津《せっつ》と山城《やましろ》の国境《くにざかい》の山崎《やまざき》まで、五十里の道をほぼ五日で走り抜けた秀吉だ。われらが大岩山に仕寄ったと聞けば、飛ぶように戻ってくるはずだ。それを親父殿も恐れておる」

「その通りだ。だからこそ、それを逆手に取るのだ」

「どういうことだ」

勝政が味噌玉の咀嚼《そしゃく》を止めた。

「秀吉が木之本に戻った時、われらが大岩山に居座っておったら、秀吉はどうする」

「ここぞとばかりに打ち掛かろう」

「そうだ。さすれば、われらは慌てて退き戦《の》に転じる」

「秀吉は先頭に立ち、嵩《かさ》にかかって攻め立てる」

「われらは逃げる。秀吉はさらに追う」

「あっ」

盛政がにやりとすると同時に、勝政の手にしていた味噌玉が地に落ちた。

「兄者はまさか、秀吉を死地に引き込むつもりか」

死地とは敵を殲滅《せんめつ》、ないしは、敵に多大な損害を与える作戦上の地点をいう。

「そのつもりだ」

「それはどこだ」

「川並だ」

足元に落ちていた小枝を拾った盛政は、図を描きつつ説明した。

「大岩山から余呉湖西岸にかけて、退き戦を展開しつつ川並に出る。秀吉も調子に乗って川並に入ろう。そこで、茂山から又左が逆落としに襲い掛かればどうなる」

「秀吉はしまいだ」

「そうだ」

盛政がにやりとした。

「わしはどうする」

「おぬしは賤ヶ岳の桑山勢の抑えだ。川並で決着がついたと見れば、そのまま尾根伝いに行市山に戻ればよい」

それを聞いた勝政は、しばし考えた末に言った。

「兄者、この策には、一つだけ大きな見落としがある」

「又左か」

盛政の脳裏には、利家ではなく、まつの面影がよぎった。

「そうだ。又左が秀吉と通じておれば、茂山を下ってこぬ。兄者がこれほどの要所に又左を置く理由《わけ》が、わしにはわからぬ」

勝政の言う通りである。茂山に置くのは、安政でも不破勝光でも金森長近でも構わない。

――いや、この役割は二千の兵を擁する又左にしかできぬ。

しかし、それが言い訳にすぎないことを、盛政は知っていた。

盛政は頭のどこかで、まつの願いを叶えてやろうとしていたのだ。

「お望みのままに」と言って微笑むまつの面影が、脳裏にちらつく。

――わしは、女一人のために多くの味方を危地に追い込んでおるのか。いや違う！

盛政が確信を込めて言った。

「又左には、敵に寝返る勇気などない。かの者は男になりたいのだ」

「いや、分からぬ。これは、功を挙げて秀吉方に転じられる千載一遇《せんざいいちぐう》の好機だ。又左のごとき覚悟なき武士なら、それを逃すわけがない」

「しかし、それをすれば、又左の首も胴から離れる」

川並は狭隘《きょうあい》な小集落であり、そんなところに、のこのこ下りていけば、進退に窮し、盛政勢に討ち取られることにもなりかねない。

「それは、又左自ら手勢と共に駆け下った場合だろう。又左は茂山にとどまるはずだ」

盛政もそれに気づいていた。しかし、まつの言を信じれば、利家は男になりたいのであり、兵を率いて必ず山を下るはずだ。

――しかし臆病な又左のことだ。山頂にとどまることも考えられる。

盛政が顎に手を当てて考えに沈んだ時、勝政が笑みを浮かべて言った。

「しかし兄者、誰かが権現坂上から茂山に圧力をかければ、話は別だ」

――あっ。

盛政は思わず膝を打った。利家を寝返らせず、しかも利家自ら、茂山から川並へと打ち掛からせる方法があったのだ。

「おぬしが権現坂上から茂山に向かって進み、又左の尻を叩くように、川並に落とすというのだな」

「うむ」

「残念だが、それは無理だ」

大岩山から余呉湖西岸を半周して川並に至るのと、賤ヶ岳の桑山勢を相手にしつつ、飯浦坂上から上り下りの多い尾根筋を戻り、権現坂上を経て茂山に至るのでは、行軍時間に差があり過ぎる。川並での戦いが佳境《かきょう》を迎える頃、勝政隊は、いまだ権現坂上に達していないことも考えられる。

盛政がそれを説くと、しばし考えた末、勝政は言った。

「それでは、わが手勢も飯浦坂から余呉湖畔に出ればどうか」

「何だと」

あまりに突飛《とっぴ》な発想に、盛政は言葉を失った。

「飯浦坂下で、われらが殿軍《しんがり》を代わり、そのまま川並まで引く。わしが川並に踏みとどまっている間に、兄者は権現坂を駆け上り、茂山にいる又左の背を押す。そして、又左もろとも川並に再突入するのだ」

盛政が生唾《なまつば》をのみ込んだ。

――これはいける！

「兄者、久六兄いらにこの策を伝えるのは、大岩山を落としてからでよい。今は大岩山を落とすことを専一《せんいつ》にすべきだ」

「うむ、そうだな」

「わしは、ここから三千の兵とともに飯浦坂を上る。兄者の武運を祈っておる」

「おぬしもな」

去り行く弟の背を見つつ、盛政は勝利を確信した。

――これは一分《いちぶ》の隙もない策だ。

その時、曙光《しょこう》が東野山の端から差し、余呉湖の一部を照らした。いまだ余呉湖の大半は暗い闇の中に沈んでいたが、決戦の時は刻一刻と近づいていた。

六

朝靄《あさもや》の中、不破勝光隊を先手として、盛政率いる奇襲部隊が大岩山に攻め寄せた。

「掛かれ、掛かれ！」

鉄砲の釣瓶《つるべ》撃ちが、いまだ明けやらぬ余呉湖南岸に轟く。

守将の中川清秀は異変に気づくと、すぐさま防戦に走ったが、すでに不破隊は土塁を乗り越え、砦内に雪崩《なだ》れ込んでいた。これを見た清秀は覚悟を決め、自ら槍を摑むと、三百の旗本と共に不破隊に討ち入った。

この反撃に、たまらず不破隊は後退し、湖畔まで押し返される。

先手が崩れ、一転して不利になった盛政は焦った。大岩山攻略に手間取れば、田上山から秀長勢一万五千が押し寄せてくる。

しかしこの時、高らかな法螺貝《ほらがい》の音が北方から流れてきた。続いて、かすかに勝鬨《かちどき》も聞こえる。大岩山砦のすぐ北にある岩崎山砦を守っていた高山右近が、盛政勢別働隊の奇襲に驚き、戦わずして逃げ出したのだ。

これで勢いを取り戻した盛政勢は、朱地《しゅじ》に三引両《みつひきりょう》の旌旗《せいき》を翻《ひるがえ》し、再び攻め上る。

一方、防御態勢を整えた中川勢も、土塁に筒列を布《し》き応射してきた。

凄まじい筒音が轟きわたると、たちまち先頭を行く者たちが斃《たお》れる。それでも盛政勢は、突撃を止めない。

戦いは一刻半に及び、辰の下刻（午前九時前）を回ろうとしていた。

ようやく砦の突端にたどり着いた盛政勢は、損害を顧みず砦内に討ち入る。

これで勝敗は決した。

落城が確実と覚った中川清秀は、潔く腹をかき切った。

一方、勝政隊に進路を阻《はば》まれた賤ヶ岳の桑山重晴は、大岩山の後詰に回れず、尾根の途中で立ち往生していた。背後は琵琶湖であり、逃げ場を失った重晴は降伏を申し出た。賤ヶ岳から兵を引くので、見逃してほしいというのだ。

盛政はこれを諒としたが、日のあるうちの追撃を恐れた重晴は、「夜になってから砦を明け渡す」と申し入れてきた。

これに対し、盛政は明朝までの退去を勧告する。「即刻退去しろ」と申し渡されると思っていた重晴は首をひねったが、この寛大な措置に感謝した。

実は、これには理由があった。あまりに早く桑山勢に引いてもらっては、秀吉勢を引き寄せられない可能性があるからだ。秀吉方の第二線陣地をすべて攻略してしまっては、第一線陣地もおのずと落ち、図らずも柴田方は堅固な陣を築くことになる。となれば秀吉は東野山も放棄し、田上山の線まで後退するかもしれない。しかし、桑山勢と賤ヶ岳という餌《えさ》があれば、話は別である。

——秀吉は、挽回の余地があると見て必ずやってくる。

そこが盛政の狙いだった。

この頃、秀吉は豪雨のため揖斐川を渡河できず、いまだ大垣城に足止めされていた。岐阜城への攻撃は十九日を期して行われるはずだったが、秀吉勢が信雄勢に合流できず、攻撃は延期されていた。

二十日の正午頃、秀長から「大岩山と岩崎山が陥落」の報を受けた秀吉は、「われ勝てり！」と叫び、すぐさま出陣の支度に掛かった。

秀吉は琵琶湖西岸を守る丹羽長秀に使者を送り、丹羽勢七千の一部を割き、賤ヶ岳へ後詰に向かうよう命じるや、自らは一万五千の兵を率い、未の上刻《ひつじ》（午後一時過ぎ）、大垣城を飛び出した。

秀吉の大返しが始まった。むろんそれが罠とは知らず、秀吉は勝利を確信していた。

二十日午後、余呉湖周辺に静寂が戻りつつあった。東野山も田上山も、何事もなかったかのように静まり返っている。

田上山の秀長勢が大岩山奪回に動く可能性もあるが、慎重な秀長が、勝手なことをして傷口を広げないだろうと、盛政は見越していた。

また堀秀政は、勝家主力と対峙しているため身動きが取れず、木村重茲は、茂山の前田隊に頭上を抑えられている。

敵勢はすべて自陣に膠着し、秀吉が戻らない限り、局面の打開が図れない状況にある。

――わしは秀吉の猿知恵を逆手に取り、その首を獲ってみせる。

大岩山からは四方が見渡せた。とくに南への視界は開けており、木之本から長浜まで広がる江北《ごうほく》平野が一望の下《もと》にあった。そこを貫く一本の道こそ北国街道である。

――秀吉は、ただ死ぬために、この道を走り来るのだ。

盛政の心は浮き立った。

夕日が権現坂上にかかり、余呉湖周辺の樹林を橙色《とうしょく》に染め始める。いよいよ決戦の時が迫ってきた。

——秀吉、早く来い！

朱地に金の日の丸の描かれた扇を高く掲げた盛政は、北国街道に向け、秀吉を招くように扇《あお》いだ。

この後、勝家から六度に及ぶ撤退命令が届けられたが、盛政はこれを黙殺し、ただじっと秀吉を待った。

丑《うし》の上刻（午前一時過ぎ）、北国街道に延々と続く万灯《まんどう》のごとき松明《たいまつ》の帯を、盛政はじっと見つめていた。

——いよいよ戻ってきたな。

盛政は武者震いすると、軍配を高く掲げた。

「陣を払い、退き戦に移る」

盛政勢が動き出した。退却経路は進撃時と同じである。

その時、賤ヶ岳で喊声《かんせい》が上がった。実は、賤ヶ岳背後の琵琶湖に船で着いた丹羽勢二千が、賤ヶ岳を下り始めていた桑山勢と途中で出会い、桑山勢を叱咤《しった》して反撃に出たのだ。

山上と山麓で、同時に退き戦が始まった。

大岩山を下りたところで、敵との最初の接触があったが、隊伍《たいご》を整えた鉄砲隊により、これを一蹴《いっしゅう》した盛政は、勝政との集合地点である飯浦坂下に向かった。しかし、頭上の賤ヶ岳の筒音は湖畔よりも激しさを増している。勝政隊が撤退に手間取っているのだ。

——すでに腰が引けているはずの桑山勢相手に何をやっておる。

いまだ盛政は、丹羽勢が加勢に駆けつけてきたことを知らない。

整然と隊伍を整え、飯浦坂下まで達した盛政だったが、いまだ勝政は来ていない。

そのため盛政は、そこにとどまり、続々と押し寄せる敵を防がねばならなかった。

それでも盛政は、地形を考慮し、入念に練ってきた退き戦を見事に実践していた。樹林を遮蔽物《しゃへいぶつ》に使った鉄砲の斉射《せいしゃ》と、その後の白兵突撃である。これを繰り返すことで敵の勢いは削がれ、ときには一町余も押し戻すことに成功した。

一方の秀吉方も、福島正則《ふくしままさのり》や加藤清正《かとうきよまさ》ら後に賤ヶ岳の七本槍と呼ばれる面々が、死に物狂いで突撃を繰り返す。

周囲には、筒音が雷鳴のごとく鳴り響き、硝煙《しょうえん》が月さえも暗くした。すでに湖畔には、両軍の死者や負傷者が折り重なるように横たわり、余呉湖を赤く染めている。

──三左、早く来い！

飯浦坂下から盛政勢が引くことは容易だが、そうなれば飯浦坂下を押さえられ、坂の途中で、勝政隊が挟撃される。盛政には、弟を見捨てることなどできない。そのため盛政は銃弾の雨を降らせ、敵をできる限り後退させようとした。

その時、ようやく坂の頂《いただき》に、金の鎌付槍《かまつきやり》の馬標《うましるし》を掲げた勝政隊が見えてきた。しかしその背後から、筒列を布いた敵が迫っている。

──まさか、あれは五郎左《ごろうざ》（丹羽長秀）か。

坂の頂から現れたのは、松皮菱《まつかわびし》に笹の描かれた丹羽勢の幟《のぼり》である。

──早すぎる。五郎左、早すぎるではないか！

丹羽勢の追撃を振り切りつつ、ようやく勝政隊の先頭が坂下に達した。

「槍隊突撃！」

ここを先途《せんど》と攻勢に転じた盛政は、勝政隊を収容する空間を確保した。

「急げ！」

幾重《いくえ》にも連ねた筒列の背後で勝政隊を収容した盛政勢は、勝政隊が退き戦の隊列を整えるのを待ち、殿軍を代わった。しかし、三千ほどいた勝政隊の兵力は、半減しているように見受けられる。

勝政隊の後備《うしろぞなえ》を担う者たちは、丹羽勢の勢いにたじろぎ、飯浦坂を下らず、尾根筋沿いに権現坂上方面に引き返してしまったのだ。

盛政の策は徐々に齟齬《そご》を来《きた》し始めていた。それでも混乱を避けるため、当初の取り決め通り、盛政は勝政に殿軍を託した。

――三左、頼むぞ。

――兄者、任せろ。

二人は顔を合わせずとも、心の中で言葉を交わした。

馬首を北に向けた盛政は、一路、川並を目指した。配下の者どもがそれに続く。

しばし馬を飛ばすと、朝靄《あさもや》の中にかすむ川並の集落が見えてきた。

「駆けよ、駆けよ！」

川並集落に突入した盛政勢は、脇目もふらず権現坂を駆け上った。

――坂の上に上れば、われらの勝ちだ。

権現坂を上る途中で、盛政は、狐塚で堀勢と筒合わせをしている勝家勢を認めた。

――親父殿、頼むぞ。

盛政は勝家の健闘を祈った。

周囲に硝煙が立ち込め、轟音が空気を切り裂く中、盛政勢が権現坂を上りきった。

――これで勝った。まつ殿、ご覧じろう！

盛政は、この勝利を早くまつに知らせたかった。

「これから茂山に向かう」

盛政が、軍配を振り下ろそうとした時である。

「兄者、あれを見ろ」

走り寄ってきた安政が、眼下の川並の方角を指し示した。

「兄者、三左が敵に押し包まれておる。このままでは三左が死ぬ。わしは加勢に赴くゆえ、兄者は茂山に回ってくれ」

秀吉勢の勢いは、盛政の想像をはるかに超えていた。

「分かった。頼むぞ」

安政隊五百が、滝水のごとく権現坂を駆け下っていった。

「不破殿を呼べ」

使番がすぐに不破勝光を連れてきた。

「不破殿、すまぬが茂山の前田隊の背を押し、川並に駆け下ってくれ」

「で、貴殿はどうする」

勝光の顔色がみるみる変わるのを、盛政は感じ取った。

――臆しておるのか。

「ご心配には及ばぬ。それがしもすぐ後に続く」

「承知いたした」

勝光は手勢をまとめ、茂山に向かった。それを確かめた後、再び川並の戦況を見つめた盛政は啞然とした。

権現坂下付近まで駆け下った安政隊だったが、敵を押し返すどころか、激しく攻め立てられている。それでも弟二人は、盛政の命を守り、決して権現坂を上ろうとせず、川並に踏みとどまっていた。

——久六だけでは、敵を押し戻せなかったのだ。久六に茂山を任せ、わしが坂を駆け下るべきだった。

盛政は無念の臍《ほぞ》を噬《か》んだ。

——今、わしが全軍を率いて坂を駆け下れば二人を救える。しかし、茂山回りでは間に合わぬ。ここから坂を下ろう。だが待てよ。又左のみならず、彦三《ひこぞう》が別心を抱いておればどうなる。

彦三こと不破勝光に寝返るつもりはなくとも、臆する心があれば、戦場に突入するのをためらうかもしれない。

盛政が最悪の事態を思い浮かべた時、脳裏に、まつの言葉がよみがえった。

「又左を男にしてやって下さい」

——わしが背を押してやれば、又左は間違いなく男になれる。しかし、それで男になったとて何になる。

いかなる形でも利家に功を取らせれば、まつは盛政に体を与えるはずだった。それが、戦国の掟だからである。しかし、そんな形で約束を果たしても、利家を男にしたことにならない。利家が己の力で男になってこそ、盛政は何の気後れもなく、まつを抱けるはずだった。

――男とは己の力でなるものだ。わしは場と機会を与えただけだ。又左よ、真の男になれるかどうかは己で決めろ。

盛政が軍配を振り上げた。

――又左、男になりたいか。なりたければ己の力でなれ。

「行くぞ！」

川並に向き直った盛政が、軍配を振り下ろした。

朱地に三引両の描かれた吹貫《ふきぬき》の馬標を翻し、権現坂から川並に突入した盛政勢は、一時的に戦線を盛り返したものの、衆寡敵せず、たちまち劣勢となった。

盛政は幾度も茂山を振り仰ぎ、「まだか、まだか」と喚き続けた。しかし茂山は動かず、逆に神明山と堂木山の木村勢が、背後から盛政勢に襲い掛かり、大勢が決した。盛政に勝機がないと見切った長浜衆も、ここを先途と木村重茲に従った。

やがて、戦の帰趨《きすう》を見定めた前田隊が尾根筋を撤退し始めると、それに押されるように不破隊も権現坂上に向かった。やがて二隊は琵琶湖方面に姿を消した。

尾根筋を引いていく隊列を認めた盛政は、すべてが終わったことを覚った。

――せめて又左が茂山を駆け下り、わしを攻めておれば、又左の首だけでも獲ったものを。又左には、その勇気さえなかったのだ。

それだけが、盛政には残念だった。

――又左は、しょせん男になれなかった。比類なき卑怯者・前田利家の名は、賤ヶ岳の地に永劫《えいごう》に刻まれるのだ。

盛政の脳裏に、あの時の光景がよみがえった。社の裏で、二人はいまだ腰を激しく動かし、人としての営みを続けていた。

――まつ殿、これで満足か。

すべてが、まつに仕組まれていたことに、この時、盛政は気づいていた。

秀吉方が勝つと信じたまつは、利家を秀吉方に寝返らせようとした。しかし利家は勝家方の重鎮であり、容易にはその立場から脱せられない。むろん秀吉とて甘くはない。大勢が決してから詫びを入れても、利家を許すことはないはずだ。となると、秀吉に大きな手土産が必要となる。まつに残された手は、戦局を左右できる誰かに何らかの餌を投げ、利家を要地に置いてもらい、決定的な場面で裏切らせることしかなかった。

——そしてわしは、それを半ば分かっていながら、その手に乗ったというわけか。七歳の時にかけられた鱗粉の毒が今、全身に回ったことを盛政は覚った。


すでに盛政勢は裏崩れを起こし、四方に潰走《かいそう》を始めていた。勝政は、それでも秀吉の首を獲らんと敵中に突き入り、討ち死にした。山路将監も乱戦の中で死んだ。

盛政は安政に促され、再起を期して戦場から離脱した。

一方、川並の敗戦を目《ま》の当たりにした勝家は、なぜか動かなかった。せめて堀勢に突入し、一矢《いっし》報いることもできたはずだが、勝家は筒合わせに終始し、最後まで微動だにしなかった。

これにより、柴田勢にも裏崩れが起こり、七千の兵は気づくと三千になっていた。いったんは死を決した勝家だったが、家臣の懇願を聞き入れて戦線を離脱した。

二十一日、北庄に帰り着いた勝家は籠城支度を整えるが、すでに守備兵も逃げ散り、城を守るどころではなかった。

二十四日、前田勢を先手とした秀吉方の猛攻を前に、北庄城は落城した。勝家は愛妻お市《いち》の方と共に、九重《ここのえ》の天守に火をかけて自刃《じじん》した。

一方、逃避行の途中、安政ともはぐれてしまった盛政は、小浜《おばま》街道を北に進み、敦賀を目指したが、南条宿《なんじょうじゅく》まで来たところで、捕らわれの身となる。

護送されてきた盛政を丁重に遇した秀吉は、盛政に、「わしの家臣となるなら、一命を救おう」と誘うが、盛政は首を左右に振り、「わが命を長らえることは、貴殿によろしからず」と答えたという。これを聞いた秀吉は「真に天晴れ」と、その潔さを称賛し、切腹を許した。

宇治《うじ》川河畔《がわかはん》に引き出された盛政は、悠揚《ゆうよう》迫らざる態度で、見事に腹をかき切った。

白刃《はくじん》を腹に突き立てた瞬間、盛政は思った。

――又左よ、わしの勝ちだ。

天に唾して

一

初春の海風が肌に心地よい。

山上宗二《やまのうえそうじ》は手巾《しゅきん》を取り出すと、首筋に流れる汗を拭《ぬぐ》った。

──やれやれ、また関か。

坂の頂《いただき》に見える冠木門《かぶきもん》を認め、宗二は苦笑いを漏《も》らした。

「過所《かしょ》を示せ」

番小屋から出てきた物頭《ものがしら》らしき武士の言葉に応じ、宗二は懐《ふところ》から通行手形を取り出した。

そこに捺《お》された印判《いんばん》を見て、物頭の顔に驚きの色が差す。

宗二の示した過所が、小田原北条家重臣・板部岡江雪《いたべおかこうせつ》の発行したものだからである。

「門を開けろ」

物頭が肩越しに怒鳴ると、重々しい軋《きし》み音を上げながら冠木門が開いた。

その音と白木《しらき》の香りから、この関が新たに設けられたものだと、すぐに分かる。

「ときに御武家様」

「何だ」

洗いざらしの十徳《じっとく》を恥ずかしげもなく風に翻《ひるがえ》す宗二の旅姿を値踏みしつつも、江雪の過所を思い出したのか、物頭は何事かと身構えた。

「小田原まで、あといくつ、関はありましょうか」

やっとの思いで雪の残る箱根山を越えてから、宗二は湯坂《ゆさか》、早雲寺《そううんじ》と二つの関を通過してきた。その物々しさと煩《わずら》わしさに閉口していたところである。

「ここが、小田原への最後の関となる」

「それはよかった」

「薩摩屋《さつまや》」と大書された笈《おい》を背負う宗二の姿に、何か思うところがあったのか、物頭の態度が急に改まった。

「このところ、当家と西国の雲行きが怪しく、こうした厳重な構えとなっておりますが、常の関は湯坂だけとなります」

宗二は、北条家の置かれた厳しい状況を思い出した。

――どの道、わしの逃げ場は小田原しかないのだがな。

心中、自嘲すると、宗二は会釈《えしやく》して歩み去ろうとした。それを物頭が呼び止める。

「宗匠《そうしよう》様、小田原はよきところですよ」

「そうですか」

笑みを浮かべると、宗二は問うた。

「ときに、この山は何という名で」

「笠掛山《かさがけやま》と申します」

宗二には、すぐその名の由来《ゆらい》が分かった。

――小田原から眺めると、笠のような形に見えるからだな。

この山が、後に石垣山《いしがきやま》と呼ばれることなど、この時の宗二は知る由《よし》もない。

下り坂に差し掛かると、小田原の町が一望の下《もと》に見渡せる場所に出た。そこには切り株が置かれ、旅人が休息を取れるようになっている。

笈を下ろした宗二は、切り株に腰掛けて眼下に広がる光景を見つめた。

――話には聞いていたが、実に壮大なものだ。

眼下に、土塁《どるい》と堀を縦横《じゆうおう》にめぐらせた城郭都市が横たわっていた。

とくに、大外郭《だいがいかく》と呼ばれる惣構《そうがまえ》の巨大さは目を瞠《みは》るばかりで、生半《なまなか》な兵力で攻め落とせるようには思えない。

――これだけ堅固《けんご》な城を築けば、誰であろうと強気になる。

城の北には、雪をいただいた丹沢《たんざわ》山系が槍のように屹立《きつりつ》し、東南には、湖水のように波の穏やかな相模《さがみ》湾が広がっている。

——よくぞ、ここまで来たものだな。

宗二は生涯、訪れることはないと思っていた関東の入口に立っていた。

——かの男さえおらねば、わしは今でも堺《さかい》に住み、茶の湯に興じながら商いをしていたはずだ。

その時、宗二は気づいた。

——ここからは、城の中まで見渡せる。ということは、この城を攻める際、必ずや藤吉郎《とうきちろう》は、ここを陣所とするだろう。そして小田原を手中にするために、様々な知恵をめぐらすはずだ。己《おのれ》こそは、天下に二人といない知恵者だと思うている男だからな。

それは予感というよりも、確信に近いものだった。

宗二の故郷は泉州《せんしゅう》堺である。

当時の堺は、日本最大の「地下請《じげ》け」、すなわち自治都市として、四国や九州、さらに明《みん》国との交易の窓口を担っており、空前の繁栄を謳歌《おうか》していた。

商業面だけでなく、古くから鋳物《いもの》産業の中心地だったことも幸いし、堺では製鉄や金属産業も盛んで、当初は輸入に頼っていた鉄砲も、すぐに自前で造れるようになり、近郊には製造拠点まで設けられた。

堺は国内随一の商工業の中心地であり、堺を押さえることが、この時代の国内経済を制すると言っても過言ではなかった。

堺が殷賑《いんしん》を極めていた天文十三年（一五四四）、宗二は、薩摩屋という商家の嫡男《ちゃくなん》として生まれた。しかし少年の頃に出会った茶の湯に魅せられ、ほとんど家業を顧《かえり》みず、茶の湯に没頭した。

少年の頃、千宗易《せんのそうえき》（後の利休）の弟子となり、初めて茶会を主催したのが永禄《えいろく》八年（一五六五）、二十二歳の時である。

この時の室礼《しつらい》（部屋飾りや道具類）は見事なもので、薩摩屋の財力を見せつけると同時に、能阿弥《のうあみ》、村田珠光《むらたじゆこう》、鳥居引拙《とりいいんせつ》、武野紹鷗《たけのじようおう》、千宗易と続く数寄者《すきしゃ》（茶湯者《ちゃのゆしゃ》）の系譜の末端に、宗二が名を連ねたことを示す好機となった。

来日した宣教師たちが「日本の富のほとんどがここに集まっている」「まるでヴェネツィアのようだ」と記した自治都市・堺で少年期を過ごし、自由な空気を存分に吸った宗二は、何人《なんぴと》たりとも恐れぬ、のびのびとした青年に育っていく。

しかし、そんな日々は瞬《また》く間に過ぎていった。

堺の町に暗雲《あんうん》が垂れ込め始めるのは、永禄十一年（一五六八）のことである。

将軍足利義昭《あしかがよしあき》を奉《ほう》じて上洛《じょうらく》した織田信長という男が、堺に矢銭《やせん》二万貫《がん》を課したのだ。これは、現在の価値に直すと二十億円相当の途方もない額で、堺の屋台骨《やたいぼね》が揺らぐほどである。

堺の自治を司《つかさど》る会合《えごう》衆は当初、これを拒否することに決し、三好《みよし》一族に与《くみ》して信長に抵抗しようとしたが、信長の将来性を見込んだ今井宗久《いまいそうきゅう》の説得により、結局、信長に膝を屈することになる。

この決定に宗二は大いに不満だったが、その頃、宗二の生家である薩摩屋は、三十六家ある会合衆のうちの一家にすぎず、この決定に従うほかなかった。

それぞれの家の身代《しんだい》が傾くほどの献金によって、堺は織田家の庇護《ひご》下に入った。

信長は堺奉行として松井友閑《まついゆうかん》を派遣し、堺の直轄領化を進め、お気に入りとなった今井宗久には、堺郊外五ヵ村の代官職まで任せた。

信長は、堺を己の力の源泉にしようとしたのだ。

政治的には信長に屈したものの、堺は文化的に信長を虜《とりこ》にした。

信長は、堺を代表する商人兼茶人である今井宗久、津田宗及《つだそうぎゅう》、千宗易の三人を茶頭《さどう》とし、畿内《きない》および西国平定戦のかたわら茶の湯に没頭、「名物狩り」によって多くの茶道具を収集した上、茶会の開催を認可制とする「御茶湯御政道」と呼ばれる家中統制法まで確立する。

——藤吉郎と初めて会ったのは、その頃だったな。

豆州《ずしゅう》三島《みしま》宿で包んでもらった餅《もち》を頰張りつつ、宗二は回想にふけった。

天正《てんしょう》六年（一五七八）十月、信長から突然の命を受けた宗二は、播磨《はりま》国に向かった。何の用かは一切、知らされず、三木《みき》城を攻めている最中《さなか》の羽柴秀吉という男の陣に行けという。

宗二は茶の湯で生計を立てているわけではなく、薩摩屋の仕事にも携《たずさ》わっている。そのため極めて迷惑な話だったが、信長の命に逆らうことはできず、仕事を番頭らに任せ、播磨国へと旅立った。

秀吉の本陣は、三木城から北東半里ほどの平井山《ひらいやま》にあった。

甲冑武者《かっちゅうむしゃ》が行き来する物々しい雰囲気の中、宗二が来着を告げると、陣幕の中から、しなびた梅干しのような顔をした小男が、手を取らんばかりに近寄ってきた。

「よくぞ参られた」

——これは人か。

その男を初めて見た時、宗二はしばしの間、その顔に見入った。

身の丈《たけ》は中肉中背《ちゅうにくちゅうぜい》の宗二の肩までしかなく、体の表面は、骨の周りを皮が覆《おお》っているようにしか見えない。顔に至っては大男の拳《こぶし》ほどしかなく、老いた農夫のように干からびていた。

「いかがなされた」

「あっ、いや、初めてお目にかかります。薩摩屋山上宗二でございます」

「羽柴筑前《ちくぜん》に候《そうろう》」

その男は小さな顔をくしゃくしゃにして笑うと、宗二の肩を抱くようにして陣屋の中に招き入れた。

「すでにお聞き及びと思うが、右府《うふ》様より茶の湯のお許しをいただいた」

「はあ」

「何だ、聞いておらぬのか」

秀吉が拍子《ひようし》抜けしたような顔をした。

「申し訳ありませぬが、それがしは何の宛所《あてどころ》も告げられず、こちらに参れと命じられただけなのです」

「ははは、右府様らしきことよ」

秀吉は気を取り直したように笑うと、信長から茶の湯の許しを得ることが、いかにたいへんかを自慢げに語った。

宗二も、信長の「御茶湯御政道」については小耳に挟んでいたので、何をしにここまで来させられたのか、おおよその見当はついていた。

「つまり、こちらで茶会を開きたいと仰せなのですね」

「いやいや、そなたに、わが茶頭となってもらいたいのだ」

あまりに唐突《とうとつ》な申し出に、宗二は唖然《あぜん》とした。

「右府様の茶頭は今井宗久、津田宗及、千宗易の三人だ。宗易高弟《こうてい》のそなたなら、わしにちょうどよいとは思わぬか」

金壺眼《かなつぼまなこ》をさかんに動かしながら、秀吉が媚《こ》びるように笑う。

――茶の湯とは、かようなものではない。この男は、茶の湯を出頭《しゅっとう》（出世）の道具としか考えておらず、茶頭を見栄だけで選んだのだ。

宗二は怒りを抑え、体《てい》よく断ろうとした。

「それがしは家業も多忙の上、尊師《そんし》（宗易）ら三人の堺衆が、右府様の御用で不在のことも多くなり、かの者らに代わり、堺の仕置をせねばなりませぬ」

われながら尤《もっと》もらしい断りの言葉と思ったが、秀吉は甘くない。

「いかさま、な。それでは、町衆の雑事を堺の政所《まんどころ》（奉行所）が肩代わりするよう、右府様に願い出よう」

――あっ。

秀吉は狡猾《こうかつ》この上ない。宗二の言い訳を逆手に取り、堺から自治権を取り上げる理由に転嫁したのだ。

「どうだ、それでもよいのか」と言わんばかりに、秀吉は下卑《げび》た笑みを浮かべている。

——この男は侮《あなど》れぬ。

覚悟を決めた宗二は威儀《いぎ》を正した。

「謹《つつし》んで拝命《はいめい》いたします」

秀吉は勝ち誇ったように「それでよいのだ」と言うと、その欲望で濁《にご》った目を光らせた。

「向後《こうご》、政治はわれらに任せ、堺の衆は商いに精を出し、数寄を楽しめばよい」

——おのれ。

この猿のような男の小さな頭から出る悪知恵を、宗二は憎んだ。

——人とは、かようなものではない。

己の欲望を満たすには、人の弱みに付け込めばよいという単純な道理を、秀吉は知悉《ちしつ》していた。おそらく、これまでの人生で多くの辛酸《しんさん》をなめ、その中から会得したに違いない。

しかし、そうしたやり方こそ、人が最も嫌悪することだ。

とは言うものの、堺の町衆を代表する一人でもある宗二は、三人の先達同様、権力者の側にいる秀吉に抗うことはできない。

かくして宗二は、秀吉の許《もと》に出仕《しゅっし》することになった。

二

——これほどの賑《にぎ》わいとは思わなんだ。

小田原城惣構内の町辻に立った宗二は、行き来する人々の多さに舌を巻いた。

東国一の根小屋(城下町)とは聞いていたが、田舎町の喧噪《けんそう》を想像していた宗二は、どこまでも続く町並や、人の多さに驚かされた。しかも行き交う人々の顔は生気に溢《あふ》れ、生きていくことに何の不安も抱いていないように見える。

応仁《おうにん》・文明《ぶんめい》の大乱以降、明日の命さえ覚束《おぼつか》なかった畿内の人々の不安を思うと、小田原は別天地である。

——しかも信長という男の出現により、畿内は、さらなる煉獄《れんごく》に突き落とされた。

信長の上洛以降、堺は自治権の大半を取り上げられ、織田政権の苛斂誅求《かれんちゅうきゅう》に苦しんでいた。それは畿内各地の商人たちも同様である。

信長は、武力によって民の頭上に君臨する唯一神《ゆいいっしん》だった。そこには何の大義も道理もなく、ただ力の論理だけがある。

しかし、己の力だけを恃《たの》みとした男の最期は、実に呆気《あっけ》なかった。

天正十年（一五八二）六月二日、中国征伐に赴くべく京の本能寺《ほんのうじ》に入った信長は、家臣の明智光秀《あけちみつひで》に襲撃され、冥府《めいふ》へと旅立った。

この一報を受けた堺の町衆は、再び世が乱れると確信し、牢人《ろうにん》を雇い入れて防備を固めると、羽柴秀吉に庇護を求めることにした。

秀吉の茶頭であることから使者に指名された宗二は、多額の献金を条件に、再び堺を自治都市とすることを秀吉に願い出た。

二つ返事でこれを了承した秀吉は、天下が静謐《せいひつ》になったあかつきには、堺の自治を認めると約束してくれた。

主《あるじ》信長の仇《かたき》である明智光秀を滅ぼした後、清洲《きよす》会議で大きな成果を手にした秀吉は、天正十一年（一五八三）四月、賤《しず》ヶ岳《たけ》の戦いで織田家宿老《しゆくろう》筆頭格の柴田《しばた》勝家《かついえ》を破り、天下人への階《きざはし》を登り始める。

堺の賭けは当たったのだ。

賤ヶ岳の戦いは、速戦即決を目指して北国《ほつこく》街道を南下してくる柴田勢を、琵琶湖《びわこ》東北端にほど近い余呉《よご》湖周辺に陣城《じんしろ》群を築いて封じ込めるという持久戦《じきゆうせん》だった。

幸いにして痺《しび》れを切らした柴田方が、先に仕掛けて墓穴《ぼけつ》を掘ったが、持久戦という戦法が取れたのは、それを支える財力が秀吉にあったからである。言うまでもなく、その財源は堺であり、見返りとして自治権を取り戻せると思うのは当然だった。

山崎宝寺城《やまざきたからでら》に宗二が出向いたのは、秀吉が凱旋《がいせん》して一月《ひとつき》あまり後の五月末になってからだった。

淀川《よどがわ》の流れを眼下に見下ろしつつ、大手門に至った宗二が案内を請うと、石田　某《いしだなにがし》と名乗る若い近習《きんじゅ》により、城の中核部にある会所《かいしょ》に案内された。

半刻《はんとき》ほど待たされた後、長廊《ちょうろう》を闊歩《かっぽ》する音が聞こえると、小姓《こしょう》二人と石田某を従えた秀吉が姿を現した。

「いやー、せかしいことよ」

「筑前守様、此度《こたび》の戦勝、真《まこと》に──」

宗二が祝辞《しゅくじ》を述べようとしたところ、蠅《はえ》でも追うような仕草《しぐさ》で秀吉が制した。

「前置きはよい。して何用か」

唖然として秀吉の顔を見つめる宗二に、秀吉は大あくびをすると言った。

「わしはすぐに大坂に出向き、新たな城の縄張りを引かねばならぬ。それゆえ、ご機嫌伺《うかが》いならこれでよし。用件があれば急いでくれ」

元来が短気な宗二だが、怒りを抑えて丁重に切り出した。

「失礼ながら、幾度も書状にしたためました通り、堺の町から奉行の松井友閑様が去らず、総見院《そうけんいん》様（信長）御在世の頃と同様の矢銭を求めてきております。これは山崎合戦の前に、筑前守様とそれがしが取り交わした約束とは違い――」

「約束とは何のことだ。わしは、そなたと約束など交わした覚えはないぞ」

――あっ。

その時、宗二は秀吉にはめられたと覚った。

「筑前守様、何を仰せか。あの時、あれだけはっきりと――」

「はて、思い出せぬな。そもそも天下分け目の合戦を前にして、そんな些事《さじ》にかかずらっておるわけにはいかーへんやろ」

秀吉が尾張《おわり》の野良《のら》言葉で言うと、二人の小姓と石田某が追従《ついしょう》笑いを漏らした。

「些事と仰せになられても、約束は約束」

秀吉に摑《つか》みかからんばかりに、宗二が腰を浮かせかけると、秀吉の下座《げざ》に控える石田某が、片膝立ちになって身構えた。

慌《あわ》てて身を引いた宗二は、怒りの焔《ほむら》を力ずくで抑えると、童子《どうじ》を諭《さと》すように言った。

「約束を守っていただかなければ、人の世は立ち行きませぬ」

「ほほう、わしに説教いたすか」

「いいえ、約束を思い出していただきたいだけにございます」

「忘れたものは思い出せん」

秀吉が、笑いを求めるように石田某と背後の小姓に顔を向けたので、三人は失笑を漏らした。

「それでは、地下請けを取り戻せると明言し、町衆から矢銭を募ったそれがしの立場がなくなります」

「ほんなこたあ、知れへん」

再び尾張弁で言うと、秀吉の顔色が変わった。

「よいか宗二、この世は、力ある者がすべてを決めるのだ。力なき者はそれに従わねばならぬ。わしはずっと力がなかった。それどころか、最底辺で一方的に命を受けるだけだった。それゆえ、いかなる理不尽《りふじん》にも耐え、知恵を絞りに絞り、今の地位を手に入れた。そなたらのように、生まれついての有徳人《うとくじん》には分からぬことだ」

——わしが豊かな商家に生まれたことを、この男は妬《ねた》んでおるのか。食うに困らぬ境遇《きょうぐう》に生まれたことを、天には感謝しているが、他人からひがまれることではない。

そうしたことを羨《うらや》むという心根《こころね》こそ、宗二の最も嫌悪するものである。

——この男は欲に囚《とら》われておる。欲の虜囚《りょしゅう》となり、欲の命じるままに、金であろうが女であろうが、他人の持つ物すべてを己の物にせんとしておるのだ。

「ということは、約束などは守れぬと仰せなのですな」

「よいか、他人と約束する時は、相手が約束を守らねばならぬ手札を用意しておくのだ。それが、われら武家の 理《ことわり》 というものだ」

「商人《あきゆうど》の理は違います。たとえ口約束とはいえ、いったん約束したからには、書付や証文《しようもん》などなくとも、約束を守るのが商人たるもの」

怒りの焔は、すでに喉元《のどもと》まで噴き上げてきていた。

「致し方ない」

そう呟《つぶや》くと、秀吉が背後の小姓に顎《あご》で合図した。

すかさず立ち上がった小姓が帳 台構《ちようだいがまえ》の襖《ふすま》を開けると、そこから姿を現したのは、誰あろう千宗易だった。

「尊師、これはいったい――」

「宗二、筑前守様の命により、羽柴家の茶頭を、わしが務めることになった」

宗二が絶句《ぜつく》すると、秀吉が得意げに言った。

宗易が、すまなそうな顔で切り出す。

「右府様が身罷《みまか》られ、宗易らも暇《ひま》になった。それゆえ、宗易、宗及、宗久の三人を、わが茶頭に迎えることにした。尤も宗久めは、そなたに義理立てしておるのか、どうしても筆頭茶頭の座には就きたくないというのだ。それゆえ宗易を筆頭とし、宗及、宗久という序列で茶頭を務めさせることにした」

確かにこれまで、秀吉と宗二の関係は、うまくいっているとは言えなかった。それでも秀吉が宗二を茶頭に据えていたのは、宗二が、茶人として三人に次ぐ地位にあったからである。

——わしは見栄のための飾り物だったのか。

かろうじて喉元で抑えていた怒りの焔は、野火《のび》のように体内に広がっていった。

「わしは何かに挑むような、そなたの茶を好かんかった。そなたの茶は常に戦いであり、客に緊張を強いる。そんな茶をわしは楽しめぬ」

「さりながら、茶とは楽しむだけのものではありませぬ」

「わしは茶を楽しみたいのだ。それゆえ茶頭の任を解くで、いずこへでも行くがよい」

「ありがたきお言葉。喜んで身を引きましょう。しかし、約束は守っていただきます」

その時、宗易の咳払《せきばら》いが聞こえた。

それが「早く下がれ」という意であることを、宗二はすぐに察したが、地獄池のようにたぎった怒りを、もはや抑えることはできなかった。

「天下を獲ったとて、やはり心根は下郎の頃と変わらぬようですな」

「何だと！」

「宗二、よせ」

たまらず宗易が間に入る。

「尊師も尊師です。それがしの知らぬところで、かような男に丸め込まれるとは、呆れて言葉もありませぬ」

「待て、そうではない」

「宗二！」

秀吉が脇息《きょうそく》を蹴倒して立ち上がった。

「わしは、堺を火の海にすることもできるのだぞ」

――そういうことだったか。

宗易、宗及、宗久の三人は秀吉に脅《おど》され、堺を救うために膝を屈したのだ。

むろん利にさとい秀吉である。焼き打ちまではしないだろうが、堺への締め付けを強くし、莫大な矢銭を要求するはずである。

その瞬間、宗二の胸腔《きょうこう》に満ちていた焔が遂に噴き上がった。

「聞け、藤吉」

「何だと」

秀吉が目を剝《む》く。

「茶の湯の道はな、欲に囚われた者には、生涯かかっても分からぬものだ」

「茶人の分際《ぶんざい》で、よくも――」

秀吉の顔が怒りに引きつった。

た。

「太刀を持てい！」

秀吉が背後に怒鳴ると、袴《はかま》を滑《すべ》らせるようにして拝跪《はいき》した小姓が、太刀を差し出した。

――ここで斬られるのか。

宗二は「それでも構わぬ」と思った。

「お待ち下さい」

その時、秀吉と宗二の間に、宗易が体を滑り込ませてきた。

「宗二はわが弟子ゆえ、無礼《ぶれい》の咎《とが》は、師匠であるそれがしが一身に受けます。宗二を斬るなら、まずは、それがしをお斬り下さい」

「尊師、何を仰せか」

白刃《はくじん》を抜き、大きく振りかぶった秀吉の眼下に、宗易は平然と端座《たんざ》していた。

「どけ、宗易」

「どきませぬ」

「そなたもろとも斬るぞ」

「構いませぬ。しかし茶頭を二人斬ったとしたら、世間がどう思われまするか」

「何だと」

秀吉の顔に、苦々《にがにが》しい色が浮かぶ。

宗易の弟子には有力武将も多くおり、いまだ徳川家康《とくがわいえやす》という強敵を抱える秀吉は、彼らを敵に回す愚だけは避けねばならない。

宗易には、己の命という手札があった。

――尊師は、秀吉のやり方を逆手に取ったのだ。

宗二は快哉《かいさい》を叫びたかった。

しばしの間、憎々《にくにく》しげな眼差《まなざ》しを宗易に注いでいた秀吉は、「分かった」と言うや、白刃を投げ出した。

「宗二、此度だけは宗易に免じて許してやろう。しかし再びわしの前に、その汚《けが》らわしい面《つら》を見せれば、そなたの命を取るだけでなく、堺の町を灰にしてやる。わが前からさっさと失せろ！」

「宗二、行け」

宗易が険しい顔つきで言った。

それでも、その場にとどまっていた宗二だったが、いつの間にか現れた宗易の従者《じゅうしゃ》たちに腕を取られ、引きずられるようにして外に連れ出された。

天正十一年（一五八三）十月、畿内から追放された宗二は、加賀《かが》国を領する前田利家《まえだとしいえ》の許に身を寄せた。利家は宗二の気骨《きこつ》ある態度に感嘆し、移ってきたばかりの尾山《おやま》城（金沢城）での滞在を許しただけでなく、寺社関係の奏者《そうしゃ》の職を与えた。

利家は茶の湯にさほど関心がなく、あえて茶頭という立場で宗二を遇さず、吏僚《りりょう》として新たな人生を歩ませようとした。それ以外に、秀吉の不興《ふきょう》を買った宗二を生かす術《すべ》がないからである。

秀吉は、宗二が利家の許に逃げ込んだことを知っていたが、家康との間に勃発《ぼっぱつ》した小牧長久手《こまきながくて》合戦の最中でもあり、見て見ぬふりをした。

しかし宗二は、このまま吏僚として生涯を送るつもりなどなかった。

いずこかの大名の茶頭となり、秀吉の独裁に歯止めを掛けたいという思いを、宗二は抱くようになっていた。

そうした最中の天正十三年（一五八五）九月、秀吉の弟の小一郎秀長《こいちろうひでなが》が百万石に加増《かぞう》され、大和郡山《やまとこおりやま》に移封されたという話を聞いた。

宗二は秀長と親しく交流していたこともあり、前田家を辞して秀長の許に転がり込んだ。

百万石の格式に見合った茶頭を探していた秀長は、秀吉の承諾を得て宗二を迎え入れる。

秀長という当代第二の権力者を主にした宗二は、間接的に秀吉の独裁に待ったをかけようとした。

元来、素直な性格の秀長は、宗二と接する時間が長くなるにつれ、宗二に感化《かんか》されていった。しかし秀長の変化の陰に、宗二がいると気づかぬ秀吉ではない。

秀吉と秀長が九州征伐に赴いている最中の天正十五年（一五八七）春、何の前触れもなくやってきた奉行衆から「高野山《こうやさん》入り」を言い渡された宗二は、大和郡山城から追い立てられた。

致し方なく身の回りの品をまとめ、宗二は高野山へと向かった。

高野山に登るということは、多くの例《ためし》を引くまでもなく、死を宣告される前段階である。自らの命が長くないと覚った宗二は、人生の総まとめとして『山上宗二記』を書き始める。

一方、九州から帰国した秀長は宗二を憐《あわ》れみ、同年九月の金堂落慶供養《こんどうらっけいくよう》にかこつけて高野山を訪れ、秀吉に詫びを入れるよう宗二を説いた。

しかし宗二が、それを頑《がん》として聞き入れないと知ると、仲を取り持つことをあきらめ、逃亡を指嗾《しそう》する。

死を覚悟していた宗二だったが、秀吉の独裁に待ったをかけられるのは、天下に己一人しかいないことを思い出し、高野山からの出奔《しゅっぽん》を決意した。

そうなれば、秀吉に敵対する勢力の懐に飛び込むほかに手はない。

家康さえも秀吉に膝を屈したこの頃、秀吉に伍していける大国は、小田原北条家以外にない。

風流仲間でもある北条家重臣・板部岡江雪にわたりをつけた宗二は、天正十六年（一五八八）二月、小田原に向けて旅立った。

三

小田原城板部岡曲輪《いたべおかぐるわ》に案内された宗二は、江雪と久方ぶりの再会を果たした。

板部岡曲輪とは、江雪の養父・康雄《やすかつ》が普請作事《ふしんさくじ》を担当し、館を構えていたことに由来《ゆらい》する。

江雪は「宏才弁舌人《こうさいべんぜつにん》にすぐれ、其の上仁義《じんぎ》のみち（道）ありて文武に達せし人なり。弓箭《きゅうせん》（軍議）、評定《ひょうじょう》（政策・立法・訴訟）の時も氏直《うじなお》一門、家老衆の中にくははり（加わり）給ひき」（『北条五代記』）と記されるほどの重臣中の重臣である。

さらに江雪は、歌道、茶道、能にも造詣《ぞうけい》が深く、とくに歌道においては、北条家の長老・幻庵宗哲《げんあんそうてつ》から『古今《こきん》和歌集』の秘伝「古今伝授」を授けられたほどの風流人だった。

「よくぞいらしていただけた」

「それよりも、容易ならざることになりましたな」

旧交を温めるのもそこそこに、二人は深刻な話題に転じざるを得なかった。豊臣政権と北条家の関係が、悪化の一途をたどっていたからである。

「仰せの通り、三河大納言《みかわだいなごん》（徳川家康）が関白《かんぱく》（秀吉）に臣下の礼を取ったため、わが家中の頑固者《がんこもの》どもは、『すわ戦《いくさ》だ』とばかりに戦支度を整えております。こうしたことが関白の耳に入らぬわけがなく、戦を嫌う者たちは皆、心を痛めております」

江雪は、胃の腑《ふ》が痛むかのように顔を歪《ゆが》めた。

家中の頑固者とは、前当主・氏政《うじまさ》、その弟の氏照《うじてる》、重臣筆頭の松田尾張守憲秀《まつだおわりのかみのりひで》、次席の大道寺駿河守政繁《だいどうじするがのかみまさしげ》を中心とした主戦派《しゅせんは》のことである。

彼らは長年かけて築いてきた城郭網に自信を持ち、「いずれは豊臣家に加わるにしても、それなりに手強《てごわ》いところを見せてからにすべし」と唱えていた。

これに対し、氏政の弟の一人・氏規《うじのり》と江雪は、豊臣政権との衝突を避けるべく東奔《とうほん》西走《せいそう》していた。

「心中、お察し申し上げます」

「この苦境を打開する手は、もはやありませぬか」

江雪が、藁《わら》にもすがらんばかりに問う。

「いかにも、中国の毛利、九州の島津、四国の長宗我部《ちょうそかべ》らがひれ伏したことで、関白は強気になっております。しかも北条家の領国は関東の大半を占め、配下に恩賞の土地を与えられなくなりつつある関白としては、喉から手が出るほどほしいはず。どの道、いつかは難癖《なんくせ》をつけて戦端《せんたん》を開くは必定」

「やはり――」と言いつつ、江雪が肩を落とす。

「しかし豊臣政権は、帝《みかど》の権威を借り、天下の仕置（政治）を代行するという形を取っております。それゆえ、大義名分《たいぎめいぶん》のない戦を行うことはできませぬ」

「つまり、こちらから尻尾《しっぽ》を摑ませねばよいというわけですな」

「しかり。うまく秀吉の機嫌を取り、挑発には乗らず、時を稼いでおれば、おのずと活路《かつろ》は開けましょう」

本能寺の変以降、政治状況は流動的であり、秀吉の挑発に乗って戦端さえ開かなければ、いかようにも生き延びる道はあると、宗二は説いた。

突然、江雪が威儀を正すと言った。

「山上殿、われらを後見《こうけん》いただけぬか」

「後見と言うと」

「関白のことを熟知する山上殿のお知恵を拝借《はいしやく》し、何とか豊臣方と戦端を開かぬようにしたいのです」

「つまりそれがしが、北条家の計策《けいさく》（外交）に参与《さんよ》するというわけですな」

江雪が深くうなずく。

──どの道、天下にわしの隠れ場所はない。

心中、自嘲《じちょう》しつつ宗二も覚悟を決めた。

「承知仕《つかまつ》った。ただし──」

宗二がその筋張《すじば》った手を広げた。

「それがしは一介《いっかい》の茶人。茶人には茶人の矜持《きょうじ》があります。あくまで黒子《くろこ》に徹するということでよろしいか」

「仰せのままに」

宗二は、北条家の代表として交渉の場に立つ愚を犯したくなかった。

宗二が小田原にいるのは、秀吉も既知のはずだが、宗二が交渉窓口に立てば、秀吉が感情的になるのは間違いなく、その結果、交渉がうまくいかなくなる恐れがあるからである。

同年四月、秀吉が天下人であることを満天下に示す一大行事・後陽成帝《ごようぜいてい》の聚楽第《じゅらくてい》行幸《ぎょうこう》が行われた。この行事に参ずるよう秀吉から命を受けていながら、北条家では家中の意見が一致せず、これを無視する格好になった。

宗二は、時間稼ぎのためにも当主名代だけでも送るべし、と江雪を通じて説いたが、氏政・氏照兄弟ら主戦派は頑として耳を貸さない。

江雪の相談役のような立場の宗二が、肥大化《ひだいか》した北条家の組織を思うように動かせないのは、致し方ないことだった。

しかし、秀吉は待ってくれない。

五月、秀吉は、富田知信《とみたとものぶ》や津田信勝《つだのぶかつ》といった詰問使《きつもんし》を小田原に送り、当主氏直に上洛を促してきた。

同月二十一日には、家康より起請文《きしょうもん》も届いた。

その起請文には「今月中に氏政兄弟衆（氏規のこと）を上洛させないのなら、（豊臣家との手切れは必然なので）督姫《とくひめ》を離縁《りえん》してほしい」とまで書かれていた。

督姫とは、北条・徳川両家が同盟を締結した際、氏直に嫁いだ家康の息女のことである。

この最後通牒《つうちょう》にも等しい起請文を読んだ宗二は、一も二もなく氏規を上洛させることを江雪に勧めた。

これに驚いた江雪と氏規が懸命に氏直を説いたので、氏直は氏規の上洛を独断で決める。

氏政・氏照ら主戦派としても、籠城準備が思うように進んでおらず、時間稼ぎのために、「氏規の上洛はやむなし」ということになった。

かくして八月七日、氏規は小田原を出発し、二十二日に秀吉に接見《せっけん》の上、臣従する代わりに、真田昌幸《さなだまさゆき》との間でもめていた上野国《こうずけ》沼田《ぬまた》領の帰属《きぞく》について、秀吉の裁定《さいてい》を仰《あお》ぎたいと言上した。

秀吉はこれを「尤も」とし、詳しい経緯《いきさつ》の説明を求めてきた。

これを受けて天正十七年（一五八九）春、江雪が上洛を果たし、秀吉の面前で沼田領問題の詳細を説明する。

江雪の話を自ら聞いた秀吉は、沼田領三万石を三等分し、三分の二を北条家に、残る三分の一を真田家のものとした。

七月、真田方から北条方に沼田城が引き渡され、実質的に北条家は秀吉に臣従する。これにより秀吉は、北条家に臣下の礼を取らせるべく、氏政の上洛を求めてきた。

戦雲が遠のいた小田原では、笑顔で行き来する人々の顔が多く見られるようになったが、秀吉という男を知悉《ちしつ》する宗二だけが、「このまま終わるはずがない」と思っていた。

案の定、氏政の上洛準備をしている最中の十月、信じ難い事件が起こった。

事件は、真田家との境目《さかいめ》争い（国境紛争）が収まったばかりの上野国沼田領が舞台となった。

沼田領の三分の一を残してもらった真田昌幸は、名胡桃《なくるみ》城を上州《じょうしゅう》の本拠とし、その支配を在地国人の鈴木主水重則《すずきもんどしげのり》に任せていた。ところが十月二十三日、北条家の沼田城代・猪俣邦憲《いのまたくにのり》が突然、兵を動かし、名胡桃城を奪ったのだ。

むろんこの作戦は、小田原の命ではなく猪俣の独断で行われた。

ところが猪俣によると、敵対関係から一転して同盟国となった真田方から、「越後の上杉景勝《うえすぎかげかつ》が攻めてきたので、後詰《ごづめ》勢を送ってほしい」という要請《ようせい》に応じたものだという。

猪俣勢が名胡桃城までやってくると、鈴木主水はおらず、留守居の兵も逃げたため、猪俣は戦わずして城に入ったという。

名胡桃城を上杉方に取られては沼田城も危機に陥るため、猪俣の判断は極めて妥当だった。

ところがこの行為が、秀吉が天皇の名の下《もと》に出した、関東奥両国惣無事令《そうぶじれい》という私戦停止令への違背《いはい》行為と見なされた。

秀吉の入れ知恵か、真田昌幸の謀略《ぼうりゃく》か、宗二には分からなかったが、秀吉が、裏で絡《から》んでいるのは間違いない。

宗二の勧めにより、氏直は弁明書を書き、重臣の一人を秀吉の許に派遣したが、秀吉はこれを許さず、逆に宣戦布告状を送り付けてきた。

宗二の最も憂慮《ゆうりょ》していた事態が、いよいよ出来《しゅつたい》したのだ。

天正十八年（一五九〇）三月一日、秀吉率いる豊臣勢三万二千が京を出陣した。

北方から侵攻する部隊や水軍などを含めると、その総勢は二十二万に及ぶ。

二十九日、豊臣勢は東海道を守る北条方の要衝《ようしょう》・山中城を落とし、四月四日には、先手《さきて》を務める徳川勢が箱根山を越え、小田原城近郊に姿を現した。

この日、久方ぶりに小田原城評定の間に呼ばれた宗二は、重臣たちの沈痛《ちんつう》な面持《おもも》ちを一瞥《いちべつ》し、事態が容易ならざるものとなっていると知った。

「久方ぶりにございます」

江雪と共に氏直の御前に伺候《しこう》した宗二は、深々と頭を下げた。

「当代一の茶匠のお一人にお越しいただいたにもかかわらず、久しく茶の湯もできず、お詫び申し上げる」

宗二の小田原滞在は、ちょうど二年になっていたが、氏直を正客に迎えて茶会を開いたのは、わずかに一度きりだった。

それゆえ手持無沙汰となった宗二は、『山上宗二記』の写本《しゃほん》の制作に多くの時間を割くことができた。しかし情勢が緊迫《きんぱく》してくるにつれ、宗二にも、その余裕はなくなり、江雪らと対応策を練る日々が続いていた。

「国事多難《こくじたなん》な折、致し方なきことです。それよりも、こちらこそ茶頭としての役割を果たせず、無為徒食《むいとしょく》してきたことを、お詫びいたします」

「何を仰せか。これまで様々に意見していただいたことは、江雪から聞いている」

氏直は二十九歳の青年当主だが、四十すぎかと見まがうほど、その面には、苦悩の色が刻印《こくいん》されていた。

「ご心痛《しんつう》、お察しいたします」

茶頭として迎え入れてくれたにもかかわらず、北条家に何の恩も返せず、こうした事態に立ち至ったことが、宗二には歯がゆかった。

「実は、ようやくわれらの方針が決しました」

「遅すぎる」と思いつつも、宗二は呼ばれた理由を覚った。

「すでにお察しの通り、父上、叔父上、松田尾張には別室にお控えいただきました」

その時、初めて気づいたが、氏直の隣に氏政はおらず、左右の最上席に居丈高《いたけだか》に居並んでいた氏照と松田憲秀の姿もない。

傍《かたわ》らの江雪を見ると、わずかにうなずいている。

——失脚させたのだな。

箱根の防衛線が呆気なく破られたことで、主戦派は急速に力を失い、氏直により幽《ゆう》閉《へい》されたに違いない。

「ご存じの通り、われら上方に知己《ちき》はおらず、いかなる手筋《てすじ》も持っておらぬのです」

──使者に立てと言うのだな。

和睦《わぼく》交渉の第一段階は、第三者的立場にある僧侶《そうりよ》、歌人、茶人など、双方に顔の利く者が間に立つことが多い。しかし、意識的に上方との交流を断ってきた北条家の場合、宗二以外に適任者がいないのだ。

「仄聞《そくぶん》によると、宗匠は関白とあまりうまくいっていなかったとか。しかし、われらには宗匠を恃むほか、手がないのです」

──わしが秀吉を怒らせてしまえば、小田原は灰になる。しかし、秀吉と真っ向から対峙《たいじ》できるのは、天下にわししかおらぬのも事実だ。

秀吉の機嫌を取り結び、媚びへつらうような外交をする者では通用しない。

──藤吉、これが最後の勝負になりそうだな。

不敵な笑みを浮かべると、宗二は深く平伏した。

「しかと、承《うけたまわ》りまして候」

四

五日の朝、単身、城を出た宗二は、百を超える鉄砲が狙いを付ける中、常と変らぬ宗匠姿で悠然《ゆうぜん》と敵前まで進み、豊臣勢の中に身を投じた。

すでに矢文《やぶみ》を放ち、宗二が行くと伝えてあったので、豊臣方の陣柵《じんさく》前では、宗易の相弟子である蒲生氏郷《がもううじさと》と細川忠興《ほそかわただおき》が迎えに来ていた。

二人に警固《けいご》され、早雲寺に設《しつら》えられた秀吉の陣所に入った宗二は、庭園で茶会を開いている最中の秀吉の眼前に引き据えられた。

亭主の座には宗易がおり、正客の秀吉以下、宗二もよく知る諸大名が列席している。

「いや驚いた。これほど懐かしい顔を見られるとはな。さすがに鬼も棲むという箱根の東だ」

抹茶《まっちゃ》を口の端に付けて下卑た笑いを浮かべる秀吉を見たとたん、腹底《はらぞこ》から悪寒《おかん》が噴き上げてきた。

宗二は、つくづくこの男が嫌いなことを思い知った。

「久方ぶりにございます」

「いかにも久方ぶりだな。小田原で茶頭の職にありついたと聞いたぞ。食うに困らず、よかったな」

その無礼な物言いに、宗二は癇癪《かんしゃく》を起しそうになったが、使者を承ったからには、いかなる罵詈雑言《ばりぞうごん》にも耐えねばならぬと、己に言い聞かせた。

「それも関白殿下のお陰にございます」

「その皮肉を言いに来たか」

秀吉が嫌悪をあらわにした。秀吉も心底、宗二のことが嫌いなのだ。

「いいえ。用件は別にあります」

「では何用で参った。まさか用もないのに、わしの顔を見に来たわけではあるまい」

秀吉が笑いを促すかのように左右を見回したので、列席者も無理に笑みを浮かべる。

天下人の秀吉と、滅亡を目前にした家の茶頭にすぎない宗二では、立場に天地の開きがある。それを思えば、宗二を晒《さら》し者にして嘲《あざけ》りたい気持ちも分からぬではない。

――しかもこの男は、知恵だけは誰にも負けぬと思うておる。

彼我《ひが》の立場の差など気にもならないが、それだけは間違っていると、宗二は秀吉に思い知らせたかった。

「おう、そうだ。宗二に茶を点《た》ててもらおう」

秀吉の言葉に、周囲が戸惑ったように顔を見交わす。

宗二も気構えができておらず、この場で亭主役など務めたくはない。

「いや、それがしは使者として――」

「堅いことを言うな。久しぶりに宗二の点てた茶が飲みたい。利休、座を替われ」

天正十三年の禁中茶会《きんちゅうちゃかい》において、宗易は利休という居士号《こじごう》を正親町《おおぎまち》天皇から賜《たまわ》っていた。以来、秀吉は自らの茶頭の権威を高めるつもりで、宗易を利休と呼んでいた。

秀吉の機嫌を損ねたくない宗二は、その言葉に従わざるを得ない。

宗易が背後に退き、亭主の座を宗二に譲った。一瞬、合った宗易の目は、宗二に「何があっても堪えろ」と語っていた。

「どうだ宗二、これが紹鷗天目《てんもく》だ。これほどの名物で茶を点てたことはなかろう」

秀吉は尼崎台《あまがさきだい》に載せられた天目茶碗を手に取ると、作物《なりもの》の大根でも自慢するように振って見せた。

紹鷗天目とは、この道の巨匠の一人・武野紹鷗が愛用していた天目茶碗である。

この天目は釉《うわぐすり》が二重にかけられ、最初にかけた釉が灰をかぶったような緑灰色《りょくかいしょく》に変わっているという、偶然が生んだ大名物だった。それゆえ灰被《はいかつぎ》天目とも呼ばれている。

これには、灰の質や焼成温度《しょうせいおんど》・時間などの多くの要素が絡み合っており、二度と同じものは作れない。茶の湯では、こうした希少性《きしょうせい》がとくに好まれる。

この色合いを持つ天目は、天下にこの一品しかなく、白天目、引拙天目と並び、天下三大名物天目の一つに数えられていた。

——この世に二つとない大名物が、この世で最も下卑た男の手にあるのか。

そのあまりの落差に、宗二は怒りや悲しみよりも滑稽《こっけい》さを感じた。

「いかにわしとて、これだけの逸品《いっぴん》は二つと持たない。それを使わせてやるのだ。粗《そ》相《そう》のないようにな」

秀吉が挑戦的な眼差しを向けてきた。

宗二と秀吉の茶は常に対決だった。宗二が秀吉の茶頭だった頃、無言で茶を点てる宗二の所作《しょさ》を、秀吉はじっと見つめ、自らのものとしていった。

一方の宗二は、一分《いちぶ》の隙《すき》もない所作で、秀吉の貪欲《どんよく》な視線を受けて立った。

秀吉の熱心さは、茶の湯の道を究めたいからではなく、主信長の愛した茶の道に通じることで、さらに出頭したいという下劣な動機からだった。

それこそは、茶人の最も嫌うことである。

――天下人となった今も、その心根は変わらぬようだな。

宗二の点前《てまえ》によって茶が回され、周囲に厳粛《げんしゅく》な空気が漂い始めた頃、秀吉が唐突に言った。

「実は今、軍議をしておった」

「軍議と」

「そうだ。そこで決まったのだが、戦支度が整い次第、惣懸《そうがか》りすることになった」

――何と。

己の顔から血の気が引いていくのを、宗二はありありと感じた。

「帝の命に従わず、天下の政道を預かる豊臣家をないがしろにする賊徒《ぞくと》どもは、討伐《とうばつ》するほかない。小田原を凄惨な落城に追い込むことで、帝の威令《いれい》と豊臣家の武威《ぶい》を東国に敷衍《ふえん》し、民をひれ伏させるのだ」

秀吉が、それをどれほど本気で言っているのかは、見当がつかない。ある意味、それは秀吉特有の脅しで、降伏を促しているようにも感じられる。

宗二は、この機を逃してはならぬと感じた。

「関白殿下、すでに葉桜の季節となり、城内にも興趣《きょうしゅ》がなくなりました」

皺の増えた秀吉の目尻が、かすかに動く。

「寄手《よせて》の皆様も、葉桜での茶会は無粋《ぶすい》かと」

宗二の方にわずかに向けた秀吉の顔が、「つまり――」と問うてきた。

「北条家では、城を開くことに衆議一決しました」

「おお」というどよめきが起こる。

「ほう、城を開くとな」

しかし秀吉は、とぼけたように問い返してきた。

「いかにも」

「遅い」

秀吉の声音が厳しさを帯びる。

脅したりすかしたりして己の術中にはめるのが、秀吉の常套《じょうとう》手段である。

そんなことは重々、分かっている宗二だが、天下人となった秀吉の迫力は、以前とは格段に違う。

「遅いと仰せか」

「ああ、遅い。しかしな――」

――来たな。

秀吉が何らかの条件を示してくることは、秀吉をよく知る宗二には分かっていた。

「帝とわれらに平身低頭し、これまでの悪行を詫びるなら、話を聞かぬでもない」

「城内では、そのつもりでございます」

秀吉一流の言辞《げんじ》に翻弄《ほんろう》されているとは知りつつも、宗二はそれに乗るしかない。

「それでは、その証《あかし》を何とする」

「証と仰せになられますと」

「まずは家宝の一つでも持参し、詫び言を並べるのが筋というものでにゃーかの」

秀吉が尾張の野良言葉で言う。

降伏する場合、高価な品を献上し、許しを請うのが戦場《いくさば》の習慣である。

「それでは早速、城内に戻り、北条家の家宝の一つでも持ってまいります」

「いや、待て」

秀吉の金壺眼が光った。何か企みがある時の目である。

「家宝なら何でもよい、というわけではない」

「と申されますと」

「如水《じよすい》」

秀吉が下座に声をかけると、眼光の鋭い武将が膝をにじって進み出た。

黒田官兵衛孝高《くろだかんべえよしたか》である。

「ときに北条家は、鎌倉幕府から伝わる『吾妻鏡《あづまかがみ》』をお持ちと聞いております」

――北条家に伝わる『吾妻鏡』は、鶴岡八幡宮《つるがおかはちまんぐう》再興の返礼として、二代氏綱《うじつな》公が八幡宮司《ぐうじ》から贈られた正本《しょうほん》だ。鎌倉幕府の認めた正本は世に一つしかなく、秀吉は、それを手に入れたいのだな。

宗二は即座に秀吉の真意を覚った。

「北条家の『吾妻鏡』をご所望と仰せか」

宗二の問いに如水が答える。

「『吾妻鏡』の正本は紹鷗天目と同じく、この世に二つとありませぬ。その貴重な品を、まずは当方にて保護したいと思うております」

確かに、降伏に反対する氏政や氏照が、城に火をかけて自刃《じじん》することもあり得る。

そうなれば、城内の宝物蔵《ほうもつぐら》に火が移るかもしれない。

「わしにはよう分からんが、如水らが目の色を変えてほしがる物だからな。価値があるに違いない。かといって、ただの紙に書かれた物だ。紹鷗天目ほどには珍しくなかろう」

秀吉が、なげやりに付け加えた。

古典史料などに興味の欠片《かけら》もない秀吉である。如水から貴重な品と聞かされて、ただ高名《こうみよう》で希少な物を所持したいという欲求から、手に入れたいのだ。

その時、背後で宗易の咳払いが聞こえた。

――こうした場での尊師の咳払いは、何かに「注意を払え」という意だ。いったい何に注意するのだ。

それが何を意味するかは分からないが、『吾妻鏡』を持参するくらいで、降伏を認めてもらえるのなら、それに越したことはない。

――尊師は、わしが『吾妻鏡』を持ってきたとたん、秀吉が前言を翻《ひるがえ》して惣懸りを掛けると言いたいのか。しかしわしには、秀吉に約束を守らせる手札などない。

どう考えても、この状況では、秀吉の言葉にすがらざるを得ない。

「命に代えても『吾妻鏡』を持参いたします」

「それでよい」

秀吉が、さも当然のように言った。

それからすぐに早雲寺の茶会は終わり、秀吉は諸大名を従え、その場を後にした。

片付けを始めようとした宗二の前に、宗易が座した。

「尊師――」

「宗二、相変わらずだな」

期せずして、師弟の顔に笑みが広がる。

「この天下で関白殿下と渡り合えるのは、そなただけだ」

「そんなことは、何の自慢にもなりませぬ」

「宗二、わしのことを恨んではおらぬか。権力者に従うわしを侮蔑《ぶべつ》しておるのではあるまいか」

「尊師、何を仰せです。権力者に反し続けるのも、その懐に入り、内から変えていこうとするのも同じこと。尊師がおらねば、かの男の専横《せんおう》は止まりませぬ」

「そう言ってくれるか」

意を決したように天を仰いだ後、懐に手を入れた宗易が、油紙に包んだものを差し出した。

「これは天目――」

油紙の中から出てきたのは、使い古された天目茶碗だった。

「明で作られた雑器《ぞうき》だが、いつか値打ちが出るやもしれぬ。ほんの気持ちだが収めてくれぬか」

それは見るからに雑な造りの品で、どう見ても価値が出るとは思えない。

──それが分からぬ尊師ではあるまい。それとも、わしを愚弄《ぐろう》しておるのか。

一瞬、そう思ったが、宗易の双眸《そうぼう》は、何かを訴えるような光を発している。

慌《あわ》てて真意を問い質《ただ》そうとする宗二を制するように、宗易が立ち上がった。

「尊師、お待ちを」

踵《きびす》を返して立ち去ろうとする宗易を呼び止めた宗二に、宗易は先んじて言った。

「茶人たる者、いかに高位にあっても、給仕《きゅうじ》を余人《よじん》の手に委《ゆだ》ねてはならぬ。心得ておると思うが、念の為な」

それだけ言うと、宗易は去っていった。

茶の湯における給仕とは点前から雑用までも含み、この場合、茶器の片付けを指している。

宗易が去るのを待っていたかのように、同朋《どうぼう》たちにより、茶器を洗う水桶《みずおけ》が用意され、茶器を入れる木箱が運ばれてきた。

五

「これは正本にございます」

鶴岡八幡宮の宮司が平伏した。

「如水、利休、どうだ」

『吾妻鏡』をのぞき込む謀臣と茶頭に、秀吉が声をかけた。

「はい、まごうことなき正本かと」

「間違いございませぬ」

二人が顔を見合わせてうなずく。

「それはよかった。宗二、でかしたぞ」

床几《しょうぎ》から立ち上がった秀吉が、晴れ晴れとした顔で言った。

「これで宗二は無罪放免だ。どこへでも行くがよい。此度の功に免じ、奉公構《ほうこうかまい》とはせぬで、どこぞの大名家で茶頭でもするがよい。おう、そうだ。三河殿はどうだ」

「あっ、はい。ありがたく――」

傍らに控える家康が恐れ入ったように平伏した。その面には、迷惑そうな色が表れている。茶の湯に興味も関心もない家康の茶頭に就けというのは、宗二に対する、あからさまなあてつけである。

「さて」

満面に笑みを浮かべた秀吉は、大きく伸びをすると言った。

「それでは城を攻めるか」

――やはりな。

平伏していた宗二が、ゆっくりと顔を上げた。

「それは、いかなる謂《い》いで」

「城攻めは城攻めだ。ほかに何がある」

とぼけたように秀吉が答えた。その皺深い顔には、会心の笑みが浮かんでいる。

「それでは、約束が違います」

「約束だと」

尾張の野良人丸出しの下卑た笑い声を上げると、秀吉が言った。

「約束とは何のことだ。わしは、そんな約束など交わした覚えはないぞ」

あの時と寸分も違《たが》わぬ言葉が、秀吉の口から発せられた。

――懐かしいな。

「秀吉はこうでなければならぬ」とさえ宗二は思った。

同時に胸奥《きょうおう》から、闘志が沸々《ふつふつ》と湧き上がってきた。

「関白殿下は、『吾妻鏡』の正本さえ手に入れば、あの城にいる兵や民のことなど、どうでもよいと仰せか」

「当たり前だ。兵や民は替えが利くが、『吾妻鏡』の正本は、この世に二つとしてないからな」

「いいや、それは違う」

突然、変わった宗二の口調に、笑みを湛《たた》えていた秀吉の顔が強張る。

「何だと」

「聞け、藤吉――」

その言葉に周囲の空気が凍りつく。

秀吉も呆気に取られ、二の句が継げないでいる。

「人は、一人ひとりが二つとない命を持っておる。子が生まれれば喜び、身内が死ねば悲しむ。そうした喜びや悲しみを、一人ひとりが抱えて生きておる。それぞれの命は、『吾妻鏡』や紹鷗天目よりも尊いのだ」

怒りに震えていた秀吉の口から、ようやく言葉が吐き出された。

「茶人の分際で、よくぞ申した。耳と鼻を削《そ》ぎ落としてから殺してやる。しかもな――」

秀吉の顔に残忍な笑みが広がる。

「わしは絶対に北条家を許さぬ。そなたの短気があの城を落とし、あの城にいる兵と民を殺すのだ。その様を磔《はりつけ》にして眺めさせてやる」

宗二の心に、かつて笠掛山から眺めた小田原の光景がよみがえった。

——あの場所で磔にされるのだな。

しかし、そこから眺める小田原城が静謐に包まれていることを、宗二は確信していた。

「藤吉、そなたに小田原は攻められぬ」

「馬鹿を申すな。わしが今、この場で命を下すだけで、十万の精兵が城に取り付くのだ。わしは天下人だ。そんなことさえ分からぬか」

秀吉が周囲に促すように哄笑《こうしょう》したので、傍らに控える大名や家臣も、仕方なさそうに笑い声を上げた。

それこそは、権力者の犬になった者どもの卑屈な笑いだった。

——この天地で、わしだけが、あらゆる権力から自由でいるのだ。

宗二は、酩酊《めいてい》するほどの優越感に浸《ひた》っていた。

「誰ぞ、この者に縄を掛けろ！」

秀吉の命に応じ、近くにいた者が競うように宗二を組み伏せた。大名の中にも駆け寄ろうとする者さえいる。そのあまりの浅ましさに、宗二は目を背けた。

背後に手を回された宗二は、高手小手《たかてこて》に縛り上げられると、半顔《はんがん》を地に押し付けられた。

「見たか、宗二。わしが命を下せば、ここにおる者すべてが即座に応じるのだ。三河殿さえ、そなたを縄掛けしようとしたではないか」

「ああ、はい」

実際は、ぼんやりしていただけの家康だったが、恐れ入ったように頭を下げた。

「哀れなものよ」

湿った土の臭いを嗅ぎつつ、宗二は可笑《おか》しくて仕方がなかった。

「宗二、何を笑う」

半顔を地に押し付けられて笑う宗二を見て、秀吉の顔に、かすかな不安の色がきざした。

「藤吉、そなたは実に哀れな生き物よのう」

「何だと」

履物《はきもの》も履かずに広縁《ひろえん》から飛び降りた秀吉は、足袋のまま宗二の顔を踏みつけた。

「宗二、そなたに何ができるというのだ。わしは天下人で、そなたは死を待つ虜囚の身だ。吹けば飛ぶようなそなたに、できることなどない！」

「ふふふ」

それでも宗二は、不敵な笑みを浮かべている。

「宗二、乱心いたしたのだな。そうだ。そうに違いない。哀れなのは、そなたではないか」

「いいや、違う！」

地から湧き上がるような宗二の怒声《どせい》に、周囲の空気が張りつめる。

「聞け、藤吉！」

宗二の迫力に押された秀吉が思わず足を放すと、縄尻を押さえる近習を振り払った宗二は、その場に座り直した。

「『吾妻鏡』の正本が二つとしてないなら、紹鷗天目とて同じであろう」

「えっ」

秀吉の皺深い顔が恐怖で引きつる。

「分からぬか」

「まさか、そなた――」

「茶道具を入れた櫃《ひっ》を調べてみろ」

「あっ」

秀吉自ら寺の奥に駆け出そうとするのを、周囲が押しとどめた。

「誰ぞ、早う櫃を持ってこい！」

その声に応じ、そこにいる誰もが奥に走ろうとした。

いかにも大儀そうに、家康までもが腰を浮かしかけている。その様がおかしく、宗二が笑いかけると、家康も困ったような笑みを返してきた。

早速、庭に運び出された櫃の中を餓鬼《がき》のようにあさった秀吉は、紹鷗天目の木箱を取り出すと、脇差を抜いて止め紐を切った。

「あっ、あうう」

獣《けもの》のようなうめき声が、早雲寺境内に満ちた。

秀吉が木箱の中から取り出したのは、宗易が宗二に贈った雑器の天目だった。

「宗二、すり替えたな」

泥土《でいど》に両膝をついた秀吉が、あえぐような声で問う。

「ああ、そうだ」

「紹鷗天目は今、どこにある」

「城内」

「利休！」

先ほどから動じることもなく縁先に座す宗易に、秀吉が怒りの眼差しを向けた。

「知っていたのだな。知っていて、すり替えさせたのだな」

「いいえ」と、宗易が平然と答える。

「それがしは、宗二が片付けに入る前に茶会の場を後にしました。それは周囲にいらした近習や小姓の方々も、よく知っておるはず」

秀吉が見回すと、近習や小姓は声もなくうつむいている。宗易の言葉を誰も否定しないことから、宗易が嘘を言っていないことは明らかである。

秀吉が口惜《くや》しげに呟いた。

「木箱に偽物《にせもの》さえ入れてしまえば、その重さから近習や小姓にも気づかれぬというわけか」

宗二が笑みを浮かべてうなずく。

「わしが迂闊《うかつ》だった」

秀吉が悄然《しょうぜん》と肩を落とした。

信長によって大名茶の道が開かれて以来、大名物は一国以上の価値を持つようになった。

天正九年（一五八一）に因幡《いなば》の鳥取城を落とした秀吉は、信長から八色《はっしき》（種）の茶道具を下賜《かし》され、これを但馬《たじま》銀山の下賜と並ぶと喜び、また甲州征伐で活躍した滝川一益《かずます》は、恩賞に「珠光小茄子《こなす》」を所望したが叶わず、その代わりとして上野一国と信濃《しなの》二郡を与えられたため、愚痴《ぐち》をこぼしている。

憐みを含んだ眼差しで秀吉を見つめつつ、宗二が言った。

「藤吉、城攻めをしたければしろ。ただし、あの城に攻め掛かれば、城内におる江雪が紹鷗天目を破砕《はさい》した上、腹を切ることになっておる」

「ああ――」

怒りに震える手で、秀吉が雑物の天目を庭石に投げつけると、それは粉々に砕《くだ》け散った。

「藤吉、紹鷗天目を、そういう目に遭わせたくなければ、降伏を受け入れるしかないのだ」

天を仰いだ秀吉の皺顔に突然、笑みが浮かぶと、呆《ほう》けたような笑いが境内《けいだい》に響きわたった。

「宗二、やはりそなたは愚かだ。それで小田原は救われたとて、そなたを守る手札は何も残っておらぬではないか」

口端《くちは》に笑みを湛えた宗二が、呆れたように首を左右に振った。

「手札だと。そんなものは要らぬ。そなたのように我が身大事なだけの下郎には、茶人の心胆《しんたん》など分からぬ」

「そういうことか」

宗二が自らの身を犠牲にして、小田原を救おうとしていることが、ようやく秀吉にも分かった。

「どうやら、わしの負けのようだな」

「ああ、そうだ。おぬしは常に負け犬だ」

秀吉は己の欲望に対して常に敗者だった。勝てば勝つほど、得れば得るほど、欲望は、それ以上のものを秀吉に求めた。それゆえ秀吉は、欲望の走狗《そうく》として死ぬまで働き続けねばならない。

「山上宗二、たいしたものだ。わしに勝ったのは、そなただけだ」

「いいや、勝者などおらぬ。われらのごとく天に唾《つば》した者は、すべて敗者なのだ」

宗二の生涯は怒りと反発に彩られていた。すなわち天に向けて吐き続けた唾が、遂に己の身に降りかかってきたのだ。

それは、この世のすべてを手に入れることで、天に挑もうとした秀吉と何ら変わらないと、宗二は思っていた。

それでも己の生涯に、宗二は悔いなどなかった。

――どれだけ人生をやり直そうが、しょせんわしは、天に唾し続けるのだ。

秀吉は、納得したかのように幾度もうなずくと言った。

「茶人の心胆か。見事なものよの」

「わしは一介の茶人だ。だが、武人に覚悟があるのと同じく、茶人には茶人なりの覚悟がある」

「それでは望み通り、耳と鼻を削ぎ落とし、磔刑《たっけい》にしてやろう」

「それなら早くしろ。そなたの顔を見ている方が苦痛なのでな」

二人は共に声を上げて笑った。

秀吉が顎で合図すると、周囲を取り囲んでいた者たちが宗二を立ち上がらせた。

「藤吉、冥途《めいど》で待っておるぞ」

それだけ言い残すと、呵々大笑しながら宗二は引っ立てられていった。


宗二を処刑した後も、秀吉は、あらゆる手を使って江雪の手から紹鷗天目を取り戻そうとした。しかし、宗二から秀吉の手口を聞いていた江雪は、決してその手に乗らなかった。

痺れを切らした秀吉が、北条家の降伏と小田原開城を認めるのは、宗二の処刑から三月《みつき》後の七月に入ってからだった。

紹鷗天目を手にし、秀吉に拝謁《はいえつ》した江雪が、己の腹に替えて北条家の存続を願い出ると、秀吉はそれを認めただけでなく、江雪を助命して家臣の列に加えた。

それこそは、宗二に対する秀吉なりの手向《たむ》けに違いなかった。

国を蹴った男

一

堀川《ほりかわ》通りと今出川《いまでがわ》通りが交差《こうさ》する四辻《よつつじ》から西に入った中町筋《なかちょうすじ》に、幸大夫《こうだゆう》の蹴鞠《けまり》工房はある。

「鞠くくり　幸大夫」という暖簾《のれん》の掛かるその工房は、代々続く鞠職人の家で、天下に並ぶ者とてない鞠の宗匠《そうしょう》・飛鳥井《あすかい》家御用達《ごようたし》のその鞠は、これまた天下に並ぶものなしと謳《うた》われる逸品《いっぴん》だった。

そこでは、親方の幸大夫を中心に十五人ほどの職人と見習いが働いており、五助《ごすけ》は職人頭を務めていた。

五助の父は誰だか分からず、縫い子だった母は、六歳になったばかりの五助を幸大夫に預けると、どこへともなく姿を消したという。

そのため五助は、物心がついた頃から、鞠職人になるのが当然だと思っていた。

一度だけ、幸大夫に母の行方《ゆくえ》を問うたことがあった。しかし幸大夫は、首を左右に振ったきり押し黙った。幸大夫は本当に知らないのかもしれないが、職人の社会では、そうしたことを問うてはならないのだと、この時、五助は学んだ。

幸大夫をはじめとした大人たちの顔色をうかがいつつ、五助は少年になり、やがて青年になっていった。

さほど器用とも思えない五助だが、何事も長く携わっていれば長じるものらしく、いつしか幸大夫の片腕になっていた。

親方の幸大夫が寡黙《かもく》なせいもあるのだが、工房は私語も少なく、なめした革《かわ》を撞木《しゅもく》金《がね》で叩く音や、鏨《たがね》で革に穴を穿《うが》つ音が響くだけの心地よい空間だった。

「鞠くくり　幸大夫」の作る鞠の約半数は飛鳥井家に納める物だが、最近は蹴鞠を好む武家も増え、よく商人が買いに来た。

その中に籠屋《かごや》宗兵衛《そうべえ》という男がいた。

宗兵衛は主に曲物《まげもの》を商う山科《やましな》の商人だが、公家や武家に請われるまま、鞠も扱うようになったという。

幸大夫とは古くからの顔見知りらしく、安物の生地《きじ》鞠や雑《ざつ》鞠を仕入れに来ては話し込んでいく。

宗兵衛は、幸大夫より十ほど下の四十代半ばだそうだが、死にかけた蜻蛉《かげろう》のように痩《や》せた幸大夫とは対照的に、よく肥えた体の上に脂ぎった顔を載せていた。

宗兵衛は多忙な商人であるにもかかわらず、幸大夫が所用で他出《たしゅつ》している折も、土間の縁に腰掛けて五助相手に様々な話をした。

それによると、かつて幸大夫は孤児で、この家に小僧として買い取られてから懸命に努力し、今の座を摑《つか》んだという。先代には息子もいたが、手先が器用な幸大夫に娘を娶《めと》せて跡を取らせたのだと、宗兵衛は得意げに語った。

先代の息子も鞠括《くく》りの職人だったが、幸大夫の下で働くことをよしとせず、どこかに出奔《しゅっぽん》したきり消息を絶ったという。

その話は、職人社会の厳しさを物語っていた。

しかし宗兵衛は、相好《そうごう》を崩すと付け加えた。

「おかみさんもすでに他界していることやし、幸大夫に子はおらん。このままいけば、あんさんが、幸大夫の名を襲名《しゅうめい》しはるのは間違いあらしまへんで」

五助も人の子である。世事《せじ》に通じた宗兵衛にそう言われれば、うれしくないはずはない。

この時代、職人の地位は不安定なため、皆が親方を目指していた。

親方は働けなくなった後も、後継者が生活の面倒を見てくれるが、親方になれなければ、老いて職を失い、路頭に迷うだけである。

鞠括りという希少な技は、どんな器用な者でも一朝一夕《いっちょういっせき》には習得できない上、ほかに競争相手は見当たらず、宗兵衛の読みは当然といえば当然だった。

しかも近頃、幸大夫の視力が急速に悪化し、腕が落ちてきていることを本人も自覚しており、隠居の日も、さほど遠くないと思われた。

浮き立つ気持ちを抑えつつ、五助は日々の仕事に精を出していた。


鞠括りは、なめした二枚の鹿革に直径一尺の円を描くところから始まる。その二枚を重ね、鏨で円周の内側に目打ちをする。

続いて馬革を用い、帯状の腰革を作り、二枚の鹿革の目と目を合わせ、そこに腰革を通して二枚を袋状に縫い合わせる。これを「括る」と呼んだことから、鞠は作るのではなく、括ると言われるようになった。

この括りこそ最も熟練を要する作業で、幸大夫の工房では、五助が一手に引き受けていた。

――括りが雑だと、鞠はすぐに割れる。逆に括りがきついと、弾力が失われる。

続いて、わずかに残した隙間から大麦の粒を入れ、袋を球状に調整する。この作業は「麦入れ」と呼ばれ、これまた五助の得意とする技術である。

さらに大麦を入れた穴をふさぎ、再び成形し、腰革をもう一重だけ回す。

残るは仕上げである。

鞠をよく乾かした上、膠《にかわ》を薄く溶いて鞠の表面に塗り、その上にまんべんなく卵白《らんぱく》をかける。膠は鞠の形状を保ち、弾力をつけるために塗られ、卵白はツヤ出しに使われる。鞠の表面が固まったところで、大麦を取り出し、その穴を閉じて出来上がりである。

生地鞠や雑鞠と呼ばれる汎用品はここまでだが、高級品は、さらに松葉でいぶして表面を繊細に仕上げる。これを燻鞠《ふすべまり》という。

後は工房ごとに独自の仕上げや装飾を施すことになるが、形状も工房ごとに癖があり、腰革のくびれ部分が大きい長球形のものもあれば、より球形に近いものもある。「鞠くくり　幸大夫」の鞠は、飛鳥井家の好みから扱いの難しい長球形で、装飾をほとんど施さないものが大半を占めていた。

ある日、いつものように鞠を括っていると、幸大夫に呼び出された。

幸大夫の様子が、いつになくあらたまっているので、五助は「いよいよか」と胸を高鳴らせた。

奥座敷で久しぶりに対座してみると、幸大夫の顔には、すでに老いの影が迫り、その節くれ立った指も小刻《こきざ》みに震えている。

――親方、安心して下さい。老後の面倒は、きっちり見させていただきやす。

五助は心に誓った。

「五助よ」

どう切り出そうか迷っているのか、しばし黙した後、ようやく幸大夫が口を開いた。

「ここに来て、もう何年になる」

「六歳で来ましたから、もう十と七年で」

今年で五助は二十四になっていた。

「今まで、よう働いてくれた」

――いよいよだ。

五助の胸が鼓動を打つ。

「それでな、お前が面倒を見ている新蔵《しんぞう》の腕をどう見る」

「えっ」

予想もしなかった話の成り行きに、五助は面食らった。

「どうと言っても――、十人並かと」

新蔵とは、三年ほど前に工房に入ってきた見習いの一人である。年は二十歳《はたち》になっているはずだが、元来、向上心というものがないらしく、可もなく不可もなくといった調子で仕事をしている。

そのため集中力を欠き、鞠を駄目にしてしまうこともあった。そんな時は穏やかな幸大夫に代わり、五助が叱りつけていた。

すでに十人以上の見習いを見てきたが、手先が不器用でも、これで食べていこうという気概のある者は皆、一人前になった。しかしそうでない者は、ある日突然、工房に来なくなると、そのまま二度と現れなかった。新蔵もそういう一人だと、五助はにらんでいた。

「十人並か」

落胆したように繰り返すと、幸大夫が思い切るように言った。

「奴に跡が取れると思うか」

「跡っていうのは、まさか――」

五助は、わが耳を疑った。


酒が過ぎたとは思いつつも、飲まないことにはいられない。

飯屋の主《あるじ》に、壷《つぼ》ごと濁酒《どぶろく》を持ってくることを命じた五助は、白濁《はくだく》した酒を柄杓《ひしゃく》で椀《わん》に注いでは、喉に流し込むことを繰り返した。

――わしほどの馬鹿はおらん。

五助は何もかも嫌になってきた。

あの時、はっきりと幸大夫は「新蔵に跡を取らせたい」と言った。職人の間では、その理由を問うてはならない。それゆえ五助は、「分かりました」とだけ言って座を払おうとした。

「待て」

五助を呼び止めた幸大夫は、尻に敷いていた座布団を払いのけると、畳に額《ひたい》を擦《こす》り付けた。

「すまねえ。これは、わしの不徳のいたすところだ」

「不徳って、親方――」

頭を上げさせようと肩に触れた五助の手に、小刻みな震えが伝わってきた。

「実はな、新蔵はわしの子だ」

「えっ」

予想もしなかった言葉に、五助は二の句が継げない。

かつて幸大夫は、近くに住む傾城《けいせい》（女郎）上がりの女といい仲になり、子を産ませた。それが新蔵である。むろん当時、健在だった内儀《ないぎ》には一切、知らせず、幸大夫は鞠を納めた時にもらう祝儀《しゅうぎ》などで、二人を食べさせていた。

しかし女は、ほどなくして病に倒れ、いまわの際《きわ》に、幸大夫に新蔵を託していったという。

「新蔵に跡を取らせてほしい」という女の願いを、幸大夫は断れなかった。

しかし、新蔵が己《おのれ》の子であることを明らかにすれば、内儀は怒るし、五助らもやる気をなくす。それゆえ幸大夫は、そのことを己一個の胸にしまっていた。

新蔵にもそれを言い聞かせると、新蔵は勝ち誇ったように笑い、幸大夫に小遣いまでせびってきたという。

――あの野郎。

五助の胸内に、怒りが沸々《ふつふつ》とこみ上げてきた。

ここ五年余、工房を支えてきたのは幸大夫ではなく五助だった。それでも五助は、一度たりとも小遣いはもちろん、何かを幸大夫にせがんだことはない。

「すまねえな」

幸大夫の禿《は》げ上がった頭頂を見ていると、責める気になれなかった。

「やはりここにおったな」

陽気な声とともに飯屋の暖簾をくぐってきたのは、籠屋宗兵衛だった。

五助は軽く会釈したが、宗兵衛と話をする気にはなれない。

黙していると、宗兵衛の方から切り出してきた。

「世の中は、思った通りにはいかへん」

「そんなことは分かっとります」

五助は今更、励ましの言葉などかけてほしくはなかった。

「これから、どないしはる」

「わしはもうしまいです。親方の細工場を出て、どこぞに仕事を見つけます」

それがいかにたいへんか、五助はよく知っていた。

この年で新たな職人仕事を身に付けるとなると、いかにがんばっても、一流の職人にはなれず、生涯、人に使われる身となる。しかし工房に残れば、これまでの恨《うら》みから、新蔵は辛く当たってくるはずである。

「鞠括りの仕事が続けられれば、文句はありゃせんな」

己の椀に酒を注いだ宗兵衛が、それを飲み干すと言った。

「えっ」

鞠師の工房は少なく、「鞠くくり　幸大夫」以外の工房は、どこも小規模である。

「むろん、京を出ることになっても、構わんやろ」

すでに話は決まったかのように、宗兵衛がにやりとした。

「出ると言っても、いったいどこに」

「駿河《するが》の国や」

二

伊勢《いせ》大湊《おおみなと》から廻船《かいせん》に乗り、駿河国の清水《しみず》湊に着いたのは、永禄《えいろく》三年（一五六〇）四月のことである。

――あれが富士か。

初めて見る富士山は、他国からやってくる者を拒絶するかのように、傲然《ごうぜん》とそびえていた。それをぼんやりと見上げていると、迎えの者に声をかけられ、五助は今川家の駿府《すんぷ》館に向かった。

「東海一の弓取り」とたたえられ、今川家の版図《はんと》を駿遠三《すんえんさん》の三国にまで押し広げた今川義元《よしもと》は、すでに隠居して「北の亭」と呼ばれる隠居屋敷に入っている。

五助の主となるのは、その義元の跡を継いだ息子の治部大輔《じぶのたいふ》氏真《うじざね》という男である。

応仁《おうにん》・文明《ぶんめい》の大乱以降、すっかり寂れてしまった都に比べ、今川家駿府館は、その家勢を誇示するかのように豪奢《ごうしゃ》の一言に尽きた。

大社大寺《たいしゃたいじ》かと見まがうばかりの巨大な四脚《しきゃく》門をくぐり、中門の内部に通された五助は、書院の前に広がる泉殿《いずみどの》（泉水のある庭園）を見て感嘆のため息を漏《も》らした。

「これが〝駿河づくし〟と呼ばれる庭だ。都にも、これほどのものはなかろう」

自分の物であるかのようにそう言うと、取次役の同朋《どうぼう》は、五助に庭で控えているよう指示した。

富士を借景《しゃっけい》とするために北東に庭園を設《しつら》え、中景《ちゅうけい》に三保《みほ》の松原を模《も》した松を並べ、手前に富士川を示す泉水を配したその構図は、まさに〝駿河づくし〟である。

庭に布《し》かれた蓆《むしろ》の上で、五助は、これから主となる人物を待った。

本来なら、五助の身分では目通りなど叶《かな》わぬ相手だが、どういうわけか、直《じか》に声をかけてくれるらしい。

――気が重いな。

仕事が仕事だけに、五助は京の貴顕《きけん》を見たことはある。しかし言葉を交わしたことなどなく、いかにやりとりすべきか見当もつかない。

しばらくして、同朋や近習《きんじゅ》が慌《あわただ》しく入ってくると、次の間に通じる襖《ふすま》が開いた。

小姓《こしょう》に先導されて現れたその男は、案に相違して、中肉中背で体も引き締まっており、顔もよく日焼けしている。

広縁《ひろえん》に座した同朋が五助を紹介した。

「さようか」

うなずいた男は、礼式など構わぬとばかりに広縁まで出てきた。

「よくぞ参った」

その声は伸びやかで明るい。

「京の幸大夫の下で、鞠を括っておりました五助と申します」

「たいした腕だと聞いておる」

「あっ、はい」

謙遜するのもおかしいので、答えに窮していると、氏真は「ちこう」と言って、五助を広縁の直下まで呼び寄せた。

「いろいろ問いたいのだが」

「はあ、何なりと――」

そう答えるや、氏真は矢継ぎ早に問うてきた。

それは、製法により鞠の特性がいかに変わるかといったものから、それを蹴鞠という競技の中で、いかに生かしていくかということにまで及んだ。

五助は知る限りの知識を披露し、氏真の問いに答えた。

とくに氏真は、規定の鞠数の中で勝敗を決する勝負鞠に関心が強く、いかにすれば勝てるかという点にこだわっていた。

「さすがは幸大夫の鞠を括ってきた男だ。気に入ったぞ」

「ははっ」

これで当面は食うに困らないと、心中、五助は安堵のため息を漏らした。

「それでは行くか」

「はっ、いずこに」

「鞠蹴場《まりけば》に決まっておろう」

そう言うや氏真は踵《きびす》を返し、着替えのために奥に戻っていった。

今川家の鞠蹴場を見た五助は驚嘆した。

――これは飛鳥井家のものよりいい。

縦横五丈六尺（約十七メートル）の庭土は適度に水気を含んでおり、小石一つ転がっていない。鞠庭《まりにわ》に植えられた植栽《しょくさい》の枝ぶりもよく、式木《しきぼく》の桜、柳、楓《かえで》、松の四本が、等間隔で四隅に植えられている。

その枝ぶりから、五助には鞠の懸《か》かり方から落ち方まで、すべてを想像できた。

土を押したり木に触れたりしながら鞠庭《まりにわ》を歩き回っていると、氏真と蹴鞠仲間がやってきた。

蹴鞠仲間には、駿府に居ついた公家の子弟が多いらしく、お歯黒をして顔に薄く化粧まで施している。

彼らは色とりどりの鞠水干《まりずいかん》を着け、いかにも楽しそうに談笑していた。

やがて彼らは、足慣らしに鞠を蹴り始めた。

黒の立烏帽子《たてえぼし》に枯茶色《からちゃ》の御紋付き鞠水干を着けた氏真は、舞うように鞠を蹴り上げている。

——ほう。これは並ではないな。

蹴鞠は反射神経や瞬発力はもちろん、体や関節の柔軟性が問われる。氏真は、どれを取っても誰よりも優れていた。

ひとしきり足慣らしをした後、氏真が五助の鞠を要求した。

「持ってきたか」

「はい」

「まずは試してみるか」

鞠箱から取り出した鞠を、片膝をついて丁重に手渡すと、氏真は鞠を撫《な》で回し、しばし感触を確かめた後、突然、空高く蹴り上げた。

その蹴り足は、つま先が天を指し、膝が顎《あご》に付く、「雲入足《くもいりあし》」と呼ばれる理想的な姿容《しよう》である。

五間ほどの高さまで上がった鞠を受けた蹴鞠仲間の一人が、それを別の一人に蹴り渡し、稽古《けいこ》が始まった。

皆が蹴るのを眺めつつ氏真が言った。

「さすが幸大夫の鞠だ」

「ありがたきお言葉」

職人にとって、己の仕事を褒《ほ》められることこそ最上の喜びである。

「駿河に来てよかった」と、この時、五助はしみじみと思った。

五助のような職人にとって、己の括る鞠の性能を十二分に引き出してくれる鞠足《まりあし》（蹴鞠手）のために働くことこそ、願ってやまないものである。

やがて競技が始まった。

氏真の上手《うま》さは格別で、誰も敵《かな》う者はいない。都で見てきた貴顕たちや飛鳥井家の当主・雅教《まさのり》であっても、氏真より上手とは言い切れない。

とくに四本の「懸《かかり》の木」を使った「透《す》かしの技」は絶妙で、木の種類と枝の形状から、鞠がどのように木の表面を伝い、跳ねるかを瞬時に感知し、対応できる技量は生半《なまなか》のものではない。

一度など、楓の枝を伝ってきた鞠を膝で受けた氏真は、鞠をもう一度、楓に当て、その反動を利して高く蹴り上げるという高度な技まで披露した。

上足《じょうそく》（名人）と呼ばれる鞠足は、「越すべき所、流すべき所、伝はすべき所、走らすべき所、衝《つ》かすべき所、跳ねさすべき所、鞠になへ懸らすべき所（鞠が引っ掛かる所）、かやうの所を存じて透かすべきなり」と言われるが、氏真は、それらのすべてを見通しているかのようである。

足の先に糸が付いているかのように、氏真は自在に鞠を操り、めったに落とさない。瞬間的な敏捷《びんしょう》さと瞬時の判断力も素晴らしく、延足《のべあし》、帰足《かえりあし》、傍身鞠《みにそうまり》といった高度な技も難なくこなした。

延足とは遠く離れた場所に落下する鞠を、帰足は背後の鞠を、傍身鞠は体に当たった鞠を処理する技である。さらに「突延《つきのべ》」という、鞠が遠くに落下する直前に足を入れて蹴り上げる超絶技巧を見た時には、ため息が漏れた。

――これほどの鞠足はいない。

氏真の才は、上足と呼ばれる都の鞠足たちを軽く凌駕《りょうが》していた。

氏真と仲間たちが「あり」「やあ」「おう」などという蹴鞠独特のかけ声をかけつつ、五助の括った鞠を蹴り合っている時である。

鞠蹴場の入口に小姓を従えた貴人が現れた。貴人の頭上には唐風《からふう》の傘が掲げられている。

貴人は、その太り肉《じし》をもてあますがごとく、大儀そうに五助の方に近づいてくる。わけもわからず五助が平伏すると、貴人は、何の前置きもなしに「そなたが鞠師か」と問うてきた。五助が「はい」と答えると、貴人は鞠庭に目をやった。

蹴鞠に集中していた氏真も、ようやく貴人に気づき、小走りでやってきた。

「父上、かようなところになぜ――」

氏真が父上と呼ぶからには、この貴人こそ今川義元に違いない。

五助は額を地に擦り付けた。

「そなたは、蹴鞠となると精が出るな」

「いえ、はあ――」

「都から鞠師まで呼んだというので来てみたが、よくぞ毎日、飽きもせず鞠を蹴れるものだな」

氏真は青くなってうつむき、何の言葉も返せない。

「国を保つのは容易でない。しかも将軍家は力を失い、天下は乱れに乱れておる。今では、われら今川家だけが、天下を静謐《せいひつ》に導けるのだ。それを忘れるでない」

「ああ、はい」

視線を合わせぬようにして、氏真が蚊の鳴くような声で答えた。

「知っての通り、駿遠の国衆に陣触れを出した。わしは間もなく〝尾張《おわり》の虚《うつ》け〟を討ちに行く。その間の留守は、そなたが守るのだぞ」

後に知ったのだが、義元が〝尾張の虚け〟と呼んでいるのは、ここ数年、知多《ちた》半島北部をめぐり、今川家と小競り合いを続けている織田信長という男のことである。

「分かっております」

「分かっておるなら、蹴鞠などやっている場合ではなかろう。鞠師も都に帰すがよい」

その後も説教が続いたが、小半刻《こはんとき》ほどして、それにも飽いたのか、義元は行ってしまった。

その後ろ姿を見送った後、肩を落とした氏真は、「今日は仕舞《しま》いにしよう」と仲間に声をかけると、鞠を抱えて、とぼとぼと歩き出した。

――どうやら、ここも安住の地ではなさそうだな。

すでに五助は、今川家が帰りの路銀《ろぎん》を出してくれるかどうかを考えていた。

「そうだ」

その時、去りかけた氏真が振り向いた。

「五助と申したな」

「はっ、はい」

「足軽《あしがる》長屋を一間《ひとま》、空けておいたので、そこに住んでくれ。細工場は厩《うまや》の横にでも設けておく」

「えっ、よろしいので」

「構わぬ。父上は多忙ゆえ、すぐに忘れる」

そう言うと、氏真は軽やかな足取りで鞠蹴場を後にした。

三

新たな生活は快適の一語に尽きた。

氏真は鞠括りの材料費を惜しまず、五助の言うままに調達してくれた上、雑用から煮炊きまでこなす小者まで付けてくれたので、五助は鞠括りに没頭できた。

唯一の懸念は、室町幕府の力が弱まることで緊迫してきた政治状況だが、今川家は絶大な軍事力と財力を有しており、駿河・遠江《とおとうみ》・三河三国にまたがるその領国が、一朝一夕で崩れるとは思えない。

しかし、氏真の武将としての資質を疑問視する声は、五助の耳にも聞こえてきた。

――御屋形《おやかた》様は、鞠を蹴るのが仕事ではないのだな。

今更ながら氏真が大名家の当主であることを、五助は思い知らされた。

そんな日々が始まり、一月《ひとつき》もしない頃、とんでもないことが起こった。

何と義元が、尾張の桶狭間《おけはざま》というところで討ち死にを遂げたというのだ。

討ったのは、義元が〝尾張の虚け〟と呼んでいた織田信長という男だという。

今川家中は上を下への大騒ぎとなった。

「仇討《かたき》ち」をすべしと喚《わめ》く者、「国境《くにざかい》の城を固めろ」と物知り顔で説く者、「一大事」

とばかりに城下の屋敷を引き払い、自らの所領に帰ろうとする者たちで、家中は大混乱に陥った。

しかし当主の氏真は、茫然とするだけで何ら手を打とうとしない。朝比奈《あさひな》信置《のぶおき》をはじめとする宿老《おとな》たちが、「今こそ今川家の武威《ぶい》を四囲に示さねば、取り返しのつかぬことになりますぞ」と詰め寄っても、氏真は「そうだな」と言ったきり何もしない。

――このお方はもしや――。

側《そば》近くに仕える者として、五助も薄々気づいていた。

――暗愚《あんぐ》ではないか。

宿老たちが去ると、氏真は何かから解放されたような笑みを浮かべ、「はよう鞠が蹴りたいものよ」などと言っている。

織田家から義元の首が返還され、義元の大法要が営まれた。

喪主の氏真は大法要をつつがなくこなし、周囲に今川家健在を示したが、八月、松平元康《まつだいらもとやす》（後の徳川家康）という西三河の国衆が離反するに及び、尻に火がついた。

十一月、国境を安定させるべく、氏真は重い腰を上げて西三河に出陣することになった。もちろん五助は駿府に残されたが、「長陣《ちょうじん》になるやもしれぬので、たくさん鞠を括れ」と命じられ、何日か徹夜して十以上の鞠を括った。

それを携えた氏真は西三河に向かい、加茂《かも》郡の八桑《やくわ》城を落とした。

駿府では「御屋形様は西三河で年を越す」と噂されていたが、十二月、氏真はあっさり帰ってきた。

なぜかと問う宿老たちに対して、氏真は「将軍家が仲立ちすることになったので、蔵人《くらんど》（松平元康）はわれらの麾下《きか》に戻る」と、涼しい顔で言っている。

しかし将軍の足利義輝《あしかがよしてる》が仲立ちしても、元康は何のかのと言って応じず、逆に永禄五年（一五六二）正月、尾張清洲《きよす》に赴き、信長との間に清洲同盟を締結した。

家臣たちは、「あの時、断固とした態度で西三河に進駐し、岡崎城を攻めておけば、松平ごときは腰を折って帰参したものを」と言っては口惜しがった。

その後、戦火は東三河に飛び火し、今川方国衆と元康の間で、加茂郡、設楽《したら》郡、宝飯《ほい》郡などをめぐって激しい戦闘が繰り広げられた。

国衆は氏真に助けを求めたが、氏真が駿府を動かないため、次々と松平方に与《くみ》していった。

永禄五年二月、西郡上之郷《にしごおりかみのごう》城の鵜殿長照《うどのながてる》を攻め滅ぼした元康は、その折に生け捕りとした長照の息子二人との交換で、人質として駿府にとどめ置かれていた正室の瀬名《せな》姫（後の築山《つきやま》殿）、嫡男《ちやくなん》の次郎三郎（後の信康《のぶやす》）、長女の亀姫《かめひめ》を取り戻した。

宿老の中には、元康の足枷《あしかせ》となっている人質を絶対に渡してはいけないという意見もあったが、鵜殿長照は義元の妹の子で、一族に準ずる立場にあり、その子らを見殺しにすることなど、できようはずもない。

その後も、退勢を挽回する機会はいくらでもあった。

永禄六年（一五六三）から翌七年（一五六四）にかけて、三河で一向一揆が勃発し、元康が危機に陥ったからである。宿老たちは「この機を逃さず、出兵すべし」と口を極めて進言したが、氏真は「すべては将軍家に任せてある。武田《たけだ》も北条《ほうじょう》も力になってくれる」と言って取り合わなかった。

事実、武田信玄《しんげん》と北条氏康《うじやす》も、元康に使いを送るなどして今川傘下《さんか》に戻るよう勧めたが、元康は信長の何が気に入ったのか、頑《がん》として首を縦に振らない。

氏真は、「馬鹿な男だ。われらと結んでいた方が無難なのに」と言っては首をかしげていた。

氏真には甲相駿《こうそうすん》三国同盟があり、三国を合わせれば、織田・徳川同盟の十倍ほどの国力になる。氏真の口癖になっていた「甲相の力を借り、そのうち三河に乗り入れる」という言にも真実味があった。

しかし氏真は、いっこうに動く気はなく、蹴鞠や歌会で時を過ごしていた。

職人の五助の目から見ても、その危機感のなさはあきれるくらいで、「この御仁《ごじん》はよほどの太肝《たいかん》か、よほどの虚けか」と思うほどである。

そんな最中の永禄八年（一五六五）三月、突如として押し寄せた松平元康により、今川家の三河国最後の橋頭堡《きょうとうほ》である吉田城が攻め落とされ、氏真は三河一国を失った。

不安な日々を過ごす五助の許に籠屋宗兵衛が来たのは、その頃だった。

「久しぶりやな」

旧知の訪問に、さすがの五助もうれしかった。

「ご無沙汰いたしておりました」

宗兵衛によると、これまでは別の商人が間に入っていたため、今川家と直接、取引できなかったが、三河の件で一向宗の力を借りるべく、今川家が大坂の石山本願寺《いしやまほんがんじ》と誼《よしみ》を通じたため、本願寺門徒《もんと》の宗兵衛が、今川家の商取引の窓口に入り込めたというのだ。

「まだ曲物やら、つまらん品だけだが、先々は塩、油、青苧《あおそ》なども扱わせてもらうつもりや。そのうち今川はんの伝手《つて》を頼って、武田や北条にも出入りしたいもんや」

「それは結構なことですな」

宗兵衛の壮大な構想を聞いても、五助には商売のことなど分からない。

五助が職人にすぎないことを思い出したかのように、宗兵衛が話を転じた。

「幸大夫のことを聞いとるかい」

「いいえ、何も」

「そうやったか」と言いつつ宗兵衛が語った話は、驚くべきものだった。

五助が去った後、幸大夫を襲名した新蔵は、隠居した先代の幸大夫に辛く当たり始めた。それを見かねた宗兵衛が意見しても、新蔵は「そいなら取引せんとええどす」とうそぶいたので、宗兵衛の足も遠のいたという。

ここからは宗兵衛も聞いた話だというが、先代の幸大夫は邪魔者扱いされて病死し、新蔵は先祖から受け継いだ財を遊蕩《ゆうとう》で使い尽くし、遂には飛鳥井家からも出入り禁止を申し渡され、工房は閉じられたという。

「新蔵の行き先は、わしも知らん」

「そうでしたか」

五助にとって、もはや新蔵のことなどどうでもよかったが、先代を助けてやれなかったことだけが心残りだった。

「人とは分からへんな。幸大夫も、あんさんを跡目に据えておけば、のんびりと老後を過ごせたのにな」

「それは言わんといて下さい」

「そりゃ、すまへんな」

五助は、幸大夫の判断をどうこう言うつもりもなかったし、「ざまあみろ」とも思わなかった。不幸な最期を遂げたのも幸大夫の運命であるし、五助が駿河で鞠を括っているのも、運命だからである。

「あんたはあの時、駿河に移ってよかったな」

宗兵衛がしみじみと言った。

「へい、それも宗兵衛様のおかげです」

「こちらでは、御屋形様にたいそう気に入られておるちゅう話やないか」

「はい。とは言うても鞠師ですから、お武家様と違って扶持《ふち》が増えたり、出頭《しゅっとう》（出世）できたりするわけではありません」

「当たり前や」

宗兵衛は、赤ら顔をさらに赤くして高笑いした。

「それでも側近く仕えることで、ええこともあるやろ」

「そうですね」

氏真ほどの上足と日々、蹴鞠について語り合えることが、五助の一番の喜びである。しかし、それを宗兵衛に言ったところで、分かってもらえるわけがない。

「今川家も、これからが正念場やな」

宗兵衛が、これまで見たこともないような険しい顔をして言った。

——まるで武人のような。

五助がそれを不思議に思う間もなく、元の好々爺然とした顔に戻った宗兵衛が問うてきた。

「ところで、まだ嫁をもろうてへんようやな」

五助の粗末な長屋を見回した後、宗兵衛がにやりとした。

「はい。こちらには伝手もなく――」

地縁血縁もなく、身分の低い五助に嫁を紹介しようなどという物好きはいない。五助も所帯を持とうなどと思ったことはなく、給金や褒美《ほうび》でもらった金を持っては、清水湊の傾城屋で、磯臭い女を抱くことで満足していた。

「それは憂《う》いことやったな。わしも、そこまで気が回らへんかった」

剃り上げられた頭を撫で回すと、宗兵衛が言った。

「どうや、この件は、わしに任せてくれへんか。悪いようにはせん。目が覚めるような別嬪《べっぴん》とはいかんかもしれんが、十人並の面《つら》でよければ、いくらでも世話したる」

「本当ですか」

五助にも、嫁をもらって、子を育て、人並みの幸福を味わいたいという思いはある。

「任せてえな」

「はい。よろしゅうお願いします」

そう言うと宗兵衛は、五助の長屋を出ていった。

その後ろ姿に向かって頭を下げつつ、五助は宗兵衛との不思議な縁を思った。

翌永禄九年（一五六六）早々、宗兵衛に連れられて京から嫁が下ってきた。

宗兵衛の言う通り、顔は十人並だが、利発でよく気の利く女で、初対面で五助は気に入った。

早速、祝言《しゅうげん》を挙げようということになったが、五助には先立つものがない。困っていると、宗兵衛が胸を張って「心配すな」と言って、祝言にかかる経費をすべて出してくれた。

祝言は華やかなものとなり、五助も周囲から一目置かれるようになった。

四

所帯を持った五助は人並みの幸せを味わうことができたが、今川家を取り巻く状況は悪化の一途をたどっていた。

混乱は三河一国にとどまらず、遠江にまで波及《はきゅう》しようとしていた。

これまで今川家を支えてきた遠江の有力国衆、井伊谷《いいのや》の井伊直親《なおちか》、引間《ひくま》の飯尾連竜《いいおつらたつ》、見付《みつけ》の堀越氏延《ほりこしうじのぶ》、犬居《いぬい》の天野景泰《あまのかげやす》らが相次いで離反したのだ。

こうした離反国衆は、遠江の統治を託されている宿老の朝比奈泰朝《やすとも》により鎮圧されたが、氏真の出馬はなかった。

遠江が危機に陥っても、氏真は相変わらず蹴鞠と和歌の日々を続けていた。それを虚けと言ってしまえばそれまでだが、甲相駿三国同盟がある限り、今川家が安泰なのも事実である。

天文《てんぶん》二十三年（一五五四）に結ばれたこの同盟により、甲斐《かい》の武田信玄、相模《さがみ》の北条氏康との関係は長らく良好で、敵対勢力に対し、互いに兵を出して支援し合うまでになっていた。

しかし永禄十年（一五六七）七月になって、その雲行きが怪しくなる。

いかなる理由からか、武田信玄と嫡男義信《よしのぶ》の関係が悪化し、義信が廃嫡《はいちゃく》されてしまったのだ。

氏真は知る由《よし》もなかったが、駿河侵攻を唱える信玄と、三国同盟の遵守《じゅんしゅ》を唱える義信の意見が対立し、父子は決裂に至った。

義信は氏真の姉を正室にしており、氏真と義信は義兄弟の間柄である。つまり、武田家と今川家の紐帯《ちゅうたい》の役割を果たしていたのが義信だった。

さすがの氏真も危機感を募らせていると、十月、義信自害の一報が届いた。

義信が死んでしまえば、武田家との断交は必至である。

十一月、相模の北条氏康に頼み入り、姉を取り戻してもらった氏真は、越後《えちご》の上杉《うえすぎ》輝虎《てるとら》と誼《よしみ》を通じた。

これを知った信玄は翌永禄十一年（一五六八）二月、家康との間に、大井川を境として駿遠の地を分け合うという今川領の国分け協定を結び、越後が雪で閉ざされる十二月、二万余の軍勢を率いて駿府を目指した。

妻を職人頭に託した五助は、人の波に逆らい、駿府館に向かっていた。

甲州勢はすぐそこまで迫っており、それを防ぐはずの今川勢は、すでに寝返るか四散してしまい、二千程度の兵力しか残っていない。

駿府館は混乱を極めていた。

人々は右往左往し、そこかしこで怒鳴り合いや言い争いが起こっている。武士たちは城中を駆け回り、「御屋形様はいずこに！」と叫びつつ、氏真の姿を探していた。

それを横目で見つつ、五助は細工場に向かった。どこに避難するにしても、飯の種である鞠括りの道具だけは持っていこうと思ったのである。

ところが人気《ひとけ》のない鞠蹴場で一人、鞠を蹴っている男がいる。

——こんな時にのんきなものだな。

それを無視して細工場から道具を取ってきた五助が、鞠蹴場を後にしようとした時である。

「五助」

氏真が五助を呼び止めた。

「御屋形様」

「どうやら万事休したようだ。手塩にかけて手入れしてきた、この鞠庭とも、これでお別れだ」

氏真が鞠を蹴り上げると、鞠は十間余まで上がった。

微動だにせず鞠が落ちてくるのを見ていた氏真は、鞠が烏帽子に触れる寸前、体を少し動かして胸で受けると、足先に落とし、懸の木めがけて蹴った。

鞠は、枝の間に見事に引っ掛かった。

「五助、わしは鞠を蹴り、歌を詠《よ》んで生涯を過ごしたかった」

五助には何と答えていいか、分からない。

「飛鳥井家あたりに生まれておればよかったものを、天は、わしを今川家に遣《つか》わした」

その物言いがおかしく、五助は「くす」と笑ってしまった。

「五助もそう思うだろう。わしなど鞠を蹴るか歌を詠むほかに何もできぬ男だ。このまま、ここで鞠でも蹴っておれば、甲州兵が討ち取ってくれる。さすればこんな世とも、おさらばできるというものだ」

氏真が白い歯を見せて笑った。それは狙い通りに鞠が蹴れた時と同じ、あの会心の笑みである。

この時、五助は氏真の胸中《きょうちゅう》を知った。

——このお方は、今川家の当主でいることが、嫌で嫌でたまらなかったのだ。

人には、向き不向きがある。大名家の当主は務まらなくとも、氏真には氏真のよさがある。

——蹴鞠や和歌がうまくて、何が悪い。欲に駆られた餓鬼ばかりの世にあって、これほどのお方がいようか。

五助の胸内から、得体の知れない情熱が湧いてきた。

「御屋形様」

「何だ」と問い返しつつ、氏真は、足の甲で鞠を落とさず蹴り続けている。

「御屋形様ほどのお方はおりませぬ」

「そなたまで、わしを愚弄《ぐろう》するか」

氏真が寂しそうな笑みを浮かべた。

「そういうつもりはありませぬ。御屋形様が悪いのではなく、戦《いくさ》ばかりのこの世が悪いのです」

蹴り続けていた鞠を手に取った氏真が、五助を凝視《ぎょうし》する。

「己の欲の赴くままに、他人の土地を奪おうとする餓鬼どもに、何ほどの価値がありましょう」

「面白いことを言う」

「かような者どもに、御屋形様のお命をくれてやることはありませぬ。この場を逃れれば、必ずや、また鞠を蹴られる日々が来ます」

「鞠を蹴られる日々か――」

しばし鞠を撫で回した後、氏真が問うてきた。

「そなたは、わしに生きてほしいか」

「はい。鞠師は鞠を蹴れません。よき鞠足あっての鞠師です。御屋形様がここで死ぬなら、わたしも生きている意味がありません」

自分でも驚くほど、口から言葉が溢れてきた。

「分かった。そなたのために生きてやろう」

その言葉を聞いた五助は、氏真の背を押すようにして皆のいる方に向かった。

幸いにも武田方は、今川方の抵抗を警戒し、すぐには攻めてこなかった。

それゆえ十三日の夜、氏真は駿府館を自落し、西に向かうことができた。一千余の兵と共に、五助とその妻も同道した。

その後、いったん駿府から西に延びる川根《かわね》街道沿いにある建穂寺《たきようじ》に踏みとどまり、兵の集まるのを待った氏真だったが、思うように兵は集まらず、十四日早朝、藁科《わらしな》川沿いの道を使い、山越えで懸河《かけがわ》城へと向かった。

遠江の懸河城には、遠江の統治を任せている宿老の朝比奈泰朝がいる。宿老筆頭格の駿河朝比奈家当主の信置は、すでに武田方に寝返っていたが、遠江朝比奈家の当主泰朝は、いまだ今川方である。

かねてから氏真は、このような際には、いったん懸河城に逃げ込み、泰朝と共に駿河回復の策を練ろうと思っていた。

かくして十五日深夜、無事に懸河城に逃げ込んだ氏真だったが、まさかこの時、懸河城付近まで徳川勢が迫っているなど想像だにしていなかった。

遅れて到着する味方と朝比奈泰朝の手勢を加え、籠城《ろうじょう》軍は四千に膨《ふく》れ上がった。武器と兵糧は、四年分もの備蓄《びちく》がある。

ところが、氏真と泰朝が駿河回復策を練っていた矢先の二十一日、突如として現れた徳川勢七千余に、懸河城は包囲された。

何事かと驚く今川方を尻目に、翌永禄十二年（一五六九）一月十二日、家康は攻撃を開始した。

とくに二十日から二十四日の戦いは激しく、双方共に死体の山を築いたという。

それでも城は落ちず、家康に焦りが募った。

駿河を制圧した信玄が同盟を踏みにじり、いつ何時、遠江に食指を伸ばしてくるか分からないからである。

三月八日に始まった講和交渉で、家康は城を開け渡してくれれば、「駿河から信玄を追い払ったあかつきには、駿河国をお返しする」という条件を出してきた。

あまりに虫のいい話に、朝比奈泰朝をはじめとする幕僚は反対したが、氏真は「蔵人（家康）は律儀《りちぎ》ゆえ、偽りは申さぬ」と言い、これに合意した。

氏真は家康より四歳年上で、家康が駿府で人質生活を送っていた頃から、旧知の間柄である。

五月六日、和睦交渉が終わり、十五日に城を出た氏真は、掛塚《かけづか》湊から北条家の差し回した船に乗り、遠江を後にした。

その後、武田方の占拠した駿河国を取り戻した北条方は、氏真を駿河東部の蒲原《かんばら》城に入れるが、それも束の間、戦局は予断を許さないため、氏真を北伊豆の戸倉《とくら》城まで後退させた。

案に相違せず、元亀《げんき》元年（一五七〇）十二月、北条家は、信玄の駿府再侵攻によって駿河全土を失ってしまう。

岳父の氏康から小田原近郊の早川河畔に館をもらった氏真は、表面上は失意の体《てい》を装いつつも、実際は和歌と蹴鞠を再開していた。

「ここのところ鞠を蹴っていないので、体がなまった」と言う氏真のために、五助は大麦を入れたままの重い鞠を作り、その筋力の回復を手伝った。

ところが、そんな日々も長くは続かない。

元亀二年（一五七一）十月、氏康が死去したのだ。

それでも北条家の外交方針が変わらなければ、氏真は北条家の食客として、このままの状態が続いたはずである。

しかし、前年の信玄の相模侵攻で、相当の被害をこうむっていた北条家では、武田家と和睦し、攻守同盟を結ぶことにした。

となれば氏真は厄介《やっかい》者となる。

支給されていた食べ物を減らされ、小田原衆との交流まで断たれた氏真主従は、さすがに「どこかに行ってほしい」という北条家の意図を察した。

しかし、この天下のどこに氏真の行き場があるというのか。

ここまで付き従ってきた朝比奈泰朝は、「主従そろって腹を切り、由緒《ゆいしょ》ある今川家の最後を飾りましょう」と勧めたが、氏真は「わしは死にたくない」と言い張り、「そうだ、蔵人を頼ろう」と言って膝を打った。

あまりに突飛な発想に啞然とする泰朝らを尻目に、氏真は「かつて蔵人は、駿河を取り戻したあかつきには、わしに返すと申したであろう」と、あっけらかんと言い放った。

行き先は浜松に決したが、そんな屈辱に耐えられない泰朝は、自害して果てた。

無二の忠臣にも見捨てられた格好の氏真だったが、北条家の仕立てた船に乗り、意気揚々と浜松を目指した。

北条家から知らせを受けていた家康は、浜松城の大手門で氏真を迎えた。

かつての裏切りを気にもせず、「蔵人、懐かしいな」と言って駆け寄る氏真を、家康は柿渋《かきしぶ》をのみ込んだような、何とも複雑な笑顔で迎えた。

家康としては、「そんな奴は知らん」と言って断ることもできたが、駿河開城の経緯《いきさつ》は天下に知れわたっており、氏真にむごい仕打ちをすれば、家康の律儀者としての名に傷がつく。

それでも家康は、名将として名高い朝比奈泰朝を家臣として召し抱えられるものなら、氏真一行の滞在費くらいは出してもいいと思っていた。

しかし氏真から「泰朝は腹を切り、子らは北条家に仕官した」と聞かされ、さすがに不機嫌になった。

家康にとって氏真本人には何の価値もないのだ。

生きていようが死んでいようが、氏真は天下にとって無用の存在と化していた。

――天下の厄介者か。

一介の職人にすぎない五助でさえも、氏真が、諸大名からもてあまされている存在だと気づいた。

――それならそれで、堂々と生きればよい。

氏真と共に流浪の日々を送るうちに、五助にも開き直りの気持ちが生まれていた。

それでも生きていれば飯は食う。氏真一人ならまだしも、親類やら家臣やら、室の早河殿《はやかわどの》の女房衆やら、さらに五助のような者も含めれば、百人余の大所帯になる。

氏真が役に立つことといえば、朝廷の使者などの貴顕が浜松に下向した折、その接待をしたり、家康が苦手な歌会に代わりとして出たり、また、得意の蹴鞠を披露したりする程度で、到底、滞在費に見合う働きにはならない。

氏真一行の浜松滞在も四年近くが過ぎ、家康はこの厄介者を、そろそろどこかに押し付けたくなってきた。

この頃、京では信長の天下が定まりつつあり、信長の財力なら、氏真一行を食べさせていくなど、容易であると思われた。

家康が信長と会った折、蹴鞠の話題が出たので、それとなく氏真のことを話してみると、信長は「そいつは面白い」と興味を示した。

拙《つたな》い表現力を駆使し、氏真の技がいかに凄いかを家康が語ると、このところ相撲《すもう》に飽き、蹴鞠に凝り始めていた信長は、「それは、ぜひ実見したいものだな」と言った。

この機を捉えた家康は、まんまと氏真を信長に押し付けることに成功する。

五

天正《てんしょう》三年（一五七五）正月、氏真は上洛を果たした。

父義元の念願だった上洛を成し遂げたものの、それは見世物になるための上洛だった。

足利家と同じ二《ふたつ》引両《ひきりょう》の紋所の描かれた駕籠《かご》を指差し、陰湿な笑みを浮かべては、陰口を囁《ささや》き合う京雀たちを見ても、五助は気にならなかった。

——京の都とはそういうものだ。

零落《れいらく》した者にとって、京がいかに冷たい場所か、これから氏真は味わうことになる。しかし五助は、それでも氏真に生きてほしかった。

五助も、嫁と乳飲《ちの》み子と共に京に移住することになった。

すでに五助は、鞠師の仕事だけではなく、氏真の身の回りの世話までするようにな
っており、氏真にとって、なくてはならない郎党の一人になっていた。

氏真一行の宿館に指定された妙顕寺《みょうけんじ》に入り、滞在の手配りを終わらせた五助が、よ
うやく自らの宿とされた僧坊の一つに赴くと、先に向かわせた妻子がいない。

その代わりに、一人の男が五助を待っていた。

「久方ぶりやの」

男は肉厚《にくあつ》な唇を歪《ゆが》め、満面に笑みを浮かべていた。

「これは宗兵衛様」

その剃り上げられた頭には、ところどころに胡麻《ごま》のような霜が置かれ、青黒いしみ
も増えている。

「お懐かしゅうございます」

「そやな、あれから何年経つやろ」

最後に宗兵衛に会ったのが、五助の嫁を連れてきた永禄九年のことだったので、ほ
ぼ十年が経っている。

「それにしても、たいへんやったな」

永禄九年以降の今川家の混乱を、宗兵衛はよく知っていた。しかも、ずっと五助が

氏真に付き従っていたことまで、まるで側にいたかのように知っているのだ。

「今川殿に鞠師が付き従っておることは、こちらでは有名な話や。今川殿は、もう鞠を蹴ることくらいしか、扶持を得る術《すべ》はないさかいな」

確かにその通りである。

京雀は零落した者の噂を好む。とくに氏真は、京の貴顕を浜松で接待していたのだ。京に住む者なら、氏真の動向を知っていてもおかしくはない。

「この町は相変わらずですね」

「それが京の都というもんや。長く離れていて、夢でも見とったんか」

京に住む者は皆、この都を憎んでいる。しかし離れてしまえば戻りたくなるのが、この魔都なのだ。

「ところで――」

ようやく五助は、妻子のことを思い出した。

「ここに、わたしの妻と子は来ませんでしたか」

「ああ、来とったよ」

さも当然のごとく、宗兵衛が答える。

「よかった。それで、どこに行ったかご存じですか」

「そのことや」

宗兵衛の顔が険しくなった。随分前に一度だけ見たことのある顔である。

「わしが預かったんや」

「えっ」

その言葉の意味が、五助には理解できない。

「大坂の石山というところに送った」

何のことやらわからず、五助はぽかんとしていた。

「わしが門徒なのは知っとるやろう」

「は、はい」

「宗主様《しゅうしゅ》股肱《ここう》の下間丹後《しもつまたんご》（頼総《よりふさ》）様から頼まれ、わしは寺のために一働きせな、あかんのや」

「それと、わが妻子にどういう関係が――」

「実はな、働くのは、わしでなくあんさんや」

宗兵衛の太い人差し指が五助を指した。

「つまり、わたしに何かをさせるために、わが妻子を質《しち》に取ったと仰せか」

「そうや」

五助の胸内から怒りがこみ上げてきた。

「宗兵衛様、いかにも宗兵衛様にお連れいただいたとはいえ、今はわたしの妻。しかもわが子は乳飲み子にすぎませぬ。それを勝手に質に取るなど、どういう了見か！」

逆上した五助が拳《こぶし》を固める。

「まあ、待て」

しかし宗兵衛は平然としていた。

「それはな、こういうことや」

宗兵衛の話は驚くべきものだった。

織田政権と敵対関係にある石山本願寺は、合戦で信長を討ち取ることが困難と思い始めていた。それゆえ信長を暗殺しようと、様々な策を講じたが、信長は容易に隙を見せない。

そんな折、氏真が上洛し、信長の前で蹴鞠を披露するという雑説《ぞうせつ》が入った。

下間丹後は、信長が必ず氏真と鞠を蹴り合うと見ていた。ここのところ信長は蹴鞠に執心《しゅうしん》し、飛鳥井雅教から手ほどきを受けているほどだからである。

そこで思い出したのが、宗兵衛から、かつて聞いた鞠師のことである。

丹後に呼び出された宗兵衛は、五助を使って信長を暗殺することを命じられた。

「いかにも鞠蹴場には、わたしも控えることになりましょう。しかし信長の周りは厳重に警固されており、わたしなど何もできぬはずです」

「何かをするのは、あんさんでなく鞠や」

「鞠と仰せか」

「そうや。鞠の中に火薬を仕掛けてほしいんや」

五助は絶句したが、確かに、これほど確実に信長を殺す方法はない。

元寇《げんこう》の折、元軍が日本軍を苦しめた「てつはう」と同じ原理である。

しかしそこには、大きな見落としがあった。

「それは無理というものです」

宗兵衛の無知を五助が笑う。

「鞠の中は空洞になっており、枕ほどの重さしかありません。中に火薬と鉄片《てっぺん》などを仕込めば、その重さで、すぐに気づかれてしまいます」

鞠は通常、二斤《きん》(千二百グラム)から二斤半(千五百グラム)の重さしかない。

それゆえ重い鞠を渡された氏真は、怪訝《けげん》な顔をして鞠を替えることを要求するに決まっている。

――鞠庭は縦横五丈六尺、その中にいる鞠足の距離は、二丈三尺程度。対角にいる者まで殺すつもりなら、火薬は二斤ほど必要。むろん炸裂《さくれつ》させるだけではなく、鞠庭にいる鞠足全員を殺傷するためには、中に鉄片を仕込まねばならぬ。となると――。

五助は即座に計算した。

「七から八斤の鞠など渡せば、すぐに露見《ろけん》します」

それでも宗兵衛は平然としている。

「うちの草（忍）から、あんさんは早川や浜松の館で、今川殿に重い鞠を蹴らせていたと聞いとるよ」

「あっ」

「今川殿は何事も得意がるお方や。あんさんが、事前に重い鞠を渡すことを伝えておけばええ。今川殿が『なぜや』と問うてくれれば、『信長を驚かせてやりなはれ』と言う。今川殿は、信長が『こんなに重い鞠を、あれだけ高く蹴り上げられるのか』と言って驚く顔を見たいはずや」

本願寺が張りめぐらせた諜報網《ちようほう》は、氏真の性格までも摑んでいた。

信長が命を取り留めることも考えられるが、重傷を負うことは確実である。傷の具合次第では、当分の間、指揮を執れないこともあり得る。それだけでも本願寺には、やるだけの価値がある。

「それをわたしが断れば、どうなされる」

「言うまでもないことやろ。あんさんと妻子の命をいただかな、わしの顔が立たん」

宗兵衛は、本願寺のおかげで山科一の身代《しんだい》を誇る商人となった。すなわち、その恩に報いようというのだ。

「致し方ありませぬな」

しばし考えた末、五助は首肯《しゅこう》した。

すべては周到に練られており、妻子の命を救うには、宗兵衛の言う通りにせねばならない。

それを見た宗兵衛は、ようやく縁先から立ち上がり、五助の肩を叩いた。

「そいでええんや。混乱に乗じて、ここまで逃げて来られたら助けたろ」

耳元でそう言うと、宗兵衛は一つ咳払いし、いかにも小心な商人を装い、肩をすぼめて僧坊を出ていった。

六

三月十六日、信長に拝謁《はいえつ》した氏真は、御伽衆《おとぎしゅう》の地位を与えられた。公的な地位を得ることで、織田政権の下での身分は保障され、これで食べるに困ることもなくなった。

お礼の言葉を縷々《るる》述べる氏真に対し、信長は「二十日に相国寺《しょうこくじ》で鞠会を行う。神業《かみわざ》をとくと拝見させていただく」と言い渡した。

信長の前で蹴鞠を披露することを屈辱とも思わない氏真は、嬉々《きき》としてこれを承知する。

氏真からこの話を聞いた五助は、いよいよ時が来たことを覚った。

本願寺から送られてきた火薬は、すでに鞠に仕込んであり、残るは、氏真に重い鞠の件を話すだけである。

「御屋形様」

狭い中庭で一人、稽古をする氏真に、五助が声をかけた。

「いつもながら、見事な技でございますな」

「なあに、わしには、これしか取り柄がないからな」

氏真は、己というものを知り始めていた。

「五助、夜通し鞠を括っておると聞いたぞ。わが晴れの日のためにすまぬな」

すでに三十も後半に差し掛かっている氏真だが、その精悍《せいかん》な面持ちと引き締まった体軀《たいく》は、若い頃のままである。

「御屋形様によき鞠を蹴ってもらうことが、五助の喜びでございます」

「そうであったな。そなたとわしは、まさに二人で一人だ」

「もったいない」

五助は思わずその場に拝跪した。

——これほどのお方を、わたしは殺すのか。

たとえ妻子を救うためとはいえ、五助の価値を認め、人として扱ってくれた氏真を、その愛する蹴鞠の最中《さなか》に殺すなど、五助には想像もできなかった。

そんな五助の苦しみなど知る由《よし》もない氏真は、無心で鞠を蹴り上げている。

鞠は十間以上の高さまで上がると、直下にいる氏真の腕に収まった。

「鞠とは不思議なものよの。正しく蹴れば、思うように戻ってくる」

氏真は苦笑すると言った。

「この世も、鞠のようであればよかったのにな」

確かに氏真の半生は、思うように行かないことばかりだった。氏真の思惑はすべて外れ、悪い方へ悪い方へと、鞠は転がっていった。

「御屋形様」

込み上げてくるものを堪《こら》えて五助が言った。

「御屋形様には、鞠がございます。織田様や徳川様は、ただ軍配を執るのに長《た》けておるだけ。軍配も鞠もさして違いはありませぬ」

「そうか、物は考えようだな」

「恥ずべきことは何もありませぬ。堂々と胸を張り、鞠を蹴ってやりなされ」

「ははは、そなたの申す通りだ」

氏真が、何かを吹っ切るように鞠を蹴り上げた。その姿勢は、飛鳥井家の者さえ完壁には成し得ない「雲入足」である。

鞠は蒼天《そうてん》に吸い込まれるように高く上がると、再び氏真の腕に収まった。

「それは重い鞠ですね」

「ああ、かつて常の鞠で蹴り上げた高さに、この鞠でも届くようになったわ」

「恐れ入りました」

その高さからして、落下する場所が、人の足の上だろうが大地だろうが、鞠は確実に炸裂する。

「織田殿に、わしの鞠技を披露するのが楽しみだな」

いかにもうれしそうな氏真の顔から視線を外し、五助は心を鬼にして言った。

「それではまず、その重い鞠を蹴るのを、織田様のお目にかけてはいかがでしょう」

「ははあ」

氏真がいたずらっぽい笑みを浮かべた。

「この鞠の重さを知れば、織田殿はきっと驚くぞ」

「そうです。口切《くちきり》の一蹴りは、ぜひ織田様に向けて――」

「それはいい」

目を輝かせて、氏真は再び鞠を蹴った。

三月二十日、相国寺の鞠蹴場に入った氏真は、すでに座に着いている信長と家康に軽く会釈すると、五助から渡された最初の鞠を蹴り始めた。

氏真は、この日のために新調した水浅葱《みずあさぎ》の御紋付き鞠水干と鞠袴を着て、少しも緊張した様子がない。

空はどんよりと曇り、風もなく、蹴鞠にとって絶好の日和《ひより》である。

五助と示し合わせた通り、高く蹴るのは信長と勝負鞠を行う時とし、まず氏真は、常の鞠で高度な技の数々を見せることにした。

四本の木に当てても鞠を落とさず、すぐに体勢を立て直して次の技を見せる氏真に、周囲は感嘆のため息を漏らした。

続いて氏真は飛鳥井雅教を相手に、「縮開《つめびらき》」と呼ばれる連携技の基本形から応用形までを披露した。

五助は土の付いた鞠をぬぐい、次々と新しい鞠を渡した。時には、休憩で戻る氏真の汗をぬぐってやった。

「五助よ、鞠を蹴るのは実に楽しいな」

「御屋形様——」

「わしの生きる場は、ここしかないのだ」

晴れ晴れとした顔をして笑う氏真を見ていると、五助もうれしくなってくる。

しかし、この場で氏真もろとも信長を殺すほかに、妻子を助ける術はないのだ。

蹴鞠は序破急《じよはきゆう》の三段階に分けて行われる。序では、鞠庭や「懸の木」の状態を確認しつつ軽く基本技を披露し、破では、試合形式で「延足」「帰足」「傍身鞠」等の高度な技や「縮開」などの連携技を繰り出す。そして急で、いよいよ勝負鞠となる。

飛鳥井家の者たちを相手に、氏真は数々の技を披露し、勝負鞠でも、氏真の組が大差をつけて勝った。

勝負鞠は蹴った数で勝敗を決めるが、難易度の高い技を披露した時は、奉行人（判定役）が二点以上十点以下の点をつける。そこで差が出るため、鞠足は、あえて難易度の高い技を繰り出すことになる。

勝負鞠における鞠数の限度は、百二十、三百、三百六十、七百、一千と五段階あり、初めに取り決めた鞠数の中で、何点を上げるかを競うのである。

言うまでもなく、鞠数が少ない試合に勝つには、高度な技を頻発《ひんぱつ》する必要があり、逆に多い場合は持久戦となるので、体力を勘案しつつ、それなりの技を繰り出すことになる。

「飛鳥井殿百二十六。今川殿百七十四」

奉行人の声が高らかに響いた。

三百の勝負鞠で、氏真の二つの組は、蹴鞠の本家である飛鳥井雅教の二つの組を破った。

和歌や連歌などの文芸と違い、運動神経と修練で勝負が決まる蹴鞠だけは、本家といえども負けることがある。

それでも雅教は悪びれもせず、言葉を尽くして氏真を賞賛した。

「双方とも実に見事であった」

信長が満足げに手を叩くと、傍らに座す家康も、慌ててそれに続いた。

「さてと」

信長が立ち上がった。いよいよ時が来たのだ。

周囲に覚られぬよう、五助は大きく息を吸い込んだ。

「今川殿、お疲れだと思うが、よろしいか」

蹴鞠用の鴨沓《かもぐつ》を履きつつ、信長が問う。

「もとより」

「鞠数は百二十。鞠足は四人でどうか」

勝負鞠は通常、八人で四組に分かれて競い合う。それを四人で競うというのは異例である。

「わしは、組で何かをやるのが苦手でな。勝つも一人、負けるも一人がよい」

「ははっ、仰せのままに」

「飛鳥井殿もよろしいか」

「それがし高齢のため息が苦しく、今日は、これまでとさせていただきたく――」

「それでは、御子息はどうか」

雅教の息子は雅敦《まさあつ》といい、さほど上足ではない。

「息子も先ほどの勝負鞠で、ちと足を挫《くじ》いてしまったようなのです」

雅敦が足首を押さえて頭を下げた。

信長に勝てば機嫌が悪くなるのは必定で、氏真に続いて信長にも負けては、飛鳥井家の権威が失墜《しっつい》する。それを防ぐには参加しないに越したことはない。

飛鳥井家は処世術《しょせいじゅつ》を心得ていた。

「それは困ったな」

残念そうに周囲を見回した後、信長が言った。

「三河殿はどうか」

「えっ」

家康が身をのけぞらせた。

「それがし、蹴鞠は不調法《ぶちょうほう》でございまして」

氏真が浜松に滞在した四年の間、家康は、一度として鞠蹴場に姿を現さなかった。

「鞠数は百二十だ。そのくらい付き合ってもらえぬか」

「はあ」

信長にそうまで言われて断れる者はいない。家康は窮屈《きゅうくつ》そうに鴨沓を履くと、腰をさすりつつ鞠庭に出てきた。

「いま一人は——」

信長が家臣を見回した。

「藤吉《とうきち》、そういえば、このところ飛鳥井家に出入りしておると聞いたぞ」

「ああ、はい」

頭をかきながら小柄で貧相な男が出てきた。このところ織田家中で出頭著しい羽柴藤吉郎秀吉という男である。

この男は、信長が相撲に凝れば相撲を習い、茶の湯に凝れば茶の湯を学ぶといったやり方で出頭してきたという。それと同じように、今は蹴鞠を習っているらしい。

四人の鞠足が鞠庭にそろった。

信長、家康、秀吉、そして氏真の四人である。

鞠を寄越すよう氏真が合図してきた。

覚悟を決めた五助は、鞠箱の中から鞠を取り出すと、片膝をついて差し出した。

「すまぬ」

鞠を受け取った氏真が、その重さを確かめてにやりとする。氏真は踵を返すと、獣のような身のこなしで鞠を蹴り上げた。

その姿容の美しさに見とれていた見物人たちは、続いて空に上がった鞠の行方を追う。

鞠は十間ばかり上がると、中空に止まったように見え、やがて落ちてきた。

その下には信長がいる。

次の瞬間、鞠を胸で受けた信長は、啞然として、それを地に落とした。

「これは――」

鞠の縫い目がほつれ、中から大麦が溢れ出ている。

五助が氏真に渡した鞠は、火薬ではなく大麦を詰めただけの鞠だった。

「まさか、これほど重い鞠を、あれほど高く蹴ったのか」

「はい」

「たいしたものだ」

三人の鞠足は、鞠庭の中央でその鞠をのぞき込んでいた。

続いて常の重さの鞠が渡され、勝負鞠が始まった。

疲れているにもかかわらず氏真は華麗な技の数々を披露し、三人を圧倒、一人で実に六十五足も獲得した。

「こいつは参った」

汗を拭《ふ》きつつ信長が満足そうに手を叩くと、周囲に控える家臣たちも、万雷の拍手で氏真をたたえた。

鞠庭の中央に立ち、四方に頭を下げた氏真は、これほど幸福な者がこの世にいるかと思えるほど、会心の笑みを浮かべていた。

七

鞠会は滞りなく終わった。

氏真を先に帰し、飛鳥井家の従僕と共に鞠蹴場の片付けや掃除に精を出した五助が、相国寺を出たのは、日も沈みかけた頃だった。

すでに覚悟を決めていた五助は、宗兵衛の姿を探したが、探すまでもなく宗兵衛は、数人の男たちを従えて路地から現れた。

「なんも起こりまへんどしたな」

好々爺然とした笑みを浮かべながら、懐手《ふところで》をした宗兵衛が近づいてきた。

「こいつは困ったことや。ほんに困ったことになった」

ぶつぶつとそんなことを言いつつ、背後にいる男たちに目配せした宗兵衛は、五助を路地に連れ込んだ。

「おい五助、どう落とし前つけるんや」

「何のことですかね」

開き直ったような五助の態度に、宗兵衛が一瞬、たじろいだ。

しかし突然、人変わりしたように、宗兵衛がどすの利いた声を上げた。

「やい五助、なぜ信長を助けた。信長を殺せる千載一遇《せんざいいちぐう》の機を逃しよって。このど阿《あ》呆《ほう》が！」

「いま、信長と仰せになられたか」

「おう、そうや。お前が信長を救ったんや」

「わたしは――」

五助が口端に笑みを浮かべる。

「信長など、どうでもよいのです」

「どうでもよいだと。かの者により、どれだけ多くの門徒が殺されたか、お前に分かるか！」

「そんなことは知りません。信長が生きようが死のうが、わたしには、かかわりのないことです。わたしはただ――」

宗兵衛の目を見据えて五助が言った。

「あのお方に生きてほしかっただけです」

「あのお方――」

「今川治部大輔様です」

「えっ」

ぽかんと口を開けた宗兵衛は、救いを求めるように門徒たちを見た。

「あの役立たずに生きてほしかったとぬかすのか」

「そうです。生まれた場所や生きた時代が違えば、信長や家康など、あのお方の足元にも及びません」

「ああ」

両手を掲げて天を仰ぐような仕草をすると、宗兵衛が言った。

「わいのとんだ見込み違いやった。そいかて尻は、ぬぐってもらわなあきまへん」

「分かっています」

「あんさんの命をいただきます」

「それくらいしか、わたしが宗兵衛様にお返しできるものは、ありませんからな」

五助は、今でも宗兵衛を恩人だと思っていた。

「そいだけではないで。妻と子の命ももらうで」

いかにも商人然《あきゅうどぜん》とした宗兵衛の言い方がおかしく、五助は商人言葉をまねてみた。

「そいはできまへんな」

「なんでや」

「門徒は門徒を殺せぬはず」

「あっ」

宗兵衛が口惜しげに問うた。

「なぜ、それを知っとる」

「妻は一切、己が門徒などとは口にしませんでしたが、日々、褥《しとね》を共にしておれば、寝言くらいは聞こえます。宗兵衛様が、かつて仰せになっていた草というのも、妻のことでしょう」

今度は宗兵衛が笑う番である。

「こいつはまいった。仕方がない。もらうのはあんさんの命だけにしまひょ」

「商い成立ですな」

「そのようやな」

「妻の再嫁先と子のことを、よろしゅうお頼申します」

「ご心配は要りまへん。同じ門徒やさかい」

二人が、腰をかがめて商人らしい挨拶を交わすと、厳《いか》めしい顔つきで五助を取り巻いていた門徒たちにも、笑いが広がった。

「ほな、行きまひょか」

「はい」

路地を出た一行は、いかにも楽しげに歩き出した。

五助は己の命に未練はないが、氏真に何も言わず姿を消してしまうことが、心残りだった。

——あのお方なら、きっと察してくれる。

何が起こっていたかなど、氏真は知る由もなかろうが、五助が姿を消したことに、何か深い事情があると察してくれるに違いない。すでに二人は、堅い信頼関係で結ばれていたからである。

——お世話になりました。

氏真が宿館としている妙顕寺の方角に向かって深く頭を下げると、五助は宗兵衛たちを促すようにして、いずこかへ去っていった。

同年五月、織田・徳川連合軍は、三河国の長篠《ながしの》で宿敵の武田家を完膚《かんぷ》なきまでに叩きのめした。これにより武田家の勢力は著しく後退し、家康の視野に駿河制圧も入ってきた。

同年八月、家康は、駿河制圧の最前線にあたる遠江国の諏訪原《すわはら》城に氏真を入れた。家康は家康なりに、氏真との約束を守ろうとしたのである。

しかし天正五年（一五七七）、これからという時、突如として氏真は、城主の座を下りたいと言い出した。

「わが任にあらず」というのが、その理由である。

いったんは旧臣たちに説き伏せられ、諏訪原城に入った氏真だったが、一年半余の城主生活を通じて、戦国大名として生きることが、あらためて己の道ではないと覚ったのだ。

これにより、今川家の駿河回復の夢は永遠に潰《つい》え去った。

その後、家康から捨扶持《すてぶち》五百石を与えられて京に移り住んだ氏真は、年齢的に蹴鞠ができなくなったため、歌道に専念した。

氏真は山科言経《やましなときつね》や冷泉為満《れいぜいためみつ》らと交わり、その死去まで千七百首もの歌を残した。これは、当時の歌人でも異例の多さである。名実ともに武士をやめることで、氏真の才が溢れ出したのだ。

江戸幕府開設後は高家《こうけ》として遇され、品川に館をもらった氏真は、慶長《けいちょう》十九年（一六一四）に七十七歳で没する。

氏真の詠んだ二首の辞世《じせい》の歌は、その心境を見事に表している。

なかなかに世をも人をも恨むまじ　時にあはぬを身の科《とが》にして
（もはや世間も人も恨むまい。時勢に合わなかったのは己の罪なのだから）

悔しともうら山し共思はねど　我世にかはる世の姿かな
（口惜しいとも羨ましいとも思わないが、世の中は変わっていくものだな）

幕府の厚意により、その葬儀は、十万石の大名に匹敵する格式で盛大に営まれたという。

参考文献（著者敬称略）

『武田信玄大事典』　柴辻俊六編　新人物往来社
『武田勝頼』　柴辻俊六　新人物往来社
『定本武田勝頼』　上野晴朗　新人物往来社
『箕輪城と長野氏』　近藤義雄　戎光祥出版
『戦史ドキュメント　長篠の戦い』　二木謙一　学研パブリッシング
『長篠・設楽原の戦い』　小和田哲男監修　吉川弘文館
『長篠の戦い　信長の勝因・勝頼の敗因』　藤本正行　洋泉社
『ドキュメント　信長の合戦』　藤井尚夫　学研パブリッシング
『人物叢書　石田三成』　今井林太郎　吉川弘文館
『義に生きたもう一人の武将　石田三成』　三池純正　宮帯出版社
『豊臣秀次』　小和田哲男　ＰＨＰ研究所
『真説　関ヶ原合戦』　桐野作人　学研パブリッシング
『敗者から見た関ヶ原合戦』　三池純正　洋泉社

『直江兼続』　今福匡　新人物往来社
『守りの名将・上杉景勝の戦歴』　三池純正　洋泉社
『関東戦国史と御館の乱』　伊東潤・乃至政彦　洋泉社
『上杉謙信の夢と野望』　乃至政彦　洋泉社
『賤ヶ岳の鬼神　佐久間盛政』　楠戸義昭　毎日新聞社
『賤ヶ岳の戦い』　歴史群像シリーズ⑮　学研パブリッシング
『茶道の歴史』　桑田忠親　講談社
『山上宗二記』　熊倉功夫校注　岩波書店
『今川義元』　小和田哲男　ミネルヴァ書房
『今川義元のすべて』　小和田哲男編　新人物往来社
『戦国今川氏　その文化と謎を探る』　小和田哲男　静岡新聞社
『静岡県の城物語』　小和田哲男　静岡新聞社
『蹴鞠の研究』　渡辺融・桑山浩然　東京大学出版会
『中世蹴鞠史の研究　鞠会を中心に』　稲垣弘明　思文閣出版

各都道府県の自治体史、断片的に利用した論文、軍記物の現代語訳版等の記載は、省略させていただきます。

解説

小宮良之（スポーツライター）

〈プロのアスリートほど、人生の光芒《こうぼう》と陰影を感じさせる対象はいない〉

スポーツライターである僕は、その信念で彼らの物語を書き綴ってきた。

競技者としての彼らの人生は単純に短い。サッカー選手であれば、引退の平均年齢が約26歳。実働は10年に満たず、20年以上現役を続ける選手はいるが、3年以内にスパイクを脱ぐケースの方が断然多い。限られた時間の中、人生を懸けてしのぎを削り合う。そこには当然ながら、濃密なドラマが生まれる。勝者は輝かしいが、数多く生まれる敗者の中、その敗れざる生き様に真の物語がある。

僕はそれを丹念に描いてきた自負があった。

しかし伊東潤さんの作品を読んだとき、慢心した横っ面を叩かれるような思いがした。

〈ここまで深く人間を書けるものだろうか⁉〉

戦国や幕末という命が迸《ほとばし》る時代設定とは言え、登場人物たちが圧倒的な生と死の狭間を〝生きていた〟。伊東さんは歴史の中で埋もれた敗者に、「敗れざる者」という輝かしい命を与えていたのである。

これぞ、神の所業だろう。

誇張に聞こえるだろうか？

しかし、何百年も前に生きた人々の呼吸や肌のぬくもりまで再現し、その心の機微を現代人に伝えるなど、ほとんど不可能に近い。『武田家滅亡』(角川書店)から「戦国鬼譚 惨」(講談社)、「城を噛ませた男」「巨鯨の海」(光文社)、「王になろうとした男」(文藝春秋)、「野望の憑依者」(徳間書店)までわずか8年足らず。伊東さんの仕事の量と質は尋常ではない。

僕は生身のアスリートたちと相対し、その言葉や表情を記録できる。そして周辺取材をし、必要なだけ物語を深めていける。一方で歴史小説家は膨大な資料を集め、的確な実地検分をしたとしても、その情報は限られる。そこでイマジネーションと発想と筆力が求められる。その点で、伊東さんは群を抜いているのだろう。作り出された人物たちはリアル以上にリアルだ。

その伊東イズムの傑作の一つが、本書「国を蹴った男」である。「敗れざる者たち」を描いた連作短編集は、栄えある吉川英治文学新人賞を受賞している。

「牢人大将」は土地を持たず、直臣《じきしん》の身分も断り、ひたすら武功のみで生き抜いていこうという男たちの話。個人的に一番、思い入れが強い。なぜなら、フリーランスのライターとしての自分と重なるところがあったからだ。大会社の看板があれば、気楽に過ごせるかもしれないが(僕の場合は会社に入れてくれないだろうけど)、それでもなお、武功＝一本の原稿にこだわって生きる。なんて爽快な生き方なのだろう。

「武士たるもの、失うものが大きければ大きいほど、よき働きはできませぬ。それゆえ失うものがない立場でおる方が、よき働きができると思うようになりました」

〝分かるよ、無理之介さん〟と感情移入してしまう。同時に、〝伊東さん、よくこんな台詞《せりふ》を吐かせてくれたな〟と感服する。次の台詞も素敵だ。

「われらが逃げぬは、忠義心からではありませぬ。われらは、仕事をせねば飯が食えぬからです。たとえそれが死地であろうと、われらは託された仕事を全うすることで、食い扶持を得ています。いったん逃げてしまえば、われらは仕事を失い、糧を得ることはできませぬ。それが、逃げても飯の食える直臣の方々とは違うのです」

自分の思いの代弁に、溜飲が下がる。もちろん会社勤めする方々にも、言い分があるに違いない。ただ、伊東さんは牢人のような立場の人間の心情も見抜いている。その点、瞠目《どうもく》に値する。

「戦は算術に候」は官僚、長束正家が主役。石田三成と共に豊臣秀吉の政権を担った長束は算術の天才で、兵站《へいたん》や城普請《しろぶしん》で活躍を見せるものの、その結末は……。冷徹というより冷淡、感情の起伏がない長束の人物像はやけに生々しい。きっと、モデルになった人物がいて、しかも算術を信じ切って決定的失態を演じたのではないか。そこは、著者にお訊ねしてみたいものである。

「短慮なり名左衛門」は、毛利名左衛門秀広が主役だが、脇役である直江兼続の描写に快哉《かいさい》を叫びたくなる。NHK大河ドラマで「義の人」というイメージが浸透した兼続だが、相当の謀略家であったはず。さもなければ、御館《おたて》の乱以降の上杉家を支え続けることはできなかっただろう。

「そなたは不識庵様の義を踏みにじったのだぞ」

名左衛門がそう食ってかかったとき、兼続は怒りを示す。「義で国が保てる時代は終わったのだ」と。生き残るのに、綺麗事はない。修羅の道に入っても国を保とうとする男の矜持が見えた。

「毒蛾の舞」は、賤ケ岳《しずがたけ》の戦いの秘話といったところか。佐久間盛政が前田利家の妻、おまつに懸想し、その恋慕が戦局を動かすことになる。「男の方が女よりもロマンチストだ」とはよく聞くが、女性が読むと「あり得ないよ」と訝《いぶか》しむ展開かもしれない。しかし豪傑はウブなところがある。恋すると、他のことが手に付かない。余談だが、プレー中に相手に噛みつき「悪魔も恐れない」と言われるウルグアイ人サッカー選手、ルイス・スアレスもその一人だろう。15歳の時に付き合っていた彼女が欧州に引っ越すと、自らも果敢に欧州移籍を決断。娘の父に直談判し、結婚してしまった。

「天に唾して」は茶人、山上宗二の人物ノンフィクションのようにも読める。懊悩、憤怒、覚悟、辛抱、狂気、そして達成感が悲しいほどに伝わってくる。宗二は言わば、不遇の人。権力者の欲望に翻弄され、その復讐心を滾《たぎ》らせ、いつの間にかそれに囚われてしまう弱さも見せる。そこがまた切ない。しかし最後の最後、茶道という無形の芸術を志した男は高らかに笑うのだった。

表題にもなっている「国を蹴った男」は蹴鞠《けまり》が題材だ。鞠職人の五助と惰弱で暗愚な戦国大名として知られる今川氏真、二人の絆が胸を熱くする。氏真は天下を狙った今川義元の後継者だったが、政治や軍事に興味を持てず、蹴鞠に人生を投じた。政治家としては国を滅ぼし、失格だったのだろう。しかし人間の資質が一面では語れないことを、伊東さんは鋭く描き出している。世が世ならその芸を究められたかもしれない、そんな気分に駆られる。

氏真が蹴鞠に興じるときの躍動感は、スポーツノンフィクションの世界に通ずるものがある。鞠を蹴る、そのどこにも行き着かない行為に、一人の男が懸命になる。その姿は、なにかに夢中になったことがあるすべての人間の心を打つだろう。そして氏真の蹴鞠に一番感動したのが、五助だった。彼は職人の気骨を感じさせる行動に出る。ラストは悲運なのに清々《すがすが》しかった。

短編の主人公たちはいずれも非業の死を迎えている。しかし、それがなんだというのだ。死は誰にでも訪れる。生き方こそが問われる。どう命と向き合うか、どう滅ぶべきか、その瞬間に人生の真理がある。それは伊東さんの現代人への痛烈なメッセージかもしれない。

「国を蹴った男」では、人間の情念がとことん炙《あぶ》り出される。情念はどす黒い感情でもあるが、誰しもが持っている。それゆえ、読者は登場人物の誰かと心が通じ合う。そして自分を肯定してもらえた気持ちになれる。その瞬間、伊東ワールドの虜《とりこ》になるのだ。

僕は伊東さんと面識はない。しかし以前、Twitter でメッセージをやりとりさせてもらう機会があった。そのとき、伊東さんはこう約束した。

「いつかコミヤくんに文庫解説を書いてもらおうと思っているから」

正直に白状するが、実現するとは思っていなかった。信義のない時代である。それ以前に、社交辞令である。しかし、伊東さんは違った。

「男として口にした約束は守る」

ノンフィクションの書き手として、〝その生き方を描いてみたい〟という欲求が湧き上がる。そこではたと膝を打つ。伊東さんが歴史上の人物たちを魅力的に映し出せる理由。それは伊東さん自身が物語に出る者たちと同じくらい、その命を燃やしているからなのだろう。

本書は二〇一二年十月に小社より刊行されたものを加筆、
修正したものです。

|著者| 伊東 潤　1960年神奈川県横浜市生まれ。早稲田大学社会科学部卒業。2013年『国を蹴った男』(本書)で第34回吉川英治文学新人賞、『義烈千秋　天狗党西へ』で第2回歴史時代作家クラブ賞作品賞、『巨鯨の海』で第4回山田風太郎賞および第1回高校生直木賞(2014年)、2014年『峠越え』で第20回中山義秀賞を受賞する。いま最も注目を集める歴史小説作家の一人である。このほか『黒南風の海　加藤清正「文禄・慶長の役」異聞』(第1回本屋が選ぶ時代小説大賞)『武田家滅亡』『城を嚙ませた男』『天地雷動』『横浜1963』『江戸を造った男』『城をひとつ』『悪左府の女』『西郷の首』『幕末雄藩列伝』『修羅の都』などがある。

国《くに》を蹴《け》った男《おとこ》

伊東《いとう》 潤《じゅん》

2015年5月15日第1刷発行
2025年6月9日第4刷発行

発行者――篠木和久
発行所――株式会社　講談社
東京都文京区音羽2-12-21　〒112-8001
電話　出版 (03) 5395-3510
　　　販売 (03) 5395-5817
　　　業務 (03) 5395-3615

Printed in Japan

講談社文庫
定価はカバーに
表示してあります

KODANSHA

デザイン―菊地信義
本文データ制作―講談社デジタル製作
印刷―――株式会社KPSプロダクツ
製本―――株式会社KPSプロダクツ

ISBN978-4-06-293115-1

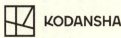

講談社文庫刊行の辞

二十一世紀の到来を目睫に望みながら、われわれはいま、人類史上かつて例を見ない巨大な転換期をむかえようとしている。

世界も、日本も、激動の予兆に対する期待とおののきを内に蔵して、未知の時代に歩み入ろうとしている。このときにあたり、創業の人野間清治の「ナショナル・エデュケイター」への志を現代に甦らせようと意図して、われわれはここに古今の文芸作品はいうまでもなく、ひろく人文・社会・自然の諸科学から東西の名著を網羅する、新しい綜合文庫の発刊を決意した。

激動の転換期はまた断絶の時代である。われわれは戦後二十五年間の出版文化のありかたへの深い反省をこめて、この断絶の時代にあえて人間的な持続を求めようとする。いたずらに浮薄な商業主義のあだ花を追い求めることなく、長期にわたって良書に生命をあたえようとつとめるところにしか、今後の出版文化の真の繁栄はあり得ないと信じるからである。

同時にわれわれはこの綜合文庫の刊行を通じて、人文・社会・自然の諸科学が、結局人間の学にほかならないことを立証しようと願っている。かつて知識とは、「汝自身を知る」ことにつきていた。現代社会の瑣末な情報の氾濫のなかから、力強い知識の源泉を掘り起し、技術文明のただなかに、生きた人間の姿を復活させること。それこそわれわれの切なる希求である。

われわれは権威に盲従せず、俗流に媚びることなく、渾然一体となって日本の「草の根」をかたちづくる若く新しい世代の人々に、心をこめてこの新しい綜合文庫をおくり届けたい。それは知識の泉であるとともに感受性のふるさとであり、もっとも有機的に組織され、社会に開かれた万人のための大学をめざしている。大方の支援と協力を衷心より切望してやまない。

一九七一年七月

野間省一

井上夢人　あわせ鏡に飛び込んで
井上夢人　魔法使いの弟子たち(上)(下)
井上夢人　ラバー・ソウル
池井戸　潤　果つる底なき
池井戸　潤　架空通貨
池井戸　潤　銀行狐
池井戸　潤　仇敵
池井戸　潤　空飛ぶタイヤ(上)(下)
池井戸　潤　鉄の骨
池井戸　潤　新装版　銀行総務特命
池井戸　潤　新装版　不祥事
池井戸　潤　ルーズヴェルト・ゲーム
池井戸　潤　半沢直樹　1〈オレたちバブル入行組〉
池井戸　潤　半沢直樹　2〈オレたち花のバブル組〉
池井戸　潤　半沢直樹　3〈ロスジェネの逆襲〉
池井戸　潤　半沢直樹　4〈銀翼のイカロス〉
池井戸　潤　半沢直樹　アルルカンと道化師
池井戸　潤　花咲舞が黙ってない〈新装増補版〉
池井戸　潤　ノーサイド・ゲーム

池井戸　潤　新装版　BT'63(上)(下)
岩瀬達哉　裁判官も人である〈良心と組織の狭間で〉
石田衣良　LAST[ラスト]
石田衣良　東京DOLL
石田衣良　てのひらの迷路
石田衣良　40《フォーティ》　翼ふたたび
石田衣良　sex
石田衣良　逆《さか》島《しま》断《たつ》雄《お》〈進駐官養成高校の決闘編1〉
石田衣良　逆島断雄〈進駐官養成高校の決闘編2〉
石田衣良　逆島断雄〈本土最終防衛決戦編1〉
石田衣良　逆島断雄〈本土最終防衛決戦編2〉
石田衣良　初めて彼を買った日
井上荒野　ひどい感じ―父・井上光晴
飯田譲治　協力 梓 河人　神様のサイコロ
稲葉　稔　椋鳥の影〈八丁堀手控え帖〉
いしいしんじ　プラネタリウムのふたご
いしいしんじ　げんじものがたり
池永　陽　いちまい酒場
伊坂幸太郎　チルドレン

伊坂幸太郎　サブマリン
伊坂幸太郎　魔王〈新装版〉
伊坂幸太郎　モダンタイムス(上)(下)〈新装版〉
伊坂幸太郎　PK〈新装版〉
絲山秋子　袋小路の男
絲山秋子　御社のチャラ男
石黒　耀　死都日本
石黒　耀　忠臣蔵異聞〈家老 大野九郎兵衛の長い仇討ち〉
犬飼六岐　筋違い半介
犬飼六岐　吉岡清三郎貸腕帳
石川大我　ボクの彼氏はどこにいる?
石松宏章　マジでガチなボランティア
伊東　潤　国を蹴った男
伊東　潤　峠越え
伊東　潤　黎明に起《た》つ
伊東　潤　池田屋乱刃
石飛幸三　「平穏死」のすすめ〈口から食べられなくなったらどうしますか〉
伊藤理佐　女のはしょり道
伊藤理佐　また！　女のはしょり道

大前研一 やりたいことは全部やれ！
大前研一 考える技術
大沢在昌 野獣駆けろ
大沢在昌 相続人TOMOKO
大沢在昌 ウォームハート コールドボディ
大沢在昌 アルバイト探偵《アイ》
大沢在昌 調毒師を捜せ アルバイト探偵《アイ》
大沢在昌 女王陛下のアルバイト探偵《アイ》
大沢在昌 不思議の国のアルバイト探偵《アイ》
大沢在昌 拷問遊園地 アルバイト探偵《アイ》
大沢在昌 帰ってきたアルバイト探偵《アイ》
大沢在昌 雪蛍
大沢在昌 夢の島
大沢在昌 新装版 氷の森
大沢在昌 暗黒旅人
大沢在昌 新装版 走らなあかん、夜明けまで
大沢在昌 新装版 涙はふくな、凍るまで
大沢在昌 語りつづけろ、届くまで
大沢在昌 罪深き海辺 (上)(下)
大沢在昌 やぶへび
大沢在昌 海と月の迷路 (上)(下)
大沢在昌 鏡の顔 〈傑作ハードボイルド小説集〉
大沢在昌 覆面作家
大沢在昌 ザ・ジョーカー 新装版
大沢在昌 亡命者 〈ザ・ジョーカー 新装版〉
大沢在昌 悪魔には悪魔を
大沢在昌／藤田宜永／堂場瞬一／井上夢人／今野敏／月村了衛／東山彰良 激動 東京五輪1964
逢坂剛 十字路に立つ女
逢坂剛 奔流恐るるにたらず 〈重蔵始末(八)完結篇〉
逢坂剛 新装版 カディスの赤い星 (上)(下)
オノ・ヨーコ 飯村隆彦 編 ただの私《あたし》
オノ・ヨーコ 南風椎 訳 グレープフルーツ・ジュース
折原一 倒錯の帰結
折原一 倒錯のロンド 〈完成版〉
小川洋子 ブラフマンの埋葬
小川洋子 最果てアーケード
小川洋子 琥珀のまたたき
小川洋子 密やかな結晶 〈新装版〉
小野不由美 くらのかみ
乙川優三郎 霧の橋
乙川優三郎 喜知次
乙川優三郎 蔓の端々
乙川優三郎 夜の小紋
恩田陸 三月は深き紅の淵を
恩田陸 麦の海に沈む果実
恩田陸 黒と茶の幻想 (上)(下)
恩田陸 黄昏の百合の骨
恩田陸 薔薇のなかの蛇
恩田陸 『恐怖の報酬』日記 〈酩酊混乱紀行〉
恩田陸 きのうの世界 (上)(下)
恩田陸 七月に流れる花／八月は冷たい城
奥田英朗 新装版 ウランバーナの森
奥田英朗 最悪
奥田英朗 マドンナ
奥田英朗 ガール
奥田英朗 サウスバウンド
奥田英朗 オリンピックの身代金 (上)(下)

講談社文庫 目録

岡本さとる 雨やどり〈駕籠屋春秋 新三と太十〉
岡崎大五 食べるぞ!世界の地元メシ
荻上直子 川っぺりムコリッタ
小原周子 留子さんの婚活
小倉孝保 35年目のラブレター
海音寺潮五郎 新装版 江戸城大奥列伝
海音寺潮五郎 新装版 孫子 (上)(下)
海音寺潮五郎 新装版 赤穂義士
加賀乙彦 新装版 高山右近
加賀乙彦 ザビエルとその弟子
加賀乙彦 殉教者
加賀乙彦 わたしの芭蕉
金井美恵子 タマや〈新装版〉
柏葉幸子 ミラクル・ファミリー
勝目梓 小説家
桂米朝 米朝ばなし〈上方落語地図〉
笠井潔 梟《ふくろう》の巨《おお》なる黄昏《たそがれ》
笠井潔 青銅の悲劇 (上)(下)〈瀕死の王〉
笠井潔 転生の魔〈私立探偵飛鳥井の事件簿〉

川田弥一郎 白く長い廊下
神崎京介 女薫の旅 放心とろり
神崎京介 女薫の旅 耽溺《たんでき》まみれ
神崎京介 女薫の旅 秘に触れ
神崎京介 女薫の旅 禁の園へ
神崎京介 女薫の旅 欲の極み
神崎京介 女薫の旅 青い乱れ
神崎京介 女薫の旅 奥に裏に
神崎京介 I LOVE
加納朋子 ガラスの麒麟〈新装版〉
角田光代 まどろむ夜のUFO
角田光代 恋するように旅をして
角田光代 人生ベストテン
角田光代 ロック母
角田光代 彼女のこんだて帖
角田光代 ひそやかな花園
角田光代 石田衣良 ほか こどものころにみた夢
川端裕人 せちやん〈星を聴く人〉
川端裕人 星と半月の海

片川優子 ジョナさん
神山裕右 カタコンベ
神山裕右 炎の放浪者
加賀まりこ 純情ババアになりました。
門田隆将 甲子園への遺言〈伝説の打撃コーチ高畠導宏の生涯〉
門田隆将 甲子園の奇跡〈斎藤佑樹と早実百年物語〉
門田隆将 神宮の奇跡
鏑木蓮 東京ダモイ
鏑木蓮 屈折光
鏑木蓮 時限
鏑木蓮 真友
鏑木蓮 甘い罠
鏑木蓮 京都西陣シェアハウス〈憎まれ天使・有村志穂〉
鏑木蓮 炎罪
鏑木蓮 疑薬
鏑木蓮 見習医《けんしゅうい》ワトソンの追究
川上未映子 そら頭はでかいです、世界がすこんと入ります
川上未映子 わたくし率 イン 歯ー、または世界
川上未映子 ヘヴン

講談社文庫　目録

2025年3月14日現在